KB209600

太宰治

著者近影

ダス・ゲマイネ

虚構の彷徨

太宰治

저자 근영

허구의 방황 다스·게
마 이 네

허구의 방황

다자이 오사무

김동근 옮김

차

례

≪다마가와죠스이 수로에서≫
1948년 2월

【 편집 후기 】

인사 생략.

편집도 끝났고, 뭘 쓰긴 써야겠는데, 이미 빤스까지 벗어 책 속에 탈탈 털어 넣

은지라, 손가락을 집어넣어도 더 이상 게워 낼 게 없습니다. 그래도 책을 완성하려

면 써야 한다, 써내야 한다. 마치 다자이 오사무가 된 것처럼, 글을 쥐어짜봅니다.

취직도 안 되고 원고도 안 팔려,

맹장염은 도져서 복막염이 되고,

진통제에 중독되어 가사는 탕진.

마누라 바람나고 학교는 잘리고,

14

30엔 빌려줄래? 20엔 받고 꺼져!

이렇게도 써봤다가. (무슨 짓이냐!)

막다른 골목의 다자이.

살기 위해 써야만 하는 위기일발의 작가.

오늘도 펜을 든다.

쓴다, 쓰고야 만다.

후나바시 시대의 불안한 감정을

듬뿍 담은 다자이의 숨겨진 명작!

『허구의 방, 황.』

(여기까지 써놓고 꽉 막혀서 커피 한 잔 마시며 두 시간쯤 산책, 하하하)

15

1936년까지, 다자이의 비교적 초기 작품집입니다. 불안하고 우울한 정서가 고스란히 느껴집니다. 자살에 실패하고. 문학상도 못 받고. 취직도 못하고. 학교도 잘리고. 약물에 중독되고. 돈도 없고. 사랑도 없고. 그야말로 암흑 속을 울며 걷는 기분. 제국대학생이라는 간판에 대한 미련. 수재라는 자부심에서 나오는 지적 허영. (책 속에 등장하는 수많은 고전과 수많은 외국 작가를 보라!) 은근슬쩍 아오모리 굴지의 명문가 자제임을 과시하는 천박함. 그런 세속적인 욕망과 문학적 결벽증이 한데 어우러져 검은 아우라를 내뿜는 그런 작품집입니다. (뭐라는 거냐, 내가 쓰고 내가 모르겠다) 아무튼 이 혼돈의 시기가 얼른 지나가야 이른바 다자이의 전성기, 미타카 시대를, 맞이할 수 있습니다. 힘을 내, 다 씨.

세로쓰기로 돌아왔습니다. 질색하신 분, 죄송합니다. 혹시 반가운 분은 안 계실까요? 가로쓰기로 편집하면 확실히 읽기 편하긴 합니다. (솔직히 편집하기도 좋다) 사람들 얘기 들어보면 번역은 괜찮은데 컨셉이 너무 갔다고. 아아, 여러분도 민○사

및 기타 등등 책과 이 책을 놓고 갈등하셨듯이 저 또한 여러분의 선택을 받기 위

해、 그들과 맞서기 위해、 이세돌이 알파고를 이기기 위해 무리수(제4국78수)를 둔

것처럼、 잘못하면 욕먹을 걸 알지만 그래도 이 길로 갈 수밖에 없는、 이 심정을、

여러분은、 알어? 그밖에、 약간의 비표준어. 결정적 순간에 비속어. 그 컨셉도 여

전합니다. 그나저나 지금 HWP로 후기 쓰는 중인데 「컨셉」에 자꾸 빨간 줄이 쳐집

니다. 거슬려 죽겠습니다. 「콘셉트」라고 쓰니까 괜찮네. 그지 같다 진짜. 뭐 물론

표준은 필요하겠지만、 표준에서 벗어났다고 두려워 할 필요는 없겠지요. 「자장」이

「짜장」이 되듯이 「콘셉트」가 「컨셉」이 될 날을 저는 조용히、 욕먹으며 기다리고

있겠습니다.

그런데 책 한 권을 글쎄 두세 시간 만에 후루룩 다 읽었다는 사람이 있지 뭡니

까、 세상에나、 아무리 재밌어도、 그러지 마세요. 번역하고 편집하는데 한 1년 걸

렸습니다. 여러분도 그 정도는 아니더라도、 가끔 읽었던 줄 또 읽고、 두세 페이

지 앞으로 가서 또 읽고、 그렇게 해주세요 저처럼. 한 글자도 빼먹지 말아주세요.

「허구의 봄」은 편집하기 조금 힘들었습니다. 진통제에 중독된 상태에서 써서 그렇다는데. 그래도 좋았습니다.

그나저나 이번 편집 후기 왜 이렇게 공격적이냐. 괜히 억울하고. 우울하고. 화딱지가 나고. 「허구의 봄」 번역하기 개떡 같아서 그런 건가? 여러분, 다자이가 이렇게 정신 건강에 해롭습니다. 여러분도 이 책 읽으면 저처럼 될지도 모릅니다. 집사람이 다자이 책 이제 그만 내라고. 자살한 사람 책은 왜 자꾸 내냐고. 차라리 아쿠타가와 류노스케 책이나 내라고. (다음 책 류노스케인 거 어떻게 알았지?) 여보 근데 류노스케도 자살했어.

2024년 9월 인천에서, 십시일반 도와주신 여러분께.

편집자 김동근 드림.

오징에 맥주를 마시며

다자이 太宰治 오사무, 본명 쓰시마 津島修治 슈지는 1909년 6월 19일, 아오모리현 青森県 기타쓰가

루군 北津軽郡 가나기마치 金木町 에서 11남매 중 열 번째 아이, 여섯 번째 아들로 태어났습니다. 쓰

시마 가문은 증조부 때부터 소작과 고리대금업으로 막대한 부를 쌓은 신흥지주로,

다자이가 태어났을 무렵에는 은행과 철도 사업까지 진출하였으며 이렇게 축적한

거대자본을 이용해 정계에도 영향력을 행사하는, 이른바 아오모리 굴지의 명문가

로 이름을 떨쳤습니다. 쓰가루평야 津軽平野 한복판, 인구 5천의 작은 마을 가나기에서, 쓰

시마 가문은 영주와 다름없었습니다. 6백 평 대지에 둘러쳐진 높이 4미터의 벽돌

담, 그 위로 솟아오른 대저택의 붉은 지붕은 궁궐을 방불케 했습니다. 저택 안뜰에

는 추수한 곡식으로 넘쳐나는 창고와 스무 개가 넘는 방이 있었음에도, 쓰시마 가

문의 여섯 번째 도련님 슈지의 방은 어디에도 없었습니다. 병약한 어머니에게서 태어난 다자이는 유모의 젖을 먹고 자랐고, 남편과 사별한 후 쓰시마 가문에 몸을 의지하고 있던 이모가 그를 친자식처럼 돌봐 주었습니다. 가부장적인 아버지는 정치 활동과 맏형 분지를 후계자로 키우는 일로 항상 바빴기 때문에, 다자이는 집안일을 돌보는 하인들과 가깝게 지내며 그들 속으로 섞여 들어갔습니다.

가나기 심상소학교를 거쳐 현립 아오모리중학교に 青森中学校 입학한 다자이는 친척 집에 머무르며 학교에 다녔습니다. 중학교를 우수한 성적으로 졸업하고 진학한 히로사키고등학교는 弘前高等学校 전원 기숙사 생활을 해야 하는 규칙이 있었으나, 부잣집 도련님 다자이만은 예외였습니다. 그는 집을 떠나 친척집을 전전하면서 비로소 자기 방을 갖게 되었고, 그때부터 문학의 길을 꿈꾸었습니다. 아쿠타가와 류노스케의 芥川龍之介 음독자살 소식이 들려올 즈음, 성실한 학생이었던 다자이는 친구들과 어울려 아오모리의 요정에 드나들며 소설을 논하는 멋쟁이 문학청년이 되어 있었습니다. 고등학교 2학년 때는 급우들과 함께 문학잡지 「細胞文芸 세포문예」를 간행하였고 그 밖의 여러 문학 잡지에 이런 저런 가명으로 글을 발표하며 본격적인 창작활동을 시작했습니다. 그리고 때마침 유행하기 시작한 좌익사상에 매력을 느꼈지만 프롤레타리아 혁명을 추구하는 좌익이념과 대지주의 아들이라는 본인의 신분이 충돌하는 현실에 혼란을 느낀 다자이는 수면제를 다량 복용하여 자살을 기도했다가 미수에 그쳤습니다.

그 후, 1930년, 21세 나이로 東京帝国大学 도쿄제국대학 불문과에 입학하여 도쿄에서 하숙생활을 시작했고 중학교 시절부터 존경하던 소설가 井伏鱒二 이부세 마스지를 찾아가 그의 제자가 되었습니다. 그해 가을, 고교 시절부터 알고 지내던 게이샤 小山初代 오야마 하쓰요가 다자이를 찾아 도쿄로 올라왔고, 둘은 동거를 하게 되었습니다. 이 소식을 듣고 만형 분지가 급히 상경했지만 다자이의 마음을 바꿀 수는 없었습니다. 지방의 유력 명문가로서 도저히 용납할 수 없는 일이었기에 분지는 다자이를 호적에서 제적하였습니다. 훗날 정식으로 결혼식을 올린다는 조건으로 일단 하쓰요를 아오모리

로 돌려보낸 다자이는 그해 11월, 긴자의 술집 종업원 다나베 시메코와 가마쿠라^{田部シメ子}^{鎌倉} 앞바다에 투신하여 동반자살을 기도했습니다. 그러나 시메코만 죽고 다자이는 살아남아 자살방조 혐의로 조사를 받았는데, 맏형이 손을 써서 기소유예로 풀려날 수 있었습니다. 이후 다자이와 하쓰요는 쓰가루 산속 여관에서 결혼식을 올렸습니다.

그리고 이듬해 2월, 도쿄 시나가와에 신혼방을 차렸고 맏형 분지에게 사정하여 다^{品川}달이 생활비를 받아 살림을 꾸려 나갔습니다. 도쿄제국대학 학생이기는 했지만 문학가의 길을 걷기로 마음먹은 이상 꼭 졸업해야 할 이유는 없었습니다. 수업도 거의 듣지 않고 밤낮없이 긴자 거리를 방황했고, 도서관에서 대출한 책을 읽으며 훗날 「만년」이라는 책으로 엮어 나올 작품들을 드문드문 써 내려갔습니다. 생활고와^{晩年}미래에 대한 불안감에 술로 하루를 보내던 다자이는 건강이 급격히 악화되었고, 그무렵 폐병을 얻었습니다. 하지만 일생의 문우 야마기시 가이시, 단 가즈오, 이마^{山岸外史}^{檀一雄}^{伊馬}하루베, 쓰무라 노부오, 곤 간이치, 나카하라 츄야 등과 함께 동인잡지 「푸른 꽃」^{春部}^{津村信夫}^{今官一}^{中原中也}^{青い花}을 창간했습니다. 「푸른 꽃」은 비록 창간호를 끝으로 폐간되고 말았으나, 이후

日本浪漫派
「일본낭만파」에 합류하여 작품 활동을 이어 나가는 계기가 되었습니다.

26세가 되던 1935년 3월, 다자이는 미야코신문사에 입사지원을 했지만 탈락의 고배를 마시게 되었고, 이에 실망한 나머지 가마쿠라에서 목을 매 자살을 시도했지만 그마저도 실패를 했습니다. 그 후 맹장염에 걸려 병원에 입원하여 치료를 받았는데 복막염으로 발전하여 중태에 빠졌고 치료 후 요양을 위해 치바현 후나바시로 거처를 옮겼습니다. 단칸 하숙방을 전전하던 다자이에게 처음으로 허락된 단독주택이었습니다. 하지만 다자이는 진통제로 처방된 파비날에 중독되었고, 파비날 중독은 앞으로 다자이의 인생과 문학에 커다란 영향을 끼치게 됩니다. 후나바시에 머문 1년 3개월 동안 다자이의 몸과 마음은 약에 찌들어 갔습니다. 다자이는 약을 사기 위해 지인들을 찾아다니며 갚을 기약 없는 돈을 빌렸고 빚은 점점 늘어났습니다. 여름이 한창인 8월이었습니다. 지난 2월에 발표한 작품 「역행」이 제1회 아쿠타가와상 후보에 올랐습니다. 상금은 5백 엔. 다자이는 그 돈이 꼭 필요

都新聞社

千葉縣
船橋

逆行

≪다자이 오사무와 오야마 하쓰요≫
1935년 후나바시 시절

했습니다. 다급한 나머지 아쿠타가와 심사위원 사토 하루오를 찾아가 당선을 종용하는 등 그의 언동은 이미 정상이 아니었습니다. 비록 「역행」은 차석에 그쳤지만 이를 계기로 다자이는 「文藝春秋」 등 유력 문학지에서도 원고 의뢰를 받게 되었습니다. 다자이의 불안정한 심리상태를 염려한 지인들의 도움으로, 약물에 중독된 상태로 목숨을 걸고 써 내려간 유서와도 같은 작품들이 「만년」이라는 한 권의 책이 되어 출판되었습니다. 파비날 중독 시기에 쓴 독특한 발상과 특이한 문체의 이 작품들은 약물중독 당시 다자이의 심경을 잘 나타내고 있습니다. 출판기념회에 모인 문인들은 심신이 피폐해진 다자이의 몰골을 보고 깜짝 놀랐습니다. 그로부터 석달 후, 스승 이부세 마스지의 권유로 다자이는 정신병원에 입원하여 약물중독 치료를 받았습니다. 이때 느낀 좌절감은 「HUMAN LOST」라는 작품에 고스란히 나타나 있습니다. 하지만 병원에 입원한 사이, 평소 절친했던 지인 고다테 젠시로와 아내 하쓰요가 간통한 사실을 알게 되었고, 충격을 받은 다자이는 이러지도 저러지도 못하다가 결국 하쓰요와 함께 군마현群馬縣 산속에서 수면제를 먹고 자살을 기도했습니

小館善四郎

26

다. 그러나 역시 실패했고, 도쿄로 돌아오자마자 그녀와 이혼을 했습니다. 하쓰요와 이별한 다자이는 동료 문인들과 여행을 다니며 그동안 지친 몸과 마음을 추슬렀습니다. 그러나 약물중독으로 정신병원에 입원했다는 사실이 알려지자 원고 청탁은 완전히 끊겼습니다.

1938년. 다자이 오사무, 29세. 문학가로 살아갈 것을 다짐한 그는 스승 이부세 마스지가 머물렀던 미사카고개의 한 찻집으로 가서 다시 집필활동을 시작했습니다. 그리고 이부세 마스지의 소개로 일생의 반려 이시하라 미치코를 만나 이듬해 결혼식을 올리고 처가가 있는 고후에서 신혼살림을 시작했습니다. 그리고 가을, 도쿄 미타카로 거처를 옮겼습니다. 평화로운 가정, 안정된 생활, 규칙적인 집필. 작품이 속속 발표되었습니다. 「부악백경富嶽百景」 「여학생女生徒」 「유다의 고백駈込み訴へ」 「달려라 메로스走れメロス」 「신햄릿新ハムレット」 「동경팔경東京八景」 「치요조千代女」 등 수작이 쏟아져 나왔습니다. 다자이 인생의 황금기였습니다. 그의 곁에는 성실한 아내와 우여곡절마다 함께해 준 스승 이부세

마스지, 일생의 벗들이 있었고 다자이를 만나고자 각지에서 소설가 지망생들이 미타카로 몰려들었습니다. 32세가 되던 해, 장녀 소노코園子가 태어났습니다. 세상에 부러울 것이 없었습니다. 곧이어 불어닥친 전쟁의 바람에도 다자이는 집필을 멈추지 않았습니다. 하지만 패색이 짙어지던 전쟁 말기, 공습으로 어수선한 미타카를 떠나 처가가 있는 고후로, 고후에서 다시 고향 쓰가루로, 피난을 가야만 했습니다.

1946년 말, 다자이는 미타카로 돌아왔습니다. 전쟁으로 생긴 공백을 메우려는 듯 신문과 잡지가 속속 창간되었고, 저널리즘의 총아가 된 다자이에게 원고 청탁이 쇄도했습니다. 하루가 멀다 하고 찾아오는 방문객을 피해 아침 아홉 시에 집을 나와 작업실에서 오후 세 시까지 글을 썼으며, 하루 작업량은 원고지 다섯 장. 꾸준했습니다. 「메리크리스마스メリイクリスマス」 「비용의 아내ヴィヨンの妻」 「범인犯人」 등이 이 시기에 완성되었습니다. 일이 끝나면 미타카역 앞 장어구이집에 앉아 술을 마셨고, 친구나 기자들은 약속도 없이 장어구이집으로 찾아와 다자이를 만났습니다. 그는 특유의 화법으로 방문객들을 웃겨 주는 서비스를 잊지 않았습니다.

27

1947년 2월, 38세. 다자이는 가나가와현(神奈川県)에 사는 오타 시즈코(太田静子)를 찾아가 그곳에서 한 달을 머물며 몰락한 귀족을 주인공으로 한 소설의 초안을 작성했습니다.

그리고 이즈(伊豆) 반도의 여관을 전전하며 1장과 2장을 집필, 미타카 작업실에서 나머지를 완성하여 7월에 발표했습니다. 제목은 「사양」(斜陽). 이 소설은 어마어마한 반응을 일으키며 흥행에 성공했고 다자이는 단숨에 인기 작가 반열에 올랐습니다. 오타 시즈코의 일기장에서 모티브를 얻었다고는 하나, 패전 직후 농지해방으로 몰락한 쓰시마 가문에 대한 애잔함도 분명 집필의 주된 동기였을 것입니다. 그리고 11월, 오타 시즈코와의 사이에서 딸 나오코(治子)가 태어났습니다. 「사양」 발표 후 시작된 지독한 불면증과 나날이 심해지는 각혈, 다자이는 죽음을 직감했습니다. 그리고 자신의 문학과 삶의 총결산인 「인간실격」(人間失格)의 집필에 혼신을 다 했습니다. 「인간실격」은 1948년 3월에 집필을 시작하여 5월 하순에 완성되었고 「전망」(展望) 6월호부터 3부작으로 연재될 예정이었습니다. 1회부터 엄청난 호응이었습니다. 일본이 들끓었습니다. 하지만 다자이는 이미 이 세상 사람이 아니었습니다.

6월 13일, 다자이는 전쟁 미망인 야마자키 도미에와 몸을 묶고 다마가와 죠스이 山崎富榮 玉川上水 수로에 몸을 던져 함께 목숨을 끊고 말았습니다. 때마침 내린 비로 물이 불어 수색에 어려움을 겪다가 며칠 후인 19일, 공교롭게도 그의 생일날, 하류에서 시체가 발견되었습니다. 책상 위에는 「朝日新聞 아사히신문」에 연재하기로 한 소설 「굿바이」원고와 초고, 아내와 친구에게 남긴 유서, 아이들에게 줄 장난감이 놓여 있었습니다.

그렇게, 모든 것이, 지나갔습니다.

다자이 오사무. 향년 39세.

≪가마쿠라에서 사망한 다나베 시메코≫

어릿광대의 꽃

≪쓰시마 가문 자제 슈지 씨, 가마쿠라에서 동반자살 기도≫
여자는 끝내 절명, 슈지 씨는 현재 중태

【 편집자의 말 】

다자이 오사무를 이야기하면서 빠질 수 없는 것은 역시 「가마쿠라 동반자살 사건」입니다. 「어릿광대의 꽃」은 다자이가 자살을 시도했다가 실패한 후 결핵 요양원에 입원해 있는 동안의 경험을 바탕으로 쓴 것인데요, 요양원 생활에 대한 이야기는 여러 작품에서 단편적으로만 언급될 뿐 자세히 알 수는 없었습니다. 여기에서 그 궁금증이 조금 풀리기를 기대해봅니다.

1930년, 다자이는 아오모리의 히로사키 고등학교를 졸업한 뒤, 도쿄제국대학 불문과에 입학하면서 도쿄 생활을 시작했습니다. 그리고 얼마 후 고교 시절부터 가깝게 지내던 게이샤 오야마 하쓰요가 지역 유지의 첩이 된다는 소식을 듣고 하쓰요에게 당장 도쿄로 오라고 전보를 보냅니다. 하쓰요는 아오모리를 떠나 다자이의 하숙방으로 찾아왔고 둘은 같이 살게 되었습니다. 이 사실을 안 큰형은 도쿄로 올라와 노발대발 당장 헤어지라고 강요했습니다. 결국 다자이와 크게 다툰 형은 그를 호적에서 파는 것도 모자라 생활비까지 끊어버렸지요. 경제적으로 곤란한 상황에 놓인 다자이는 긴자의 카페 여종업원과 함께 가마쿠라 앞바다에 몸을 던집니다. 하지만 결과는 대실패. 다자이는 가까스로 살아남아 가마쿠라 바닷가의 결핵 요양병원에 긴급 입원, 그리고 사건은 신문과 라디오 뉴스에 대서특필됩니다. 그렇게 「어릿광대의 꽃」은 시작됩니다.

작중 인물적 작가. 작가가 등장인물이 되어 서사에 끼어드는 일찍이 없었던 하이칼라한 작품의 탄생. 그렇게 자화자찬했던 「어릿광대의 꽃」에서, 다자이의 분신이자 『인간실격』의 주인공 오바 요조가 탄생하는 순간을 확인하세요.

어릿광대의 꽃

『여기를 지나면 슬픔의 도시.』[1]

벗들은 모두, 나에게서 멀어져, 애처로운 눈빛으로 나를 바라본다. 벗이여, 나와 이야기하고, 나를 비웃으라. 아아, 벗은 허무히 얼굴을 돌린다. 벗이여, 내게 물으라. 내 무엇이든 알려주리니. 내 이 손으로, 소노를 물에 가라앉혔노라. 나는 악마의 오만함으로, 나는 살아나더라도, 소노는 죽어라, 하고 바랐노라. 더 밀해 주랴? 아아, 그렇지만 벗은, 다만 슬픈 눈으로 나를 바라본다.

오바 요조는 침대 위에 앉아, 먼 바다를 바라보고 있었다. 바다는 비로 부옇게 흐렸다.

36

꿈에서 깨어, 나는 이 몇 줄을 되뇌어 읽으며, 그 추악함과 역겨움에, 죽고 싶은 심정이다. 이런이런, 호들갑스럽기 짝이 없다. 우선, 「오바 요조」라니 무슨 말인가? 술이 아닌, 다른 훨씬 강렬한 무언가에 취해, 나는 이 오바 요조에게 박수를 친다. 그 이름은, 내 소설 주인공으로 딱 알맞다. 「오바」는, 주인공의 예사롭지 않은 기백을 상징하기에 더할 나위가 없다. 「요조」 또한, 왠지 신선하다. 바닥 깊은 예스러움에서 솟아나는 진정한 새로움이 느껴진다. 게다가, 오、바、요、조。 이렇게 네 글자를 나란히 늘어놓으니 이 산뜻한 조화。 그 이름부터가, 벌써 획기적이지 않은가! 그 오바 요조가, 침대에 앉아 비에 부옇게 흐려진 먼 바다를 바라보고 있는 것이다. 더더욱 획기적이지 않은가!

관두자. 자신을 비웃는 것은 비겁한 짓이로다. 그것은, 짓이겨진 자존심에서 비롯되는 것 같다. 실제로 나만 하더라도, 남에게 비난받기 싫은 까닭에, 우선 제일 먼저 내 몸에 못을 박는다. 그야말로 비겁하다. 더 고분고분해져야 한다. 아아、겸손해져야 한다.

오바 요조.

비웃어도 어쩔 수 없어. 가마우지 흉내 내는 까마귀.[3] 꿰뚫어 보는 사람에게는 꿰뚫려 보이는 거야. 더 좋은 이름도 있을 테지만, 내가 좀 귀찮다. 그냥 「나」라고 해도 되겠으나, 나는 올해 봄에, 「나」를 주인공으로 소설을 쓴 참이라 두 번 연잇기가 낯간지럽다. 내가 만약, 내일이라도 덜컥 죽었을 때, 그 녀석은 「나」를 주인공으로 하지 않으면, 소설을 쓰지 못했지, 라면서 기고만장한 얼굴로 회상하는 기묘한 놈이 나오지 않으리란 법도 없다. 사실은, 그 이유만으로, 나는 이 오바 요조를 기어이 밀어붙이겠다. 웃겨? 뭐야, 너까지.

1929년. 12월의 끝자락, 「청송원」이라는 바닷가 요양원은, 요조의 입원으로, 조금 떠들썩했다. 청송원에는 서른여섯 명의 폐결핵 환자가 있었다. 중환자 두 명에, 경환자가 열한 명이고, 나머지 스물세 명은 회복기 환자였다. 요조가 수용된 동쪽 제1병동은, 말하자면 특실 병동인데, 여섯 개의 방으로 구획되어 있었다. 요조의 방 양 옆은 공실로, 가장 서쪽인 6호실에는, 키도 크고 코도 큰 대학생이 있었다. 동쪽 1호실과 2호실에는, 젊은 여자가 각각 입원해 있었다. 셋 모두 회복기 환자다. 그 전날 밤, 다모토가우라에서 남녀가 동반자살을 했다. 함께 바다에 몸을 던졌는데, 남자는, 귀항하던 어선이 건져 올려, 목숨을 부지했다. 하지만 여자의 시체는 찾지 못했다. 경종이 한참동안 격렬히 울려댔고, 마을 소방대원들이 그 여인을 찾기 위해 몇 척이나 되는 어선을 타고 바다로 나아가며 외치는 구호를, 세 사람은, 가슴 졸이며 듣고 있었다. 어선에 켜진 빨간 등불이, 밤새도록, 에노시마 해안을 방황했다. 대학생도, 두 젊은 여자도, 그날 밤은 잠을 이룰 수 없었다. 새벽녘이 되어서야, 여자의 시체를 다모토가우라 기슭에서 찾아냈다. 머리칼이 반지르르 빛나고, 얼굴은 하얗게 부풀어 올라 있었다.

요조는 소녀가 죽었다는 걸 알고 있었다. 축 늘어진 채 어선에 실려 가고 있을 때, 이미 깨달았던 것이다. 별하늘 아래서 정신이 들자, 여자는 죽었나요? 하고 맨 먼저 물었다. 어부 하나가, 안 죽는데이, 안 죽는데이, 걱정 안 해도 개안타,

하고 대답했다. 왠지 너그러운 말투였다. 죽었구나, 하고 비몽사몽간에 생각하다

가, 다시 의식을 잃었다. 재차 눈을 떴을 때에는, 요양원 안에 있었다. 좁아터진

흰 판자벽 방은, 사람들로 가득 차 있었다. 그 중 누군가가 요조의 신원에 대해 이

것저것 캐물었다. 요조는, 하나하나 똑똑히 대답했다. 날이 밝은 후, 요조는 더 넓

은 다른 병실로 옮겨졌다. 사고 소식을 듣게 된 요조의 고향집에서, 사고 처리를

위해, 부랴부랴 청송원으로 장거리전화를 걸었던 것이다. 요조가 살던 곳은 여기

에서 2천 리(8백 킬로미터)나 떨어져 있었다.

동쪽 제1병동 환자 세 사람은, 이 신입 환자가 자기들 바로 가까이에 입원해 있

다는 사실에 야릇한 만족감을 느끼고, 오늘 이후의 병원 생활을 기대하며, 하늘도

바다도 완전히 환해졌을 무렵에야 겨우 잠이 들었다.

요조는 잠들지 않았다. 이따금씩 고개를 느릿느릿 움직였다. 얼굴 곳곳에 하얀

거즈가 붙어 있었다. 파도에 이리저리 떠밀리다, 여기저기 바위에 몸을 긁혔다.

마노라는 스무 살쯤 되는 간호사 하나가 수발을 들었다. 왼쪽 눈꺼풀 위에, 꽤 깊

40

은 흉터가 있어서, 오른쪽 눈에 비해, 왼쪽 눈이 조금 컸다. 그래도, 보기 흉하지는 않았다. 붉은 윗입술이 살짝 위로 말려 올라갔고, 볼이 가무잡잡했다. 침대 곁에 놓인 의자에 앉아, 흐린 하늘 아래 펼쳐진 바다를 바라보고 있다. 요조의 얼굴을 보지 않으려 애쓰는 것이다. 가여워서 볼 수가 없었으니까.

정오 무렵에, 경찰 두 명이, 요조를 찾아왔다. 마노는 자리를 비켰다. 둘 다, 양복을 입은 신사였다. 한 사람은 짧게 콧수염을 길렀고, 한 사람은 금테 안경을 썼다. 콧수염은, 목소리를 깔고 소노와 있었던 일을 물었다. 요조는, 있는 그대로 대답했다. 콧수염은, 작은 수첩에 그것을 받아 적었다. 대충 신문을 마치고 나서, 콧수염은, 침대를 덮치다시피 하며 말했다.

『여자는 죽었어. 자네는 죽을 마음이 있기는 했나?』

요조는, 잠자코 있었다. 금테 안경 형사가, 살집이 두툼한 이마에 주름 두세 줄을 잡고 미소 지으며, 콧수염의 어깨를 툭툭 쳤다.

『됐어, 그만해. 불쌍하잖아. 다음에 하세.』

콧수염은, 요조의 눈매를, 똑바로 응시한 채, 떨떠름히 수첩을 양복 주머니에 집어넣었다.

형사들이 떠난 뒤, 마노는, 서둘러 요조의 방으로 돌아왔다. 그렇지만, 문을 열자마자, 오열하는 요조를 보고 말았다. 그대로 살며시 문을 닫고, 복도에 한동안 우두커니 서 있었다.

오후가 되자 비가 내리기 시작했다. 요조는, 혼자 일어나 화장실에 걸어갈 수 있을 만큼 기력을 회복했다.

친구 허다가, 젖은 외투를 걸친 채, 병실로 뛰어 들어왔다. 요조는 자는 척했다.

히다는 마노에게 작은 소리로 물었다.

『괜찮습니까?』

『네, 뭐.』

『깜짝 놀랐네.』

그는 살찐 몸을 곰틀대며 그 기름흙 냄새 찌든 외투를 벗어, 마노에게 건넸다.

히다는, 무명 조각가인데, 마찬가지로 무명 서양화가인 요조와는, 중학교 시절부터 친구였다. 순수한 심성을 가진 이라면, 어릴 적에, 자기 주변 누군가를 으레 우상으로 삼고 싶기 마련인데, 히다도 역시 그러했다. 그는, 중학교에 들어가면서부터, 그 학급 수석인 학생을 황홀한 눈빛으로 바라보았다. 수석은 요조였다. 수업 중 요조의 작은 표정 변화조차도, 히다에게는, 작은 일이 아니었다. 또한, 교정의 모래 언덕 그늘에서 요조의 어른스럽고 고독한 모습을 훔쳐보며, 남몰래 깊은 한숨을 지었다. 아아, 그리고 요조와 처음으로 대화를 나누던 날의 환희! 히다는, 뭐든지 요조를 따라했다. 담배를 피웠다. 선생님을 비웃었다. 두 손을 머리 뒤로 깍지끼고, 교정을 어슬렁어슬렁 헤매고 다니는 것도 따라했다. 예술가가 가장 위대한 이유도 알게 되었다. 요조는, 미술학교에 들어갔다. 히다는 1년 늦었으나, 그래도 요조와 같은 미술학교에 들어갈 수 있었다. 요조는 서양화를 공부했지만, 히다는, 일부러 조소과를 택했다. 로댕의 발자크 상을[6] 보고 감격했기 때문이라고 하는데, 그건 그가 유명 조각가가 되었을 때, 경력에 가벼운 허풍을 덧붙이기 위한

43

철없는 헛소리였고, 사실은 요조가 그린 서양화에 대한 거부감 때문이었다. 열등감 때문이었다.

그 무렵부터, 천천히 두 사람의 길이 갈리기 시작했다. 요조는 몸이, 점점 야위었고, 히다는 조금씩 살이 쪘다. 두 사람 사이의 차이는 그것만이 아니었다. 요조는, 어느 직관적인 철학에 마음을 빼앗겨, 예술을 깔보기 시작했다. 히다는, 또한, 약간 지나치게 우쭐거렸다. 듣는 사람이, 오히려 민망해질 만큼, 「예술」이라는 단어를 남발했다. 늘 걸작을 꿈꾸면서도, 공부는 게을리했다. 그리하여 두 사람 모두, 좋지 않은 성적으로 학교를 졸업했다. 요조는, 거의 붓을 팽개쳤다. 모든 회화는 포스터, 라면서, 히다를 맥 빠지게 했다. 모든 예술은 사회경제기구가 내살긴 방귀다! 라는 생활력의 한 형식에 불과하다! 아무리 걸작이라 해도 양말과 똑같은 상품이다! 라는 애매모호한 소리를 해대서 히다를 어리둥절케 했다. 히다는, 옛날과 다름없이 요조를 좋아했고, 요조가 빠진 최신 사상에도, 어렴풋한 경외심을 느꼈지만, 그러나 히다에게는, 걸작에 대한 설렘, 그것이 무엇보다 컸던 것이다. 언젠가는 걸작을, 언젠가는, 그렇게 생각하면서, 그저 안절부절못하고 찰흙을 주물러 댔다.

즉, 이 두 사람은 예술가라기보다, 예술품이다. 아아, 그렇기 때문에, 나도 이렇게 손쉽게 써 내려갈 수 있는 것이리라. 진짜 시장통 예술가를 보여준다면, 여러분은, 세 줄 읽기도 전에 토할걸? 그건 장담한다. 그건 그렇고, 독자 여러분들, 그런 소설 한번 써보지 않겠나, 어때?

히다 역시도 요조 얼굴을 쳐다볼 수 없었다. 최대한 조용하게 살금살금 걸어, 요조 머리맡까지는 다가갔지만, 유리창 밖 빗줄기만 물끄러미 바라볼 뿐이었다. 요조는, 눈을 뜨고 엷은 웃음 지으며 말을 건넸다.

『놀랐냐?』

화들짝 놀라, 요조 얼굴을 얼핏 봤지만, 이내 눈을 내리깔고 대답했다.

『응.』

『어떻게 알고 왔냐?』

히다는 머무적거렸다. 오른손을 바지 주머니에서 꺼내 넓은 이마를 이리저리 매

만지면서, 마노에게, 말해도 되나? 하고 눈빛으로 슬쩍 물었다. 마노는 정색하는

표정을 지으며 희미하게 고개를 저었다.

『신문에 났냐?』

『응。』

사실은, 라디오 뉴스를 듣고 알았다. 요조는, 히다의 뜨뜻미지근한 태도에 괘씸

한 마음이 들었다. 좀 더 허물없이 대해주면 좋으련만, 하고 생각했다. 하룻밤 지

났다고, 공중제비를 돌 듯 태도를 바꿔, 나를 이방인 취급해버린 십년지기가 얄미

웠다. 요조는 다시 잠든 척했다. 히다는, 따분하다는 듯 마룻바닥을 슬리퍼로 탁탁

치거나 하면서, 한동안 요조 머리맡에 서 있었다.

문이 소리도 없이 열리더니, 교복을 입은 작달막한 대학생이, 비쭉 그 고운 얼굴

을 내밀었다. 히다는 그 얼굴을 발견하고, 신음할 만큼 마음이 놓였다. 뺨으로 번

지는 미소의 그림자를, 입꼬리를 뒤틀어 떨쳐내면서, 일부러 여유로운 발걸음으로

문을 향해 느긋이 걸어갔다.

『지금 왔냐?』

『그래.』

고스게는, 요조 쪽을 살피며, 기침 섞인 대답을 했다.

고스게라고 한다. 이 녀석은, 요조와 친척이고, 대학교 법학과에 적을 두었는데, 요조하고는 세 살이나 나이 차가 있지만, 그래도, 허물없는 친구. 모던보이는, 나이를 별로 따지지 않는다. 겨울방학이라 고향에 내려가 있다가, 요조 소식을 듣고는, 곧장 급행열차를 타고 날아온 것이다. 두 사람은 복도로 나가 선 채로 이야기했다.

『검댕 묻었어.』

히다는, 대놓고 깔깔 웃으며, 고스게의 코밑을 가리켰다. 열차의 매연이, 거기에 엷게 들러붙어 있었다.

『그래?』

47

고스게는, 당황해서 가슴 주머니에서 손수건을 꺼내, 곧바로 코밑을 문질렀다.

『어떠냐? 어떤 상태냐?』

『오바? 괜찮은 것 같네.』

『그래? ……지워졌냐?』

코밑을 쭉 내밀어 히다에게 보여준다.

『지워졌네. 지워졌어. 집에서 난리가 났겠구만.』

손수건을 도로 가슴 주머니에 쑤셔 넣으며 대답했다.

『응. 난리지. 거의 초상집이드만.』

『집에서 누가 오시냐?』

『형님이 오실 거야. 아버님은, 그냥 놔두라고, 그러고 계신다.』

『대사건이로구만.』

히다는 푹 꺼진 이마에 한 손을 짚고 중얼거렸다.

『요짱, 정말, 괜찮긴 한 거야?』

『의외로, 덤덤해. 짜식, 항상 그렇지.』

고스게는 신이라도 나는지 입꼬리에 미소를 머금고 고개를 갸웃거렸다.

『어떤 기분일까?』

『내가 알아……, 오바 만나보지 그래?』

『됐어. 만나봐야, 할 말도 없는데, 게다가, ……무섭잖아.』

두 사람은, 키드득거렸다.

마노가 병실에서 나오며 말했다.

『다 들려요. 여기서 얘기하지 않도록 해주세요.』

『아이고, 이런.』

허다는 미안해하며, 커다란 몸을 애써 작게 옴츠렸다. 고스게는 신기하다는 표

정으로 마노의 얼굴을 훔쳐보고 있었다.

『두 분, 그, 점심은 드셨나요?』

『아직요.』

두 사람이 동시에 대답했다. 마노가 얼굴을 붉히며 웃음을 터뜨렸다. 셋이 다 함께 식당으로 가고 난 후, 요조는 몸을 일으켰다. 비에 흐려진 먼 바다를 바라보는 것이다.

『여기를 지나면 아득한 심연.』

그리고 맨 앞 첫머리로 돌아간다. 그나저나, 내가 생각해도 어설프다. 무엇보다 나는, 이런 식으로 시간을 조작하는 걸 좋아하지 않는다. 좋아하지 않지만 시도해 보았다. 여기를 지나면 슬픔의 도시. 나는, 평소 입에 붙은 지옥문의 탄식을, 영예로운 첫머리 첫 줄로 밀고 싶었기 때문이다. 딱히 이유는 없다. 만약 이 한 줄 때문에, 내 소설이 실패해버린대도, 나는 소심하게 그 문장을 말살할 마음은 없다. 그 한 줄을 지우는 것은, 내 오늘날까지의 삶을 지우는 것이다.

『이데올로기야, 너, 마르크시즘이라구.』

그 이야기는 알맹이가 없어서, 좋다. 고스게가 그 말을 꺼낸 것이다. 나 보란 듯한 얼굴로 그렇게 말하며, 우유 잔을 다른 손에 바꾸어 쥐었다.

사방의 판자벽에는, 하얀 페인트를 칠했고, 동쪽 벽에는, 원장인 듯한 훈장을 가슴에 세 개 달고 있는 초상화가 높이 걸렸는데, 열 개쯤 되는 기다란 테이블이 그 아래로 죽 늘어서 있었다. 식당은, 휑했다. 히다와 고스게는, 동남쪽 구석 테이블에 앉아, 식사를 했다.

『꽤나, 빡세게 했어.』

고스게는 목소리를 낮추며 말을 이었다.

『약한 몸으로, 그렇게 빵이를 쳤으니, 죽고 싶어진 거야.』

『요조는 행동대 캡틴이었지? 나도 알아.』

히다는 빵을 우물우물 씹으며 끼어들었다. 히다는 유식한 척하는 게 아니다. 좌익에 관한 용어쯤은, 그맘때 청년이라면 누구나 알고 있었다.

『그렇지만……, 그게 전부는 아니야. 예술가는 그렇게 단순하지가 않다구.』

식당은 어두워졌다. 비가 거세진 탓이다.

고스게는 우유를 한 모금 마시고서 말했다.

『넌, 사물을 주관적으로밖에 생각하지 못하니까 안 되는 거야. 무릇……, 애초에 말이야. 한 인간의 자살에는, 본인이 의식하지 못한 뭔가 객관적이고 커다란 원인이 숨어 있는 법이다, 라잖아. 집에서는, 다들, 여자가 원인이라고 결론을 내버렸는데, 나는, 그렇지 않다고 못 박았어. 여자는 그냥, 길동무. 다른 커다란 원인이 있는 거야. 집안 인간들은 그걸 몰라. 너까지, 이상한 말을 하고. 왜 그래?』

히다는, 발밑에서 타오르는 스토브 불꽃을 뚫어져라 바라보며 중얼거렸다.

『여자한테는, 근데, 남편이 따로 있었단 말이야.』

우유 잔을 내려놓고 고스게는 대꾸했다.

『아는데. 그런 건, 아무것도 아니야. 요짱한테는, 방귀보다 하찮은 일이야. 여자한테 남편이 있으니까, 동반자살을 한다? 시시하잖아.』

우겨대고는, 머리 위에 있는 초상화를 한쪽 눈을 감고 노려보았다.

『저게, 여기 원장인가?』

52

『그렇겠지. 하지만……, 진실은 오바가 아니면 모르지.』

『그건 그래.』

고스게는 순순히 동의하고, 두리번두리번 주위를 둘러보았다.

『춥네. 너, 오늘 여기서 자고 갈 거냐?』

히다는 빵을 허겁지겁 씹어 삼키며, 끄덕였다.

『자고 갈 거다.』

청년들은 늘 진지한 마음으로 토론하지 않는다. 서로 상대의 신경을 건드리지 말아야지 말아야지 최대한으로 주의를 기울이면서, 자기 신경도 소중히 감싼다. 쓸데없는 모욕을 당하고 싶지 않은 것이다. 그럼에도 불구하고 일단 상처를 입으면, 상대를 죽이든가 내가 죽든가, 기어이 거기까지 생각을 몰고 간다. 그래서, 싸움이 싫은 것이다. 그들은, 얼렁뚱땅 얼버무리는 말을 허다하게 알고 있다. 「아니」라는 한 마디조차, 상황에 맞게 열 가지 다른 말로 표현할 것이다. 토론을 시작하기 전부터, 이미 타협의 눈길을 주고받는다. 그리고 막판에는 웃는 얼굴로 악수하면서, 뱃속으로 서로가 이렇게 중얼거린다.

「저능한 새끼!」

그나저나, 내 소설이, 점점, 산으로 가는 것 같다. 이쯤에서 분위기를 바꿔, 파노라마식으로 여러 장면을 전개시킬까? 개소리하지 마. 뭘 해도 어설픈 주제에.

아아, 잘 돼야 될 텐데.

다음 날 아침은, 화창하게 개었다. 바다는 잔잔하고, 오시마 섬 화산이 내뿜는 연기가, 수평선 위로 하얗게 피어오르고 있었다. 제길. 나는 풍경을 묘사하는 게 싫다.

1호실 환자가 눈을 뜨니, 병실엔 초겨울 햇살이 가득했다. 전담 간호사와, 아침 인사를 나누고, 곧바로 아침 체온을 쟀다. 36도 4분. 그러고 나서, 식전 일광욕을 하러 베란다로 나갔다. 간호사한테 슬쩍 옆구리를 찔리기 전부터, 이미, 4호실 베란다를 훔쳐보고 있었다. 어제 들어온 신입 환자는, 곤색 흰점무늬 겹옷을 단정히 입고 등나무의자에 앉아, 바다를 바라본다. 눈이 부신 듯 굵은 눈썹을 찌푸렸다.

54

그렇게까지 잘생긴 얼굴은 아닌 것 같다. 간간이 뺨에 붙은 거즈를 손등으로 가볍게 두드렸다. 일광욕 침대에 드러누워, 실눈을 뜨고 그 정도만 관찰하고서, 간호사에게 책을 가져오게 했다. 『보바리 부인』. 이 책, 평소에는 지루해서 대여섯 페이지쯤 읽다가 내팽개치곤 했는데, 오늘은 진지하게 읽고 싶었다. 지금, 이걸 읽는게, 썩 잘 어울린다고 생각했다. 팔랑팔랑 책장을 넘겨, 백 페이지 언저리부터 읽기 시작했다. 좋은 문장을 하나 건졌다. 「엠마는, 횃불을 밝히고, 한밤중에 결혼식을 하고 싶었다.」

2호실 환자도, 깨어 있었다. 일광욕을 하러 베란다로 나가, 얼핏 요조의 모습을 보자마자, 다시 병실로 뛰어 들어갔다. 이유 없는 두려움이 느껴졌다. 곧장, 침대로 기어들어 가버렸다. 간병하던 어머니는, 웃으며 이불을 덮어주었다. 2호실 아가씨는, 머리까지 이불을 끌어올려 뒤집어쓰고, 그 작은 어둠 속에서 눈을 반짝이며, 옆방에서 들려오는 이야기소리에 귀 기울였다.

「미인이라는데.」

그리고 슬그머니 웃음소리가 났다. 히다와 고스게가 묵고 있었던 것이다. 그 옆

빈 병실에 있는 침대 하나에서 둘이 잤다. 고스게가 먼저 잠에서 깨어, 홀쭉한 눈

을 떨떠름하게 뜨고 베란다로 나갔다. 요조의 가식적인 포즈를 곁눈질로 흘끔 보고

나서, 그런 포즈를 취하게 한 원인을 찾기 위해, 핵 하고 왼쪽으로 고개를 돌렸다.

맨 끝 베란다에서 젊은 여자가 책을 읽고 있다. 여자가 누운 침대 뒤로는, 이끼 낀

축축한 돌담이 있었다. 고스게는, 서양식으로 어깨를 으쓱하더니, 이내 방으로 돌

아와, 자고 있는 히다를 흔들어 깨웠다.

『일어나. 사건이다, 사건!』

그들은 사건을 날조하는 것을 즐긴다.

『요짱의 대포즈.』

그들의 대화에서는, 「대」라는 형용사가 자주 쓰인다. 따분한 이 세상, 무언가

기대할 수 있는 대상이 필요하기 때문이기도 하리라.

히다는, 깜짝 놀라 벌떡 일어났다.

『뭔데?』

고스게는 웃으며 말했다.

『소녀가 있어! 요쨩이, 거기다 대고 가장 자신 있어 하는 옆얼굴을 들이밀고 있다구.』

히다도 신이 나서 떠들기 시작했다. 양쪽 눈썹을 야단스럽게 와짝 위로 치켜 올리고 물었다.

『예쁘냐?』

『예쁜 것 같아. 공갈 독서를 하고 있던데.』

히다는 웃음을 터뜨렸다. 침대에 앉은 채, 재킷을 걸치고, 바지를 입더니, 소리쳤다.

『좋았어, 혼내주자.』

혼내줄 생각은 없다. 이건 그냥 험담이다. 그들은 친구 험담조차 아무렇지도 않게 내뱉는다. 그때그때 흐름에 맡기는 것이다.

『오바 이 새끼, 세상 여자를 전부 갖고 싶은 거야.』

조금 지나, 요조의 병실에서 여러 사람이 웃는 소리가 와 하고 나더니, 병동 전체로 울려 퍼졌다.

1 호실 환자는, 책을 탁 덮고, 요조의 베란다 쪽을 수상쩍게 쳐다보았다. 베란다에는 아침 해를 받아 빛나는 하얀 등나무의자만 하나 덩그러니 놓여 있을 뿐, 아무도 없었다. 그 등나무의자를 바라보며, 꾸벅꾸벅 졸았다.

2 호실 환자는, 웃음소리를 듣고, 쏙 하고 이불에서 얼굴을 내밀고, 베갯머리에서 있는 어머니와 조용히 미소를 나누었다.

6 호실 대학생은, 웃음소리에 잠을 깼다. 대학생은, 간병하는 사람도 없었고, 하숙생처럼, 느긋한 나날을 보내고 있었다. 웃음소리가 어제 새로 입원한 환자 방에서 나는 것임을 알고, 푸르죽죽하던 얼굴이 발그레해졌다. 웃음소리가 조심성 없다고 생각하지도 않았다. 회복기 환자 특유의 너그러운 마음으로, 오히려 요조의 건강이 좋은 것 같아 안심했다.

나는 삼류 작가일까? 아무래도, 내가 너무 나간 것 같다. 파노라마식 전개 어쩌구 하면서 꼴값을 떨다가, 결국 이렇게 우쭐해져서 우왕좌왕하고 있다. 자, 기다리시라. 이런 낭패가 생길까 하여, 미리 준비해둔 말이 있다. 선한 마음으로, 사람은, 악한 문학을 만든다. 즉 내가, 이렇게 너무 나간 것도, 내 마음이 그만큼 악마적이지 않기 때문이다. 아아, 이 말을 생각해낸 자에게 행운 있으라. 이 얼마나 고귀한 보석 같은 말인가! 그렇지만 작가는, 평생 딱 한 번밖에 이 말을 쓸 수 없다. 아쉽지만 그런 것 같다. 한 번은, 애교다. 만약 그대가, 두 번 세 번 되풀이해서, 이 말을 방패로 삼는다면, 아마도 그대는 비참해지리라.

『실패를 해버렸지 뭐야.』

침대 옆 소파에 히다와 나란히 앉아 있던 고스게는, 그렇게 말을 맺고, 히다의 얼굴과, 요조의 얼굴과, 그리고, 문에 기대 서 있는 마노의 얼굴을, 차례차례 돌아보고, 모두 웃고 있는 것을 확인한 뒤, 만족스럽다는 듯 히다의 굽은 오른쪽 어깨에 머리를 기댔다.

그들은, 잘 웃는다. 별것 아닌 일에도 크게 소리 내어 자지러지게 웃는다. 웃는

얼굴을 꾸며내기란, 청년들에게, 숨을 내쉬는 것과 매한가지일 만큼 쉽다. 어느 무

렵부터 그런 습성이 붙기 시작한 걸까? 웃지 않으면 손해를 본다. 웃어야 할 어떤

한 사소한 대상도 놓치지 말고 웃어라. 아아, 이야말로 탐욕스런 미식주의(식도락)

의 덧없는 편린이 아닐는지.

하지만 슬프게도, 그들은 마음껏 웃지 못한다. 숨넘어갈 듯 웃으면서도, 자기 자

세를 신경 쓴다. 그들은 또한, 남을 잘 웃긴다. 자기에게 상처를 입히면서까지, 남

을 웃기고 싶어 한다. 그러한 태도는 어쨌든 허무한 마음에서 발생하는 것일 테지

만, 그러나, 어떤 고민 끝에 내린 결심임을 미루어 짐작할 수 있지 않을까?

희생정신. 약간, 될 대로 되라 식으로, 이렇다 할 목적도 없는 희생정신. 그들이

이따금씩, 현재의 도덕으로 가늠하더라도 미담이라 할 만한 훌륭한 행동을 할 때가

있는 것은, 전부 이 숨겨진 희생정신 때문이다. 이건 나의 독단이다. 그러나 책상

머리에 앉아 생각해낸 것이 아니다. 모두 나 자신의 육체에서 들려오는 사념이다.

요조는, 아직 웃고 있다. 침대에 걸터앉아 두 다리를 덜덜덜덜 흔들어대고, 뺨에 붙은 거즈에 신경을 쓰고 또 쓰면서, 웃고 있다. 고스게의 이야기가 그렇게 우스웠나? 그들이 어떤 이야기에 흥겨워하는지에 대한 한 가지 예를, 여기에 몇 줄 끼워 넣겠다.

고스게가 이번 방학 중에, 고향 마을에서 30리(12킬로미터)쯤 떨어진 산속 어느 유명 온천장에 스키를 타러 갔다가, 거기 여관에서 하룻밤을 묵었다. 깊은 밤, 뒷간에 가는 길에, 복도에서 같은 여관에 묵는 젊은 여자와 스쳐지나갔다. 그게 전부다. 그러나, 이것이 대사건이란다. 고스게 입장에서는, 잠깐 스치듯 지나갔을 뿐이지만, 그 여자에게 예사롭지 않은 좋은 인상을 주어야만 직성이 풀리는 것이다. 딱히 뭘 어떻게 하겠다는 것도 아니지만, 그 스치는 순간에, 그는 목숨 바쳐 가식적인 포즈를 취한다. 그러면서 인생에 진심으로 무언가 기대를 한다. 그 여자와 생길 수 있는 온갖 일들을 순식간에 이리저리 생각하며, 가슴이 부풀어 터지는 느낌이 든다. 그들은, 이렇게 숨 막히는 순간을, 적어도 하루에 한 번은 경험한다. 그래서 그들은 마음을 놓지 않는다. 혼자 있을 때도, 자기 태도를 꾸민다.

깊은 밤, 고스게가, 뒷간에 가던 그때조차, 새로 맞춘 파란 외투를 말쑥이 차려

입고 복도로 나갔다고 한다. 고스게는 그 젊은 여자와 스쳐지나간 후에, 뻐저리게,

다행이라고 생각했다. 외투를 입고 나가서 다행이라고 생각했다. 휴우 하고 한숨

을 쉬고, 복도 맨 끝에 걸린 커다란 거울을 흘끗 봤는데, 실패였다. 외투 아래로,

꾀죄죄한 쫄쫄이 내복을 입은 두 다리가 쑥 나와 있었다.

『허허 참.』

역시나 가볍게 웃으며 말하는 것이다.

『내복이 말려 올라가서, 다리털이 시커멓게 보이는 거야. 잠결에 얼굴은 퉁퉁

부어가지구.』

요조는, 내심 그렇게 우습지는 않았다. 고스게가 지어낸 이야기 같다는 생각도

들었다. 그래도 큰 소리로 웃어주었다. 친구가 어제와 달리, 요조에게 허물없이 대

하려 노력하는, 그 마음에 대한 답례의 의미도 있어, 일부러 배꼽 빠지게 웃어주었

을 뿐이다. 요조가 웃으니, 히다와 마노 또한, 이때다 싶어 웃었다.

히다도 안심했다. 이제 무슨 말이든 할 수 있을 것 같았다. 하지만 아직, 아직이

야, 하고 참았다. 히다는 머뭇거리고 있었다.

우쭐해진 고스게가, 오히려 술술 지껄여댔다.

『우린, 여자 문제에 대해서는 실패야. 요짱도 그렇잖아?』

요조는, 여전히 웃으며, 고개를 갸우뚱했다.

『그런가?』

『그렇지. 죽는 건 아니지.』

『실패인가?』

히다는, 너무나 기뻐서, 가슴이 두근댔다. 가장 거추장스러운 벽을 고스게가 미

소지으며 무너뜨린 것이다. 이런 불가사의한 성공도, 고스게의 부족한 인덕 덕분

이겠거니 생각하며, 그 어린 친구를 꼭 안아주고 싶은 충동을 느꼈다.

히다는 성긴 눈썹을 기분 좋게 치켜 올리고, 더듬거리며 말을 꺼냈다.

63

『실패인지 아닌지, 한 마디로 말할 수는 없을 것 같아. 가장 중요한 원인을 모르잖아.』

이게 아닌데, 싶었다. 곧바로 고스게가 거들었다.

『그거야, 알지. 히다랑 한바탕 토론을 했거든. 난 이데올로기가 막다른 길에 부딪쳤기 때문이라고 생각해. 히다 이 자식아, 고상한 척하지 마, 원인은 따로 있는데, 무슨 말 하는 거야?』

간발의 틈도 주지 않고 히다는 대답했다.

『그런 이유도 있겠다만, 그게 다는 아니지. 말하자면 여자한테 푹 빠졌던 거야. 싫은 여자랑은 죽을 리가 없어.』

요조한테 아무것도 간파당하고 싶지 않은 마음에, 가리지 않고 성급히 내뱉은 말이었는데, 그게 오히려 요조 귀에도 악의 없이 들렸나 보다. 히다는 대성공이군, 하고 생각하며 남몰래 한숨을 돌렸다.

요조는 긴 속눈썹을 내리깔았다. 허무. 오만. 나태. 아첨. 교활. 악덕의 소굴.

피로. 분노. 이기주의. 허약. 기만. 병독. 그런 단어들이 뒤숭숭히 그의 가슴을 흔들었다. 말해버릴까? 하고 생각했다. 일부러 풀 죽은 듯 중얼거렸다.

『사실은, 나도 모르겠어. 모든 게 원인인 것 같은 기분이 들어서.』

『알지, 알지.』

고스게는 요조의 말이 끝나기 전부터 고개를 끄덕였다.

『그럴 수도 있지. 근데, 간호사가 안 보이네. 눈치가 빠른 건가?』

내가 앞서도 말해두었지만, 그들의 토론은, 서로의 사상을 교환한다기보다, 그 자리의 분위기를 화기애애하게 조성하기 위해 행해진다. 무엇 하나 진실을 말하지 않는다. 그렇지만, 잠깐 든다 보면, 뜻하지 않은 횡재를 할 때가 있다. 그들의 가식적인 말 속에서, 간혹 놀랄 만큼 솔직한 여운이 느껴지는 경우가 있다. 조심성 없이 내뱉는 말이야말로, 진실에 가까운 것을 품고 있는 법이다. 요조는 방금, 모든 게 원인, 이라고 중얼거렸는데, 그 말이야말로 그가 무심코 토해버린 진심이 아닐까? 그들의 마음속에는, 혼돈과, 그리고, 까닭 모를 반발만이 존재한다. 어쩌면, 자존심만, 이라 해도 좋을지 모른다. 더구나 예민하게 날이 선 자존심이다. 미풍에도 흔들리고 바들바들 떤다. 모욕을 당했다는 확신이 들기가 무섭게, 죽을 듯이 괴로워한다. 요조에게 자살의 원인을 묻자 당혹스러워하는 것도 무리가 아니다. 모든 게 원인이다……。

그날 정오 지나, 요조의 형이 청송원에 도착했다. 형은, 요조와 닮지 않았고, 보기 좋게 살집이 있었다. 하카마⁷ 차림이었다. 원장의 안내를 받아, 요조의 병실 앞까지 왔을 때, 방 안에서 명랑한 웃음소리가 들려왔다. 형은 못 들은 척했다.

『여깁니까?』

『예. 이제 건강하십니다.』

원장은, 그렇게 말하면서 문을 열었다.

고스게가 깜짝 놀라, 침대에서 뛰어내렸다. 요조 대신 누워 있었던 것이다. 요조와 히다는, 소파에 나란히 앉아, 트럼프를 치다가, 둘 다 얼른 일어섰다. 마노는, 침대 머리맡 의자에 앉아 뜨개질을 하고 있었는데, 그녀도, 멋쩍다는 듯 꾸물꾸물

뜨개질 도구를 정리했다.

『친구분들이 와 계셔서, 시끌벅적합니다.』

원장은 뒤돌아 형에게 그렇게 소곤거리며, 요조 옆으로 다가갔다.

『이제, 괜찮지요?』

『예.』

그렇게 대답하면서, 요조는 갑자기 비참한 기분이 들었다. 원장의 눈은, 안경 속에서 웃고 있었다.

『어때요, 요양원 생활 한번 해보시겠습니까?』

요조는 비로소 죄인의 위축감이 느껴졌다. 그저 미소로 대답했다. 형은 그 사이에, 빈틈없는 사람답게 마노와 히다에게, 신세 졌습니다, 하며 인사를 하고, 그리고 고스게에게 진지한 얼굴로 물었다.

『어젯밤에는, 여기서 잤다고?』

『네.』

고스게는 머리를 긁적이면서 답했다.

『옆 병실이 비어 있어서, 거기서 히다하고 둘이 잤습니다.』

『그럼 오늘밤부터 내가 묵는 숙소로 오게. 에노시마에 여관을 잡아두었네. 히다 씨, 자네도.』

『넵.』

히다는 굳어 있었다. 손에 카드 세 장을 쥔 채 이러지도 저러지도 못하고 대답했다.

형은, 아무렇지도 않다는 듯 요조 쪽을 향했다.

『요조, 이제 괜찮니?』

『응.』

일부러, 대단히 못마땅하다는 표정을 지으며 고개를 끄덕였다. 형은, 갑자기 말이 많아졌다.

『히다 씨. 원장 선생님 모시고, 이제부터 다 같이 점심을 먹으러 나갑시다. 내가, 아직 에노시마를 본 적이 없어서. 선생님께 안내를 부탁드리려고 하는데, 바로, 나갑시다. 자동차도 대기시켜 놓았으니. 날씨 좋군.』

나는 후회하고 있다. 어른 두 사람을 등장시키는 바람에, 완전히 영망진창이다.

요조와 고스게, 허다 그리고 나, 넷이 어우러져 모처럼 기세 좋게 달아오른, 어딘

지 색다른 분위기가, 어른 둘 때문에, 처참하게 시들어버렸다. 나는 이 소설을 낭

만적 분위기로 쓰고 싶었다. 처음 몇 페이지에서 어지럽게 소용돌이치는 분위기를

조성해두었다가, 그걸 조금씩 여유 있게 풀어 나가고 싶었다. 서투름을 핑계 삼으

며, 겨우겨우 여기까지는 붓을 움직여 왔다. 그러나, 붕괴, 와해다.

미안. 용서해줘! 거짓말이야. 알면서 모른 척한 거라구. 다 일부러 그런 거야.

쓰고 있는데, 그, 낭만적 분위기라는 게 부끄러워져서, 내가 일부러 때려 부숴버

렸을 뿐이야. 만약 정말로 붕괴, 와해에 성공했다면, 그건 오히려 내가 의도한 대

로다. 악, 취, 미. 이제 와서 내 마음을 괴롭히는 것은 그 한마디다. 타인을 이유

도 없이 억압하려 하는 집요한 취향을 그렇게 부른다면, 어쩌면 나의 이런 태도 역

시 악취미일 것이다. 나는 지기 싫었다. 속을 들여다보이고 싶지 않았다. 허나, 그

것은, 덧없는 노력이겠지. 아! 작가는 모두 이런 존재일까? 고백하면서도 말을 꾸민다. 내가 인간답지 않은 걸까? 정상적이고 인간다운 삶을, 나는 누릴 수 있을까? 이렇게 쓰면서도 난 내 문장을 가식적으로 꾸미고 있다.

무엇이든, 모두 털어놓겠다. 사실, 내가 이 소설 한 단락 한 단락 묘사 사이사이에, 「나」라는 남자가 얼굴을 내밀고, 하지 않아도 될 말을 한바탕 늘어놓게 한 것에도, 교활한 속셈이 있다. 나는, 그걸 독자에게 들키지 않고, 「나」로 인하여, 특이한 뉘앙스를 작품에 몰래 부여하고 싶었다. 그것은 일본에 아직 없는 하이칼라한 형식이라 자부했다. 하지만 패배했다. 아니, 나는 이 패배의 고백도, 소설 속 플랜 안에 넣어 두었을 것이다. 가능하면 나는, 좀더 나중에 그 사실을 밝히고 싶었다. 아니, 이 말조차, 나는 처음부터 준비해 두었던 것 같은 기분이 든다. 아아, 이제 나를 믿지 마. 내가 한 마디도 믿지 마.

나는 왜 소설을 쓰는가? 신인 작가로서의 영광이 탐나는가? 그렇지 않으면 돈이 탐나는가? 연극처럼 꾸미려는 마음을 빼고 대답해봐. 둘 다 탐난다고. 탐이 나

미치겠다고. 아아, 나는 아직도 뻔한 거짓말을 하고 있다. 이런 거짓말에, 사람들은 깜빡 걸려든다. 거짓말 중에서도 비열한 거짓말이다. 나는 왜 소설을 쓰는가? 난처한 말을 꺼냈군. 할 수 없다. 변죽만 울리는 것 같아 싫긴 하지만, 일단 한마디 대답은 해두자.

『복수.』

다음 묘사로 넘어가자. 나는 시장통 예술가다. 예술품이 아니다. 내 불쾌한 고백이, 이 소설에 어떠한 뉘앙스를 가져다준다면, 그것은 천만뜻밖의 행운이다.

요조와 마노만 남겨졌다. 요조는, 침대로 기어들어가, 눈을 끔뻑끔뻑하면서 이런저런 생각을 했다. 마노는 소파에 앉아, 트럼프 카드를 정리했다. 카드를 보라색 종이상자에 집어넣으며, 말했다.

『형님이신가요?』

『아아.』

놉은 천장 흰 벽을 바라보며 대답했다.

『닮았나?』

작가가 묘사하는 그 대상에 애정을 잃으면, 즉각 이런 칠칠치 못한 문장을 만든 다. 아니, 이제 말 안 해. 꽤 괜찮은 문장이잖아.

『네. 코가요.』

요조는, 소리 내 웃었다. 요조네 집안사람들은, 할머니를 닮아 모두 코가 길다.

『나이가 어떻게 되시는데요?』

마노도 살짝 웃으며, 그렇게 물었다.

『형 말이야?』

요조는 마노 쪽으로 얼굴을 돌렸다.

『젊어. 서른셋이니까. 대단한 사람인 척 우쭐우쭐, 목에 힘주고 다니면 단가.』

마노는, 문득 요조의 얼굴을 쳐다봤다. 눈살을 찌푸린 채 말하고 있었다. 그리고 당황해서 눈을 내리깔았다.

『형은, 그나마 괜찮은데. 아버지가…….』

요조는 말하다 말고 입을 닫고 얌전히 앉아 있다. 나의 대역이 되어, 타협하고 있는 것이다. 마노는 자리에서 일어나, 병실 구석에 있는 책장으로 뜨개질 도구를 가지러 갔다가 원래대로, 다시 요조 머리맡 의자로 돌아와, 뜨개질을 시작하면서, 마노도 또한 생각했다. 이데올로기도 아닌, 연애도 아닌, 그보다 한 발 앞선 원인을 생각했다.

나는 이제 아무 말도 하지 않으련다. 말을 하면 할수록, 나는 아무 말도 하지 않는 것이다. 정말로 중요한 것에는, 나는 아직 손도 대지 못한 기분이 든다. 당연하지. 많은 말을 빠뜨렸는데. 그것도 당연하겠지. 작가는 자기 작품의 가치를 모른다는 게 소설계의 상식이다. 나는, 분하지만 그것을 인정할 수밖에 없다. 스스로 자기 작품의 효과를 기대한 내가 바보였다. 특히 그 효과를 입에 담지 말았어야 했다. 입에 담는 순간, 또 다른 완전히 별개의 효과가 생긴다. 그 효과를 대충 이렇겠지 하고 짐작하는 순간, 다시 새로운 효과가 튀어나온다. 나는 영원히 그 뒤를

쫓기만 해야 하는 우둔함을 연기한다. 졸작인지 아니면 그럭저럭 나쁘지 않게 썼는

지, 나는 그것조차 알려고 들지 않으련다. 아마도, 내가 쓴 이 소설은, 내가 생각

지도 못한 대단한 가치를 낳으리라. 내가 했던 말들은, 다른 사람한테 언어들은 것

이다. 내 경험에서 배어 나온 것이 아니다. 그래서 또한, 의지하고 싶은 마음도 드

는 거겠지. 분명히 말하건대, 나는 자신감을 잃었다.

전등불이 켜지고, 고스게가 혼자서 병실로 돌아왔다. 들어오기가 무섭게, 누워

있는 요조의 얼굴을 덮치듯이 속삭였다.

『한잔 하고 왔다. 마노한테는 비밀이야.』

그러고 나서, 하악 하고 숨을 요조 얼굴에 세차게 뱉어냈다. 술을 마시고 병실에

드나드는 것은 금지되어 있었다. 뒤쪽 소파에서 계속 뜨개질만 하고 있는 마노를

흘끔 곁눈으로 보고 나서, 고스게는 소리치듯 말했다.

『에노시마 구경하고 왔다. 좋드라, 야.』

그리고 곧장 다시 목소리를 낮춰 속삭였다.

74

『빵이야.』

요조는 몸을 일으켜 침대에 앉았다.

『지금까지, 그냥 술만 마셨냐? 에휴, 상관없어. 마노 씨, 괜찮지?』

마노는 뜨개질하던 손을 멈추지 않고, 웃으면서 대답했다.

『괜찮지 않은데요.』

고스게는 침대 위에 벌렁 드러누웠다.

『원장하고 넷이서 의논했어. 음, 형님은 책략가야. 의외로 수완이 좋으셔.』

요조는 침묵했다.

『내일, 형님하고 히다가 경찰서에 갈 거야. 깔끔하게 정리하신댄다. 히다 그 새끼는 흥분하고 지랄이야. 히다는, 오늘 그쪽에서 잘 거야. 나는, 그러기 싫어서 돌아왔다.』

『내 험담 했겠지?』

『응, 했지. 너 보고 「대」바보래다. 이 다음에 또, 무슨 짓을 저지를지, 알 수

75

가 없다고. 근데 아버님도 잘한 건 없다고, 한마디 더 하시더라. 마노 씨, 담배 피

워도 돼?』

『네.』

마노는 눈물이 나올 것 같아서 그렇게만 대답했다.

『파도 소리가 들리네……。 좋은 병원이야.』

고스게는 불이 붙지 않은 담배를 물고, 취한 사람처럼 거친 숨을 몰아쉬며 잠시

눈을 감고 있었다. 그리고 얼마 안 가, 상체를 벌떡 일으켰다.

『맞다! 옷 가져왔어. 저기 봐뒀다.』

턱으로 문 쪽을 가리켰다.

요조는, 문 옆에 놓여 있는 덩굴무늬가 들어간 커다란 보자기로 시선을 떨구더

니, 역시나 눈살을 찌푸렸다. 그들은 가족에 대한 이야기를 할 때는, 약간 감상적

인 면모를 보인다. 그렇지만, 이는 그저 습관에 불과하다. 어렸을 때부터 받은 교

육이, 그런 면모를 만들어냈을 뿐이다. 하지만 「가족」이라고 하면 「재산」이라는

단어를 떠올리는 것에는 다를 게 없는 것 같다.

『어머니는, 못 말린다니까.』

『응, 형님도 그러시더라. 어머니가 제일 불쌍하다고. 이렇게 옷 걱정까지 해주시다니. 정말이야, 너……. 마노 씨, 성냥 없어?』

마노한테서 성냥을 받아든 고스게는, 성냥갑에 그려져 있는 말 얼굴을 볼을 부풀리고 바라본다.

『너 지금 입고 있는 옷, 원장한테 빌린 거라며?』

『이거 말이야? 응. 원장 아들 옷이래. ……형이, 그 말 말고 다른 말도 했지? 내 험담.』

『비딱해가지구는.』

고스게는 담배에 불을 붙였다.

『형님은, 생각보다 신식이던데. 널 이해하는 것 같아. 아니, 그렇지도 않은가? 산전수전 다 겪은 사람처럼 말하더라구, 아주 그냥. 있잖아, 이번 일의 원인에 대해서, 다 같이 얘기했는데, 그때 말이지, 빵 터졌지 뭐야.』

고스게가 담배연기 링을 내뿜으며 하는 말.

『형님 추측으로는 말이야, 이건 요조가 방탕하게 살다가 돈이 궁해졌기 때문이

다, 하고 아주 진지하게 말씀하시는 거야. 그게 아니라면, 이건 형으로서 하기 거

북한 말인데, 분명 부끄러운 병에 걸려서, 자포자기한 거겠지, 라고.』

그리고 술에 취해 게슴츠레 흐려진 눈을 요조에게로 돌렸다.

『맞아? 아니, 이 자식 설마.』

오늘밤에는 자고 가는 사람이 고스게 한 사람이니, 일부러 옆 병실을 빌릴 것까

지는 없겠다고, 모두가 이야기하여, 고스게도 같은 병실에서 자기로 결정했다. 고

스게는 요조 침대 옆에 나란히 놓인 소파에 누웠다. 녹색 벨벳이 깔린 그 소파에

는, 특수한 장치가 되어 있어서, 어설프지만 침대로 쓸 수도 있었다. 매일 밤 거기

에서 자던 마노는, 오늘은 그 잠자리를 고스게한테 빼앗겨버려, 원장 사무실에서

돗자리를 가져와, 그걸 방의 서북쪽 구석에 깔았다. 요조의 바로 발밑 언저리였다.

그리고 마노는, 어디서 찾아 왔는지, 두 폭짜리 낮은 병풍으로 그 조촐한 잠자리를 둘러쳤다.

『조심성이 많네.』

고스게는 누워서, 그 낡아빠진 병풍을 보며, 혼자 쿡쿡 웃었다.

『가을칠초가 그려져 있네.』[8]

마노는, 요조 머리 위 전등을 보자기로 감싸 어둡게 한 뒤, 잘 자라는 인사를 두 사람에게 하고, 병풍 뒤로 숨었다.

요조는 잠을 설쳤다.

『춥네.』

침대 위에서 몸을 뒤척였다.

『응.』

고스게도 입을 삐죽거리며 맞장구를 쳤다.

『술이 깨버렸잖아.』

마노는 가볍게 기침을 했다.

『뭐 좀 덮어 드릴까요?』

요조는 눈을 감고 대답했다.

『나? 괜찮아. 잠이 안 오네. 파도소리가 귀에 맴돌아서.』

고스게는 요조가 가여웠다. 그것은 전적으로, 어른의 감정이다. 말할 것까지도 없을 테지만, 가여운 것은 여기 있는 저 요조가 아니라, 요조와 같은 처지가 되었을 때의 자기 자신, 또는 그런 처지의 사람들에 대한 일반적인 추상이다. 어른들은, 그런 감정에 잘 훈련되어 있기 때문에, 섭사리 남을 동정한다. 그리고, 헤픈 자기 눈물에 자부심을 가진다. 청년들 또한, 때때로 그런 안이한 감정에 젖을 때가 있다. 어른들의 그런 훈련을, 아무튼 호의적으로 말해서, 자기 삶과의 타협을 통해 얻은 것이라 한다면, 청년들은, 대체 어디서 배운 걸까? 이런 시시한 소설에서?

『마노 씨, 아무 이야기나 좀 해줘. 재밌는 얘기 없어?』

요조의 기분을 바꿔줘야겠다는 오지랖에서, 고스게는 마노에게 응석을 부렸다.

『글쎄요.』

마노는 병풍 뒤에서, 웃음소리와 함께 다만 그렇게 대답을 보내왔다.

『무서운 이야기도 괜찮아.』

그들은 늘, 전율하고 근질근질했다.

마노는, 무언가를 생각하고 있는지, 한동안 대답을 하지 않았다.

『비밀인데요.』

그렇게 운을 떼고, 소리 죽여 웃기 시작했다.

『괴담인데. 고스게 씨, 괜찮죠?』

『제발, 해줘.』

진심이었다.

마노가 막 간호사가 된, 열아홉 살 여름에 있었던 일. 역시나 여자 문제로 자살을 하려던 청년이 발견되어, 어느 병원에 수용되었는데, 거기서 마노가 병시중을 들었다. 환자는 약물 중독이었다. 온몸에 자줏빛 반점이 흩어져 있었다. 살아날 가

망이 없었다. 저녁에 한 번, 의식을 회복했다. 그때 환자는, 창밖 돌담 위를 바라볼 수 없

이 노닐던 작은 물맞이게를 보고, 예쁘구나, 하고 말했다. 그 게는 살아 있을 때는

등딱지가 빨갛다. 다 나으면 잡아서 집에 가져가야지, 그 말을 남기고 다시 의식을

잃었다. 그날 밤, 환자는 세면기에 두 번, 피를 토하고 죽었다. 고향에서 가족들이

올 때까지, 마노는 그 병실에 청년과 둘이 있었다. 한 시간 정도, 참으면서 병실

구석에 있는 의자에 앉아 있었다. 뒤쪽에서 희미한 기척을 들었다. 꼼짝 않고 있자

니, 또 들렸다. 이번에는, 똑똑히 들렸다. 발소리 같았다. 마음을 단단히 먹고 돌

아보니, 바로 뒤에 빨갛고 작은 게가 있었다. 마노는 그 게를 바라보면서, 울어버

렸다.

『신기하지요? 정말로 게가 있었어요. 살아 있는 게. 저, 그때는, 간호사를 그

만두려고 했어요. 나 하나 일하지 않아도, 저희 집은 그럭저럭 먹고살 수 있거든

요. 아버지께 그렇게 말씀드렸더니, 그래, 하고 웃으셨지만요······. 고 스게 씨, 어

때요?』

『어이구 무서워라。』

고스게는、일부러 놀리듯 소리치는 것이다。

『그 병원이라는 데가?』

마노는 그 말에 대답하지 않고、부스럭부스럭 몸을 뒤척이며、혼잣말하듯 중얼거렸다。

『저는요、요조 씨 때도、병원에서 온 호출을 거절할까 했어요。무서웠거든요。그래도、와서 보니 안심이 되더라구요。이렇게 건강하시고、처음부터 화장실에는、혼자 가겠다고 하시던데요?』

『아니、병원 말이야。이 병원 아니야?』

마노는、조금 뜸을 들이다가 대답했다。

『맞아요。이 병원。근데、그건 비밀로 해주세요。신용이 걸려 있으니까。』

요조는 잠꼬대하듯 목소리를 냈다。

『설마、이 방은 아니겠지。』

83

『그럼요.』

『설마, 내가 어제 잔 침대는 아니겠지.』

고스게도 홍내를 냈다.

마노는 웃음을 터트렸다.

『아니니까. 걱정 마세요. 그렇게 신경 쓰실 줄 알았다면, 어휴, 말하지 말 걸 그랬네요.』

『1호실이다!』

고스게는 슬며시 고개를 쳐들었다.

『창문으로 돌담이 보이는 건, 그 방 말고 없어. 1호실이야. 아이고, 소녀가 있는 방이네. 불쌍하게.』

『소란 피우지 마시고, 주무세요. 거짓말이에요. 지어낸 이야기예요.』

요조는 딴생각을 하고 있었다. 소노의 유령을 생각하고 있었다. 그 아름답던 모습을 마음속으로 그리고 있었다. 요조는, 종종 이렇게 가벼워진다. 그들에게 신이

84

라는 단어는, 멍청한 인물에게 주어지는 야유와 호의가 뒤섞인 개뿔도 아닌 대명사에 지나지 않지만, 그것은 그들이 너무 신에 가까이 다가갔기 때문인지도 모른다.

이런 식으로 경망스럽게 이른바 「신의 문제」를 건드리면, 분명 여러분은, 「천박」이라든가 「안이」라든가 하는 단어를 써서 호되게 비난을 하겠지. 아아, 용서하소서. 아무리 변변찮은 작가라 해도, 자기 소설 주인공을 은근슬쩍 신에 근접시키고 싶은 법이다. 그렇다면, 말하겠다. 요조야말로 신을 닮았다. 총애하는 새, 올빼미를 황혼의 하늘로 날려 보내고 가만히 웃으며 바라보는 지혜의 여신 미네르바를!

이튿날, 아침부터 요양원이 술렁거렸다. 눈이 내렸다. 요양원 앞뜰에 땅을 기듯 자라는 천 그루는 될 것 같은 키 작은 소나무들이 온통 눈을 뒤집어썼고, 거기에서 바닷가로 내려가는 서른 몇 개 돌계단에도, 돌계단에 잇닿은 모래사장에도, 눈이 엷게 쌓여 있었다. 내리다 말다 하면서, 눈은 점심나절까지 이어졌다.

요조는, 침대 위에 배를 깔고 엎드려, 눈 내린 풍경을 스케치하고 있었다. 목탄

85

지와 연필을 마노에게 사 오라고 부탁하여, 눈이 완전히 멎을 무렵부터 작업에 들어간 것이다.

병실은 눈에 반사된 빛으로 환했다. 고스게는 소파에 누워, 잡지를 읽고 있었다. 때때로 요조의 그림을, 모가지를 빼고 들여다보았다. 그는 예술이라는 것에, 어렴풋한 경외감을 가지고 있다. 그것은, 요조 한 사람에 대한 신뢰에서 생겨난 감정이다. 고스게는 어렸을 때부터 요조를 봐와서 알고 있었다. 어딘가 남다르다고 생각했다. 같이 어울려 놀면서, 요조의 그 남다른 구석을 머리가 좋은 것이라고 혼자 판단해버렸다. 멋쟁이에 거짓말 잘하고 여자를 밝히는, 그리고 잔인하기까지 했던 요조를, 고스게는 소년 시절부터 좋아했던 것이다. 특히나 학교 다닐 때 요조가 선생님들 험담을 하면서 불을 뿜어내는 듯한 그 눈동자를 사랑했다.

그러나, 사랑하는 방법은, 히다와는 달리, 감상하는 태도였다. 다시 말해 영리했다. 쫓아갈 수 있는 데까지는 쫓아가고, 그러다가 시시해지면 몸을 돌리고 방관한다. 이것이 고스게가, 왠지 요조나 히다에 비해 더욱 신선한 부분일 것이다. 고

86

스게가 예술을 조금이나마 경외하고 있었다면, 그것은, 앞서 말한 파란 외투를 입고 몸단장을 바르게 하는 것과 똑같은 의미이고, 대낮만 계속되는 이 인생에 무언가 기대할 대상을 느끼고 싶은 마음 때문이다. 요조 정도 되는 녀석이, 땀 뻘뻘 흘려가며 그리는 것이니, 분명 범상치 않은 그림이 틀림없다. 그냥 가볍게 그리 생각한다. 그런 점에서, 여전히 요조를 신뢰하고 있는 것이다.

그렇지만, 때로는 실망한다. 지금도, 고스게는 요조의 스케치를 훔쳐보면서, 실망하고 있다. 목탄지에 그려져 있는 것은, 그냥 바다와 섬 풍경이다. 그것도, 평범한 바다와 섬이다. 고스게는 단념하고, 잡지에 실린 강연에 열중했다.

병실은, 쥐 죽은 듯 고요했다. 마노는, 없었다. 세탁장에서, 요조의 모직 셔츠를 빨고 있다. 요조는, 이 셔츠를 입고 바다에 뛰어들었다. 셔츠에는 바다 내음이 은은하게 배어 있었다.

오후가 되어, 히다가 경찰서에서 돌아와 기세 좋게 병실 문을 열어젖혔다.

『캬.』

요조가 스케치하고 있는 것을 보고, 호들갑스럽게 소리쳤다.

『잘 그리네. 좋아. 예술가는, 역시, 일을 하는 게, 멋있어.』

그렇게 말하며 침대로 다가와, 요조 어깨너머로 흘끗 그림을 보았다. 요조는, 허둥대며 목탄지를 반으로 접어버렸다. 그것을 다시 반으로 접으며, 수줍게 말했다.

『망쳤어. 잠깐 안 그린 사이에, 생각만 앞서서.』

히다는 외투를 걸친 채로, 침대 끄트머리에 앉았다.

『그럴지도 모르지. 조바심 내서 그래. 하지만, 그거면 돼. 예술에 열정이 있으니까. 뭐, 그렇게 생각해. ……도대체, 뭘 그린 거냐?』

요조는 턱을 괴고, 유리창 밖 풍경을 턱으로 가리켰다.

『바다를 그렸어. 하늘과 바다는 새카맣고, 섬만 하얗잖아. 그리다가, 시큰둥해져서 관뒀어. 취향이 일단 아마추어 냄새가 나.』

『괜찮은데. 위대한 예술가는, 전부 어딘가 아마추어 같은 면이 있어. 그거면 돼. 처음엔 아마추어였다가, 나중에 프로가 되고, 그러고 나서 다시 아마추어가 되지. 또 로댕 이야기를 하자면, 그 양반은 아마추어의 장점을 노렸던 작가야. 아니, 그렇지도 않은가?』

『나 그림 때려치울 생각이야.』

요조는 작게 접은 목탄지를 품에 넣고서, 히다의 이야기를 덮어버리듯 말했다.

『그림은, 답답해서 안 되겠어. 조각도 그렇잖아?』

히다는 긴 머리카락을 쓸어 올리며, 싱겁게 동의했다.

『그 심정도 이해는 간다.』

『할 수만 있다면, 시를 쓰고 싶어. 시는 정직하니까.』

『그래. 시도 좋지.』

『하지만, 그것도 역시 시시한가?』

이것저것 모조리 시시하다고 해주마 생각했다.

『나한테 제일 어울리는 건 패이트런(후원자)이 되는 건지도 몰라. 돈을 많이 벌어서, 히다처럼 훌륭한 예술가를 많이 모아서, 귀여워해주는 거지. 그런 건, 어때? 예술이고 나발이고, 쪽팔린다.』

여전히 턱을 괴고 바다를 바라보며, 그렇게 말을 맺고, 자기가 한 말의 반응을 조용히 기다렸다.

『나쁘지 않네. 그것도 꽤 훌륭한 삶 이라고 생각해. 그런 사람도 있어야지. 정 말로.』

그러면서 히다는, 메슥거렸다. 한 마디도 반박하지 못하는 자신이, 아닌 게 아니라 아첨꾼 노릇을 하고 있다고 생각되어, 기분이 더러웠다. 그의 이른바, 예술가로서의 긍지가, 마침내 그를 여기까지 끌어올린 것일지도 모른다. 히다는 슬며시 자세를 가다듬었다. 다음 대사 나와랏!

『경찰 쪽은, 어땠어?』

고스게가 불쑥 말을 꺼냈다. 두루뭉술 무난한 대답을 기대하고 있었다. 히다의 동요는 그쪽으로 배출구를 찾아냈다.

『기소될 거야. 자살방조죄라는 걸로.』

말하고 나서 후회했다. 너무했나 싶었다.

『그렇지만, 결국, 기소유예가 나올 거야.』

고스게는, 그때까지 소파에 엎드러져 있다가 벌떡 일어나, 손뼉을 탁 쳤다.

『골치 아프게 됐구만.』

적당히 얼버무리려고 했다. 그러나 소용없었다. 요조는 몸을 크게 뒤틀어, 벌렁 드러누웠다.

사람 하나 죽이고 난 다음답지 않게, 그들의 태도가 너무나 만사태평이라고 분노를 느끼고 있을 여러분들은, 이 대목에 이르러서야 비로소 쾌재를 부를 것이다. 꼴좋구나 하고. 그러나, 그건 가혹하다. 어찌, 만사태평이겠는가. 늘 절망 곁에 머물며, 상처받기 쉬운 어릿광대의 꽃을 비바람 맞지 않게 가꾸고 있는 이 서글픔을 그대가 알아준다면!

히다는 자기가 내뱉은 한마디의 효과에 안절부절못하고, 요조의 발을 이불 위로 가볍게 두드렸다.

『괜찮아. 괜찮아.』

고스게는, 다시 소파에 드러누웠다.

『자살방조죄?』

한술 더 떠, 일부러 깐족대는 것이다.

『그런 법도 있었냐?』

요조는 발을 옴츠리며 말했다.

『있어. 징역감이지. 넌 법학과 학생 주제에 그것도 몰라?』

히다는, 애처롭게 미소 지었다.

『괜찮아. 형님이, 잘 하고 계셔. 형님은, 그래도, 고마운 구석이 있어. 아주 열
심이야.』

『능력이 좋아.』

고스게는 엄숙하게 눈을 감았다.

『걱정 안 해도 될 거야. 상당한 책략가니까.』

92

『병신.』

히다는 웃음을 터트렸다. 그는 침대에서 내려와 외투를 벗어, 문 옆에 박힌 못에 걸었다.

『재밌는 이야기를 들었어.』

문 가까이에 놓인 둥그런 도자기 화로 앞에 가랑이를 벌리고 앉으며 말했다.

『여자의 남편 말이야.』

잠깐 망설이다, 눈을 내리깔고 이야기를 이어갔다.

『그 양반이, 오늘 경찰서에 왔더라. 형님하고 둘이서 얘기를 했어. 나중에 형님이 그 이야기를 해주셨는데, 좀 가슴이 찡하더라구. 돈은 한 푼도 필요 없다, 다만 그 남자를 만나고 싶다, 라고 했대. 형님은, 그걸 거절했지. 환자가 아직 흥분 상태라서요, 하고 거절했어. 그랬더니 그 사람이, 비참한 표정으로, 그러면 동생 분께 안부 전해달라, 우리 일은 신경 쓰지 말고, 몸조리 잘 하라고……』.

하다가 입을 다물었다. 자기 말에 가슴이 벅차오른 것이다. 그 남편이란 작자가,

93

아무리 봐도 실업자 같은 군색한 차림새였다고、 경멸에 찬 비웃음마저 또렷이 입
가에 지으며 말하던 요조의 형을 향해 참고 참은 울분 때문에、 일부러 과장을 섞어
아름답게 이야기한 것이었다.

『만나게 하면 되잖아。 쓸데없는 참견을 하고 지랄이야。』

요조는、 오른쪽 손바닥을 뚫어지게 들여다보고 있었다。 히다는 커다란 몸을 한
번 흔들었다.

『그래도……、 안 만나는 게 나아。 역시、 이대로 남남이 되는 게 낫다구。 벌써
도쿄로 돌아갔다。 형님이 정차장까지 배웅하고 왔어。 형님이 부조금으로 2백 엔
줘서 보냈어。 앞으로 아무런 관계도 없다、 그런 각서 같은 것도、 그 사람한테 쓰게
했고。』

『노련하시네。』

고스게는 얇은 아랫입술을 앞으로 내밀었다.

『겨우 2백 엔에? 대단하셔。』

히다는, 숯불에 달아올라 개기름이 번들거리는 동그란 얼굴을, 험상궂게 찡그렸다. 그들은, 자기 도취에 찬물을 끼얹는 것을 극단적으로 두려워한다. 그런 이유로, 상대의 도취도 인정해준다. 애써 거기에 장단을 맞춰준다. 그것은 그들 사이의 무언의 규율이다. 고스게는 지금 그것을 깼다. 고스게로서는, 히다가 그렇게까지 감동했다고는 생각할 수 없었던 것이다. 그 남편이란 사람의 연약함이 답답했고, 그걸 이용하는 요조의 형도 형이구나, 하면서 그렇고 그런 세상 이야기로 듣고 있었다. 히다는 터덜터덜 걸음을 떼어, 요조 머리맡으로 다가갔다. 유리창에 코를 처박다시피 하며, 흐린 하늘 아래 바다를 바라보았다.

『그 사람이 대단한 거야. 형님이 노련해서가 아니라. 그건 아닌 것 같아. 대단해. 인간의 단념하는 마음이 낳은 아름다움이지. 오늘 아침에 화장했는데, 유골 단지를 안고 혼자 돌아갔다더라. 기차에 오르는 모습이 눈에 선해.』

고스게는, 겨우 이해했다. 이내, 낮은 한숨을 내쉰다.

『미담이군.』

『미담이지? 멋진 이야기지?』

히다는, 획 하고 고스게 쪽을 향해 얼굴을 돌렸다. 기분이 풀린 것이다.

『나는, 이런 이야기를 들으면, 살아 있는 기쁨을 느껴.』

눈 딱 감고, 나는 얼굴을 내민다. 그렇게라도 하지 않으면, 나는 더 이상 계속 쓸 수가 없다. 이 소설은 혼란투성이. 나 자신이 휘청거리고 있다. 요조를 감당 못하고, 고스게를 감당 못하고, 히다도 감당 못했다. 그들은, 나의 치졸한 붓이 답답해서, 멋대로 비상한다. 나는 그들의 흙 묻은 발을 붙잡고 늘어지며, 기다려 기다려 하고 외친다. 이쯤에서 전열을 다시 가다듬지 않고서는, 우선 나부터가 견딜 수 없다.

도무지 이 소설은 재미가 없다. 폼만 그럴싸하다. 이런 소설이라면, 한 장을 써도 백 장을 써도 마찬가지다. 하지만 그건 처음부터 각오하고 있었다. 쓰다 보면, 뭔가 하나쯤, 괜찮은 게 나오겠지 하고 낙관하고 있었다. 나는 어설프다. 어설프긴 해도, 뭔가 하나쯤, 장점이 있지 않을까? 나 자신의 겁먹고 투박한 문장에 절망하면서, 뭔가 하나쯤 어딘가 하나쯤, 하고 그것만을, 여기저기 뒤적이며 찾아다녔다. 그러는 사이에, 나는 조금씩 경직되기 시작했다. 몹시 지쳤던 것이다. 아아, 소설은 무심히 쓰는 게 최고다! 선한 마음으로, 사람은, 악한 문학을 만든다. 이런 바보 같은. 이 말에 최대급의 재앙 있으라! 정신이 나가지 않고서야, 어찌 소설 따위를 쓸 수 있으랴. 하나의 단어, 하나의 문장이, 열 가지 다른 의미가 되어 자기 가슴으로 튀어 돌아올 정도라면, 펜을 꺾어야 한다. 요조가 됐든, 히다가 됐든, 또 고스게가 됐든, 전혀 그렇게 허풍스럽게 과장해서 보여줄 필요가 없다. 어차피 본색은 드러난다. 무뎌져라, 무뎌져라. 무념무상!

그날, 밤이 상당히 이슥해지고, 요조의 형이 병설을 찾아왔다. 요조와 히다, 고스게 이렇게 셋이서, 트럼프를 치며 놀고 있었다. 어제 형이 여기에 처음 왔을 때도, 분명 그들은 트럼프를 치고 있었다. 그렇지만 그들은 하루 종일 트럼프를 만지작거리고 있기만 했던 것은 아니다. 차라리 그들은, 트럼프를 싫어하는 편이다. 어지간히 따분할 때가 아니라면 꺼내지도 않는다. 그것도, 자기 개성을 충분히 발휘

할 수 없을 것 같은 게임은 한사코 피한다. 마술을 좋아한다. 여러 가지 트럼프 마술을 스스로 연구해서 선보인다. 그리고 일부러 그 트릭을 간파하도록 보여준다.

그리고 웃는다. 그리고 또 있다. 트럼프 카드를 한 장 뒤집어서, 자, 이것은 무슨 카드일까? 하고 한 사람이 말한다. 스페이드 여왕. 클로버 기사. 각자 생각대로 취향을 반영하여 아무렇게나 말한다. 카드를 뒤집는다. 들어맞은 선례가 없지만, 그래도 언젠가는 딱 하고 맞겠지, 그들은 생각한다. 맞으면, 얼마나 기분 좋을까?

다시 말해 그들은, 긴 승부가 싫은 것이다. 모 아니면 도. 반짝하는 승부가 좋은 것이다. 그래서, 트럼프를 꺼내지만, 그것도 10분을 손에 들지 않는다.

하루에 10분. 마침 그 짧은 시간에 형이 두 번이나 왔다. 형은 병실로 들어와, 잠깐 눈살을 찌푸렸다. 만날 느긋하게 트럼프냐, 하고 오해한 것이다. 이러한 불행이 인생에는 간혹 있다. 요조는 미술학교 시절에도, 이와 비슷한 불행을 느낀 적이 있다. 언젠가 프랑스어 시간에, 그는 세 번 정도 하품을 했는데, 그 순간순간마다 교수와 시선이 마주쳤다. 분명히 딱 세 번이었다. 일본에서 손꼽히는 프랑스어 학자인 그 노교수는, 세 번째 하품에, 더는 못 참겠다는 듯, 큰 소리로 말했다.

『자네는, 내 시간에 하품만 하나? 한 시간에 백 번이나 하품을 하는군.』

교수는, 하품을 너무 많이 해서 정말로 몇 번인지 세어 보았다는 듯 말했다.

아아, 무념무상의 결과를 보라. 나는, 끝도 없이 질질 끌고 있다. 다시금 전열을 가다듬지 않으면 안 된다. 무심하게 쓰는 경지 같은 건, 나로서는 도저히 엄두가 나지 않는다. 대체 이 글은, 어떤 소설이 될 것인가? 처음부터 되짚어 읽어보자.

나는, 해변의 요양원 이야기를 쓰고 있다. 이 주변은, 꽤 경치가 좋은 것 같다. 게다가 요양원에 있는 사람들도, 모두 나쁜 사람이 아니다. 특히 세 청년은, 아아, 이들은 우리의 영웅이다. 이거로구나! 어려운 이론은 개똥만큼도 도움이 되지 않는다. 나는 이 세 명을, 굳게 내세울 뿐이다. 좋았어, 그렇게 결정했다. 억지로라도 결정하겠다. 아무 말도 하지 마.

형은, 모두에게 가볍게 인사했다. 그리고 히다에게 뭔가 귓속말을 했다. 히다는 끄덕이더니, 고스게와 마노에게 눈짓을 했다. 세 사람이 병실에서 나가기를 기다렸다가, 형은 말을 꺼냈다.

『등이 어둡구나.』

『응. 이 병원은 등을 밝게 켜주지 않거든. 안 앉을 거야?』

요조가 먼저 소파에 앉으며, 그리 말했다.

『아아.』

형은 앉지 않고, 어두운 전구가 거슬리는지 이따금씩 고개를 들어 위를 쳐다보며, 좁은 병실 안을 이리저리 서성거렸다.

『대충, 이쪽 일은, 정리했다.』

『고마워.』

요조는 그 말을 입 안에서 웅얼거리며, 슬쩍 고개를 숙였다.

『나는 별일 아니라고 생각해. 하지만, 이제 집으로 돌아가면 다시 시끄러워지겠지.』

오늘은 하카마를 입지 않았다. 검은 하오리(엉덩이를 덮는 길이의 덧옷)에는, 어째서인지 가슴끈이 안 달려 있다.

『나도, 할 수 있는 데까지는 하겠다만, 너도 아버지께 때맞춰 편지를 쓰도록 해. 너희들, 느긋해 보이던데, 그래도, 성가신 사건이야.』

요조는 대답하지 않았다. 소파에 흩어져 있는 트럼프 카드를 한 장 손에 들고 노려보았다.

『쓰기 싫으면, 안 써도 돼. 내일모레, 경찰서에 갈 거야. 경찰에서도, 지금까지, 특별히 취조를 미뤄준 거야. 오늘은 나랑 히다가 증인으로 조사를 받았다. 평소 너의 행실을 물어보기에, 얌전한 편이라고 대답했어. 사상적으로 뭔가 수상한 점은 없었는지, 물어봐서, 절대 없습니다, 했지.』

형은 서성임을 멈추고는, 요조 앞에 있는 화로를 막아서더니, 커다란 두 손을 숯불에 쬐었다. 요조는 미세하게 떨리고 있는 그 손을 멀거니 바라보고 있었다.

『여자에 대해서도 묻더군. 전혀 모릅니다, 하고 말해뒀어. 히다도 거의 같은 질문을 받았다더라. 내 답변하고 맞아떨어지는 것 같아. 너도, 있는 그대로 대답하면 돼.』

요조는 형이 말하는 의도를 알았다. 그러나, 모른 척 시치미를 뗐다.

『쓸데없는 말은 안 해도 돼. 물어보는 것만 확실히 대답하는 거야.』

『기소될까?』

요조는 트럼프 카드의 가장자리를 오른손 집게손가락으로 어루만지며 작게 중얼거렸다.

『몰라. 그건 알 수 없지.』

목소리에 힘을 주어 그렇게 말했다.

『어차피 네댓새는 경찰서에 있어야 할 거 같으니, 준비하고 가거라. 모레 아침, 내가 여기로 데리러 오마. 같이 경찰서에 가는 거다.』

형은, 숯불로 시선을 떨구고, 한동안 말이 없었다. 눈 녹은 물방울 떨어지는 소리가 파도의 수런거림에 섞여 들려왔다.

『이번 사건은 사건이고.』

불쑥 형이 말을 꺼냈다. 그리고, 별로 대수롭지 않다는 말투로 술술 이야기를 이어갔다.

『너도, 이제 미래에 대해서 생각해야지. 집에도, 그렇게 돈이 많지는 않으니까. 올해는, 지독한 흉작이야. 너한테 말한다고 어떻게 되는 것도 아니지만, 우리 은행도 지금 위험해져서, 아주 야단법석이다. 너는 웃을지 모르지만, 예술이든 뭐든, 우선 먹고 살 생각을 해야 하지 않나 싶은데. 뭐, 이제부터 다시 태어난 셈 치고, 조금 더 분발해야지. 난, 이제 간다. 허다랑 고스게도, 내가 묵는 여인숙에 묵도록 하는 게 낫겠다. 여기서 매일 밤 떠들고 있으면, 안 좋을 수도 있어.』

『내 친구들 다 괜찮지?』

요조는, 일부러 마노에게 등을 돌리고 누워 있었다. 그날 밤부터, 마노가 처음대로, 소파 침대에서 자게 되었던 것이다.

『네……. 고스게, 라는 분.』

조용히 몸을 뒤척였다.

『재미있는 분이세요.』

『아아, 그래 봬도, 아직 어려. 나랑 세 살 차이 나니까, 스물둘이지. 죽은 내 동생하고 동갑이야. 그 자식, 내 나쁜 구석만 흉내 내고 자빠졌어. 히다는 훌륭한 녀석이야. 이미 어른이지. 착실해.』

잠깐 틈을 두고, 작은 목소리로 몇 마디 더 보탰다.

『내가 이런 사고를 칠 때마다 열심히 나를 위로해줘. 우리한테 억지로 장단을 맞추는 거야. 다른 사람한테는 강한데 우리한테만 벌벌 떨어. 에휴.』

마노는 대꾸하지 않았다.

『그 여자 얘기 해줄까?』

여전히 마노에게 등을 돌린 채, 애써 느릿느릿 그렇게 말했다. 뭔가 거북한 기분 이 들 때, 그것을 피하는 법을 몰라, 다짜고짜 철저히 거북하게 만들고야 마는 애 처로운 습성이 요조에게는 있었다.

『재미없는 이야기야.』

마노가 뭐라 말을 하기도 전에 요조는 이야기를 시작했다.

『벌써 누군가한데 들었겠지. 소노라고 해. 긴자에 있는 바에서 일하고 있었어. 정말로, 난 그 바에 세 번, 아니 네 번밖에 안 갔어. 히다도 고스게도 그 여자에 대해서만은 몰랐으니까 말이야. 나도 말하지 않았고.』

그만할까?

『시시한 이야기야. 여자는 생활고 때문에 죽은 거야. 죽기 직전까지, 우리는, 서로 전혀 다른 생각을 하고 있었던 것 같아. 소노는 바다에 뛰어들기 전에, 당신은 우리 선생님하고 닮았네요, 라고 지껄였어. 남편이 있었지. 이삼 년 전까지 소학교 선생님이었다더군. 나는, 왜 그 사람하고 죽으려 했던 걸까? 역시 좋아했던 거겠지.』

이제 그의 말을 믿어서는 안 된다. 그들은, 어째서 이토록 자기를 이야기하는 것 이 서툴까?

『나는, 이래봬도 좌익 일을 하고 있었어. 삐라를 뿌리고, 데모를 하고, 병신이

육갑을 했던 거야. 코미디지. 그래도, 되게 힘들었어. 우리는 선각자라는 영광에

선동되었을 뿐이야. 꼴값한 거지. 아무리 발버둥을 쳐도, 무너져 내릴 뿐이잖아.

나 같은 건, 당장에 거지가 될 지도 몰라. 집이 파산이라도 하면, 그날부로 먹고

살기가 힘들어지거든. 뭐 하나 할 수 있는 것도 없고, 뭐, 거지가 되는 거지.』

아아, 말을 하면 할수록 스스로 정직하지 못한 거짓말쟁이가 되어가는 기분이 드

는 이 커다란 불행!

『나는 숙명을 믿어. 아등바등하지 않아. 사실은 나, 그림을 그리고 싶어. 그냥

너무 그리고 싶어.』

머리를 벅벅 긁으며, 웃었다.

『멋진 그림을 그릴 수만 있다면.』

멋진 그림을 그릴 수만 있다면, 하고 말했다. 그것도 웃으면서 그렇게 말했다.

청년들은, 진지해지면, 아무 말도 할 수 없다. 특히 본심을, 웃음으로 대충 얼버무

린다.

새벽이 밝았다. 하늘에는 일말의 구름도 없었다. 어제 내린 눈은 거의 다 사라지고, 소나무 그늘이나 돌계단 구석에만, 회색으로 조금씩 남아 있었다. 바다에는 안개가 자욱하고, 그 안개 깊은 곳 여기저기에서 고깃배 엔진 소리가 들려왔다.

원장은 아침 일찍 요조의 병실로 회진을 왔다. 요조의 상태를 신중하게 진찰하고서, 안경 속 작은 눈을 깜박거리며 말했다.

『아마 괜찮을 겁니다. 하지만, 조심하세요. 경찰 쪽에는 저도 잘 말해두겠습니다. 아직, 몸 상태가 정상은 아니니까. 마노 양, 얼굴의 반창고는 떼어도 괜찮을 것 같군.』

마노는 곧바로, 요조의 얼굴에서 거즈를 떼어냈다. 상처는 아물었다. 딱지도 떨어져, 그저 불그스름한 반점이 되어 있었다.

『이런 말씀 드리면 실례가 되겠지만, 이제부터는 정말로 공부를 열심히 하도록 하세요.』

원장은 그렇게 말하고, 멋쩍다는 듯 눈을 바다로 돌렸다. 요조도 왠지 민망한 기분이 들었다. 침대 위에 앉은 채로, 벗어둔 옷을 말없이 다시 입었다.

그때 시끄러운 웃음소리와 함께 문이 열리더니, 히다와 고스게가 나뒹굴듯 병실로 들이닥쳤다. 모두에게 아침인사를 했다. 원장도 이 두 사람에게, 인사를 한 뒤, 그리고 머뭇거리며 말을 건넸다.

『오늘이 마지막이로군요. 서운해라.』

원장이 가고 나서, 고스게가 제일 먼저 입을 열었다.

『눈치가 빨라. 문어 같이 생겨가지구는.』

그들은 남의 얼굴에 흥미를 느낀다. 얼굴로, 그 사람 전체의 가치를 정하고 싶어 한다.

『식당에 저 양반 초상화가 있어. 훈장을 달았더군.』

『거지 같은 그림이야.』

히다는, 그렇게 한마디 던지고 베란다로 나갔다. 오늘은 형 기모노를 빌려 입었다. 차분한 갈색 옷감이었다. 그는 목 언저리를 계속 만지작거리며 베란다 의자에 걸터앉았다.

『히다도 이렇게 보니까, 대가의 풍모가 있어.』

고스게도 베란다로 나갔다.

『요쨩. 트럼프 칠래?』

베란다로 의자를 들고 나간 세 사람은, 밑도 끝도 없이 게임을 시작한다. 승부의 한복판, 고스게는 진지하게 중얼거렸다.

『히다 너, 눈치 챘구나.』

『병신. 너야말로. 뭐야 그 손놀림은.』

셋이서 낄낄대며 웃다가, 일제히 슬쩍 옆 베란다를 훔쳐보았다. 1호실 환자도, 2호실 환자도, 일광욕 침대에 누워, 세 사람 모습을 보고 얼굴을 붉히며 웃고 있었다.

『대실패. 알고 있었어?』

고스게는 입을 크게 벌리고, 요조에게 눈짓했다. 셋은, 맘껏 소리 내어 자지러지게 웃었다. 그들은, 가끔 이런 어릿광대 연기를 한다. 트럼프 칠래? 하고 고스게가 말을 꺼내니, 어느새 요조와 히다도 그 숨겨진 의도를 알아차린다. 막이 내릴 때까지의 줄거리를 정확히 알고 있다. 그들은 천연의 아름다운 무대장치를 발견하면, 왠지 연극을 하고 싶어 한다. 그것은, 기념의 의미일지도 모른다. 이 경우, 무대의 배경은, 아침 바다다. 그렇지만, 이때의 웃음소리는, 그들도 미처 생각지 못했을 만큼 큰 사건을 낳았다. 마노가 요양원 간호부장에게 꾸중을 들은 것이다. 웃음소리가 나고 5분도 지나지 않아 마노가 간호부장 방으로 불려가, 조용히 시키라고 꽤나 호되게 야단을 맞았다. 그녀는 울상이 되어 뛰쳐나와, 트럼프를 때려치우고 병실에서 뒹굴뒹굴하고 있는 세 사람에게, 그 일을 알렸다.

셋은, 아플 만큼 몹시 기가 죽어, 한참을 그저 서로 얼굴만 마주보고 있었다. 그들의 기고만장한 연극을, 현실의 외침이, 놀고 있네, 하고 코웃음 치며 박살을 내버린 것이다. 이건, 거의 치명적이라 할 수 있다.

『아녜요, 별일 아녜요.』

마노는, 오히려 다독이듯 말했다.

『이 병동에는, 중환자가 한 사람도 없고, 게다가 어제도, 2호실 어머님이 저하고 복도에서 마주쳤을 때, 떠들썩해서 좋다면서 좋아하시던데요. 매일, 우리는 그쪽 분들 이야기하는 걸 들으며 웃고 있다고, 그렇게 말씀하셨어요. 괜찮으니까. 신경 쓰지 마세요.』

『아니.』

고스게는 소파에서 일어났다.

『괜찮지 않아. 우리 때문에 마노가 수모를 당했어. 간호부장년, 왜 우리한테 직접 말하지 않은 거야. 여기로 데리고 와봐. 우리가 그렇게 싫으면, 지금 당장이라도 퇴원시키면 되잖아. 언제든 퇴원해주지.』

세 사람 모두, 그 순간에, 정말로 퇴원할 결심을 했다. 특히나 요조는, 자동차를 타고 해변을 따라 도주하는 네 사람의 해맑은 모습을 아득하게 상상했다.

히다도 소파에서 일어나, 웃으며 말했다.

『확! 다 같이 간호부장한테 쳐들어갈까? 우리를 야단쳐? 쌍년이.』

『퇴원하자!』

고스게는 문을 살짝 걷어찼다.

『이런 치사한 병원은, 재미없어. 혼내는 건 상관없다 이거야. 하지만, 혼내기 전에 그 마음가짐이 마음에 안 들어. 우리를 뭔가 날나리처럼 생각하고 있는 게 틀림없어. 머리 나쁘고 부르주아 냄새 나는 빤질빤질한 흔해빠진 모던보이로 생각하는 거라구.』

말이 끝나자, 또 문을 전보다 조금 세게 찼다. 그리고, 못 참겠다는 듯 웃음을 터뜨렸다. 요조는 침대에 풀썩 소리를 내며 드러누웠다.

『그럼, 난, 결국 허여멀겋게 생긴 연애지상주의자가 되는 셈이네. 아, 안 돼.』

그들은, 저 야만인의 모욕에, 아직도 창자가 꼬이는 심정이었지만, 쓸쓸히 생각을 고쳐먹고, 이제 적당히 넘어가려 시도한다. 그들은 늘 이런 식이다.

하지만 마노는 술직했다. 문가 벽에, 양팔을 뒤로 돌리고 기대서서, 말려 올라간

윗입술을 유난히 삐쭉 내밀고 말하는 것이었다.

『그래요. 너무해요. 엊저녁에도, 간호부장실에 간호사 여럿을 모아놓고, 가루

타(카드 집기놀이)를 하면서 시끄럽게 떠든 주제에.』

『맞다. 열두 시 넘어서까지 깍깍거리고 그랬지. 이거 어이가 없군.』

요조는 그렇게 투덜대면서, 머리맡에 널브러져 있는 목탄지를 한 장 집어 들고,

벌렁 누운 채 거기에 낙서를 하기 시작했다.

『자기가 나쁜 짓을 하니까, 남의 좋은 점을 모르는 거예요. 소문이지만, 간호

부장님은 원장님 첩이라던데.』

『그래? 좋은 점이 있네.』

고스게는 반색하며 말했다. 그들은 남의 추문을 미덕인 양 생각한다. 믿음직하

다고 여기는 것이다.

『원장이 첩을 뒀다고? 좋은 점이 있군.』

『정말, 여러분들은, 순수한 이야기를 하면서, 웃는 건데, 왜 그걸 몰라주는 걸까요. 신경 쓰지 마시고, 실컷 떠드셔도, 괜찮아요. 괜찮고말고요. 오늘이 마지막인걸요. 정말로 누구한테도 야단맞은 적 없이, 곱게 크신 분들인데.』

한 손을 얼굴에 대고 갑자기 울기 시작했다. 울면서 문을 열었다.

『간호부장한테 가봤자 소용없어. 관둬. 별일 아니잖아.』

히다는 만류하며 소곤거렸다.

마노는 얼굴을 두 손으로 감싼 채, 두어 번 연달아 고개를 끄덕이고는 복도로 나갔다.

『정의파네.』

마노가 가버리자, 고스게는 싱글싱글 웃으며 소파에 앉았다.

『울어버렸어. 자기 말에 자기가 취한 거야. 평소에는 훈장질을 해도, 역시 여자구나.』

『특이해.』

히다는, 좁은 병실을 엉큼성큼 돌아다녔다.

『처음부터 난, 특이하다고 생각했어. 재밌네. 울면서 뛰쳐나가려고 해서, 놀랐다구. 설마 간호부장한테 간 건 아니겠지?』

『그건 아니야.』

요조는 아무렇지도 않다는 표정으로 그렇게 대답하고, 낙서한 목탄지를 고스게 쪽으로 던져주었다.

『간호부장 초상화냐?』

고스게는 낄낄낄 숨이 넘어가게 웃었다.

『어디 보자.』

히다도 선 채로 목탄지를 들여다보았다.

『암컷 도깨비구만. 걸작이네, 이거. 닮았냐?』

『빼다 박았지. 한 번 원장 따라서, 이 병실에도 온 적 있어. 잘 그렸네. 연필

쥐봐』

고스게는、 요조한테 연필을 빌려、 목탄지에 덧그렸다。

『여기에 이렇게 뿔을 그리는 거야。 더 비슷해졌군。 간호부장실 문에 확 붙여버릴까?』

『밖에 산책하러 나가자。』

요조는 침대에서 내려와 기지개를 켰다。 기지개를 켜면서、 가만히 중얼댔다。

『펀치화의 대가。』[9]

펀치화의 대가。 슬슬 나도 진력이 난다。 이것은 통속소설일까? 그렇다고 한다면 경직되려 하는 나의 신경에 대해서도、 또、 아마도 마찬가지일 독자 여러분들의 신경에 대해서도、 약간 해독하자는 의미에서、 시작한 장면이었는데、 아무래도、 이건 너무 싱겁다。 내 소설이 고전이 되면……、 아아、 내가 미친 걸까? 여러분은、 오히려 이런 주석을 거치적거린다고 여기겠지。 작가가 미처 생각지 못한 부분까지도、 멋대로 추측해주고、 그게 걸작인 이유를 큰소리로 떠들겠지。 아아、 죽은 작가는 행복하다. 살아 있는 이 미천한 작가는, 자기 작품이 한 명이라도 더 많은 사람에게 사랑받을 수 있게끔, 땀을 흘리며 핀트가 어긋난 설명만 해대고 있다. 그리고, 어쨌든 주석으로 범벅된 거추장스러운 졸작을 만드는 것이다. 멋대로 해라, 하고 떨쳐버리는, 그런 강직한 정신이 나에게는 없다. 훌륭한 작가가 될 수 없겠어.

역시 물러 터졌다. 그렇다. 대발견을 했구만! 밑바닥부터 물러 터졌다. 물러 터진 가운데, 나는 잠시 휴식을 취한다. 아아, 이제 아무래도 상관없다. 내버려둬. 어릿광대의 꽃도, 왠지 이쯤에서 시들어버린 것 같다. 더구나, 쿰쿰하고 흉측하고 지저분하게 시들었다. 완벽을 향한 동경. 걸작을 향한 유혹.

『이제 지겹다. 기적의 창조주. 나!』

마노는 세면실로 숨어들었다. 마음 내킬 때까지 울려고 했다. 하지만 그렇게 실컷 울 수도 없었다. 세면실 거울을 들여다보며, 눈물을 훔치고, 머리를 고친 뒤, 식당으로 늦은 아침을 먹으러 나섰다. 식당 입구 근처 테이블에 6호실 대학생이, 다 비운 수프 접시를 앞에 두고, 홀로 따분한 듯 앉아 있었다.

117

마노를 보고 미소를 지었다.

『그쪽 환자분은, 건강하신가 봐요.』

마노는 멈춰 서서, 그 테이블 모서리를 붙잡고 대답했다.

『네, 정말 천진난만한 이야기만 하셔서, 저를 웃게 해주세요.』

『그럼 다행이지요. 화가시라고요?』

『네. 멋진 그림을 그리고 싶다고, 늘 그러세요.』

말하면서 귀까지 새빨개졌다.

『진심이세요. 진심이니까, 진지하니까 힘든 일도 생기는 거지요.』

『맞아요, 그래요.』

대학생도 얼굴을 붉히며, 마음으로부터 동의했다. 대학생은 머지않아 퇴원하기로 정해진 터라, 더욱 관대했던 것이다.

그럼 이런 훈훈함은 어떠냐? 여러분은, 이런 여자를 싫어하려나? 젠장! 고리타분하다고 비웃어다오. 아아, 어느새 휴식도, 나는 부끄러워졌다. 나는, 한 사람

118

의 여인조차, 주석 없이는 사랑할 수가 없는 것이다. 어리석은 놈은, 쉬는 것조차, 실패를 한다.

『저기야. 저 바위.』

요조는 배나무 마른 가지 사이로 아른아른 보이는 크고 넓적한 바위를 가리켰다.

바위의 움푹 팬 곳 여기저기에는, 어제 내린 눈이 남아 있었다.

『저기서, 뛰어내렸어.』

요조는 어릿광대처럼 눈을 부리부리 동그랗게 뜨고 말하는 것이다. 고스게는, 아무 말도 하지 않았다. 정말로 말하면서 마음에 동요가 없을까, 하고 요조의 마음을 헤아려보고 있었다. 요조도 아무렇지 않게 말하는 건 아니었지만, 하지만 그걸 부자연스럽지 않게 말할 수 있을 만큼의 기량은 있었다.

『돌아갈까?』

히다는, 바지 자락을 양손으로 걷어 올려 허리춤에 푹 접어 질렀다. 세 사람은, 모래사장을 되짚어 걷기 시작했다. 바다는 잔잔했다. 한낮의 햇살을 받아, 하얗게 빛나고 있었다. 요조는, 바다에 돌을 하나 집어 던졌다.

『마음이 편하더라. 지금 뛰어들면, 이제 아무것도 문제 될 게 없다. 빚도, 아카데미(학업)도, 고향도, 후회도, 결작도, 쪽팔림도, 마르크시즘도, 그리고 친구도, 산도 꽃도, 이제 아무러면 어떠냐. 그런 생각이 들었을 때, 난 저 바위 위에서 웃고 있었어. 안심이 되더라.』

고스게는, 흥분을 감추려, 괜히 조개를 줍기 시작했다.

『유혹하지 마.』

히다는 억지로 웃었다.

『악취미야.』

요조도 웃음을 터뜨렸다. 세 사람 발소리가 사박사박 기분 좋게 귓가에 울린다.

『화내지 마. 지금 한 말은 조금 부풀린 거야.』

요조는 히다와 어깨를 나란히 맞대고 걸었다.

『그렇지만, 이건, 진짜야. 여자가 말이야, 뛰어들기 전에 뭐라고 속삭였냐면.』

120

고스게는 호기심에 불타는 눈을 가늘게 뜨고, 일부러 두 사람과 떨어져 걸었다.

『아직도 귀에 선해. 고향 사투리로 이야기하고 싶어, 하더라. 그 여자 고향이 남쪽 끄트머리거든.』

『안되겠다! 나한텐 과분한 여자였네.』

『그래. 인마, 정말이야. 하하하. 딱 그 정도 여자야.』

커다란 어선이 모래사장 위에 누워 있었다. 그 옆으로 직경 일고여덟 자(2백50센티미터)는 될 듯한 멋진 어롱이 두 개 나뒹굴었다. 고스게는, 그 배의 시커먼 엽구리에, 주운 조개를, 힘껏 던졌다. 세 사람은, 질식할 만큼 어색한 기분이 들었다.

만약, 이 침묵이, 1분만 더 이어졌다면, 그들은 차라리 화끈하게 바다로 뛰어들었을지 모른다. 고스게가 불쑥 소리쳤다.

『야, 저기 봐.』

앞쪽 바닷가를 가리켰다.

『1호실하고 2호실이다!』

철 지난 하얀 파라솔(양산)을 받치고, 아가씨 둘이 이쪽으로 슬렁슬렁 걸어왔다.

『발견이군.』

요조도 죽다 살아난 심정이었다.

『말 걸까?』

고스게는, 한쪽 발을 들어 신발에 들어간 모래를 털어내고, 요조의 표정을 살폈다.

명령만 내리면 튀어 나갈 기세다.

히다는, 험악한 표정으로 고스게의 어깨를 눌렀다. 파라솔은 멈춰 섰다. 잠깐 뭔가 이야기를 나누었는데, 그러고 나서 휙 돌아서더니, 다시 조용히 걷기 시작했다.

『쫓아갈까?』

『됐어, 관둬.』

이번에는 요조가 신이 나서 떠들었다. 고개를 숙이고 있는 히다의 얼굴을 흘끔거렸다.

『관두자.』

히다는 서글퍼 견딜 수가 없었다. 이 두 명의 친구에게서 점점 멀어져가는 자신의 시들어버린 피를, 지금 확실히 느낀 것이다. 사는 형편 때문일까, 하고 생각했다. 히다의 형편은 조금 초라했던 것이다.

『그래도, 상관없고.』

고스게는 서양식으로 어깨를 으쓱했다. 어떻게든 해서 이 상황을 무난하게 수습해주려고 노력하는 것이다.

『우리가 산책하는 걸 보고, 마음이 동한 거야. 어려서 그래. 불쌍하구만. 분위기 이상해졌네. 어라, 조개를 줍는데? 나를 따라하고 있어.』

히다는 마음을 고쳐먹고, 미소를 지었다. 요조의 우울한 눈동자를 마주쳤다. 두 사람 모두 뺨이 붉어졌다.

안다. 서로 위로해주고픈 마음이 가득한 것이다. 그들은 나약함을 동정한다. 셋이서, 미지근한 갯바람을 맞으며, 파라솔을 보며 걸었다. 멀리 요양원 하얀 건물 아래, 마노가 그들이 돌아오기를 기다리며 서 있다. 낮은 문설주에 기대어, 눈이 부신지 오른손을 이마에 얹고 있다.

마지막 날 밤에, 마노는 들떠 있었다. 잠자리에 누워서도, 사소한 자기 가족 이야기나, 훌륭한 조상 이야기를 구구절절 재잘댔다. 요즈는 밤이 이슥해짐과 함께, 무뚝뚝해졌다. 역시, 등을 마노 쪽으로 돌리고, 내키지 않는 대답을 하면서 딴생각을 하고 있었다. 마노는, 이윽고 자기 눈 위에 난 상처에 대해 이야기를 꺼냈다.

『제가 세 살 때.』

아무렇지 않게 이야기하려고 했던 것 같은데, 실패했다. 목소리가 목에 걸려 뒤엉킨다.

『램프를 엎는 바람에, 화상을 입었대요. 그래서 성격이 꽤, 삐뚤어졌어요. 소학교 다닐 무렵엔, 이상처, 훨씬 더 컸거든요. 학교 친구들은 저를, 개똥벌레, 개똥벌레.』

잠깐 끊어졌다.

『그렇게 부르는 거예요. 저, 그럴 때마다, 꼭 원수를 갚겠다고 생각했어요.

네, 정말로 그렇게 생각했어요. 훌륭한 사람이 되자고 생각했어요. 훌륭한 사람이 될 수 있을까? 안경을 쓸까? 안경을 쓰면, 이 상처

혼자서 웃음을 터뜨린다.

『웃기죠? 훌륭한 사람이 될 수 있을까? 안경을 쓸까? 안경을 쓰면, 이 상처가 조금 가려지지 않을까?』

『됐어. 오히려 이상해.』

요조는 화라도 난 듯이, 불쑥 끼어들었다. 여자에게 애정을 느끼면, 일부러 매정하게 대하는 고리타분함을, 그 역시도 가지고 있는 것이겠지.

『그대로가 좋아. 눈에 띄지는 않으니까. 이제 자는 게 어때? 내일 아침 일찍 일어나야 해.』

마노는, 말이 없었다. 내일 헤어진다. 그래, 남남이었지. 부끄러운 줄 알아. 부끄러운 줄 알아. 나는 내 나름대로 긍지를 갖자. 기침을 했다가 한숨을 쉬었다가,

그리고 엎치락뒤치락 거칠게 몸을 뒤척이기도 했다.

요조는 모른 체하고 있었다. 무엇을 걱정하고 있었는지는, 말 못한다. 그보다 우

리는, 파도소리 갈매기소리에 귀 기울이자. 그리고 이 나흘 동안의 삶을 처음부터 돌이켜 생각해보자. 스스로를 현실주의자라 칭하는 사람은 말할지도 모른다. 그 나흘간은 펀치(코믹)로 가득했다고. 그렇다면 대답하지. 원고가, 편집자 책상 위에 서 거의 주전자 받침 노릇만 했는지, 검게 그을린 자국이 커다랗게 생겨서 반송된 것도 펀치. 아내의 어두운 과거를 캐묻고, 웃다가 울다가 한 것도 펀치. 전당포에 드나들 때도, 자기 몰락을 감추려고 옷깃을 매만져 차림새를 가다듬은 것도 펀치. 우리는, 펀치의 삶을 살고 있다. 그러한 현실에 짓눌린 남자가 억지로 보여주는 인 내의 태도. 그것을 이해할 수 없다면, 나는 너와 영원히 타인이다. 어차피 펀치라 면 아름다운 펀치.

진실한 삶. 아아, 그것은 너무나 멀다. 나는, 아쉬운 대로, 사람의 정으로 가득 차 넘치는 이 나흘간을 찬찬히 찬찬히 그리워하겠다. 단 나흘의 추억이, 5년 10년 의 삶보다 나을 때가 있다. 고작 나흘의 추억이, 아아, 평생보다 나을 때가 있다.

마노의 차분한 숨결이 들려왔다. 요조는 끓어오르는 마음을 참을 수 없었다. 마노 쪽으로 돌아누우려, 긴 몸뚱이를 비트는데, 거친 목소리가 귓가에 속삭인다.

「그만둬! 개똥벌레의 신뢰를 배신하지 마!」

날이 희읍스름 밝아올 무렵, 두 사람은 이미 일어나 있었다. 요조는 오늘 퇴원한

다. 나는, 오늘이 가까워오는 것이 두려웠다. 그것은 어리석은 작가의 구질구질한

감상이리라. 이 소설을 쓰면서 나는, 요조를 구원하고 싶었다. 아니, 바이런이 되

지 못한 한 마리 이 진흙투성이 여우를 용서받게 해주고 싶었다. 괴로운 가운데,

그것만이 은밀한 바람이었다. 그러나 오늘이 가까워짐에 따라, 전보다 더더욱 황

량한 기운이 다시금 요조를, 나를, 조용히 덮쳐옴을 느꼈다. 이 소설은 실패다. 아

무런 비약도 없고, 아무런 해탈도 없다. 내가 스타일에 너무 신경을 쓴 것 같다.

그 때문에 이 소설은 천박하기까지 하다. 하지 말아야 할 수많은 말을 했다. 게다

가, 가장 중요한 사항을 많이 빠뜨린 것 같은 기분이 든다. 이렇게 말하면 눈꼴사

납겠지만, 내가 오래 살아서, 몇 년인가 후에 이 소설을 손에 드는 일이라도 생긴

다면, 나는 얼마나 비참할까? 아마 한 페이지 읽기도 전에 나는 참기 힘든 자기혐

오에 부들거리며, 책을 덮어버릴 것이 분명하다. 지금도, 나는, 앞부분을 다시 읽을 기력이 없다. 아아, 작가는, 자기 모습을 드러내서는 안 된다. 그것은 작가의 패배이다. 선한 마음으로, 사람은, 악한 문학을 만든다. 나는 세 번이 말을 되풀이한다. 그리고, 인정하자. 나는 문학을 모른다.

한 번 더 처음부터, 다시 뜯어고칠까? 그런데, 어디부터 손을 대야 할지. 나야말로, 혼돈과 자존심 덩어리가 아니었을까? 이 소설도, 단지 그 정도가 아니었을까? 아아, 어째서 나는 모든 것에 단정을 서두르는가. 모든 사념에 결말을 짓지 않으면 살아갈 수 없는, 그런 인색한 근성을 대체 누구한테 배웠지?

써볼까? 청송원의 마지막 아침을, 쓰자. 어떻게든 되겠지.

마노는 뒷산에 경치를 보러 가자고 요조를 불러냈다.

『경치가 너무 좋거든요. 지금이라면 분명 후지산이 보일 거예요.』

요조는 새카만 양모 목도리를, 목에 둘렀다. 마노는 간호복 위에 솔잎 무늬가 있는 하오리를 겹쳐 입고, 빨간 털실로 짠 숄을 얼굴이 파묻힐 만큼 친친 감은 채,

둘이 함께 요양원 뒤뜰로 게다를 신고 나갔다. 뜰 바로 북쪽은 붉은 흙으로 된 높

은 절벽이 우뚝 솟아 있고, 거기에 좁은 철제 사다리가 하나 놓여 있었다. 마노가

먼저, 그 사다리를 날렵한 발놀림으로 쑥쑥 올라갔다.

뒷산에는 마른풀 덤불이 무성하고, 온통 서리가 내렸다. 마노는 두 손끝을 하얀

숨을 내뿜어 녹이면서, 뛰다시피 산길을 올라갔다. 산길은 경사가 완만하고 구불

구불 굽어 있었다.

요조도, 서리를 꾹꾹 밟으며 그 뒤를 쫓았다. 얼어붙은 공기 속으로 기분 좋게

휘파람을 불어 넣었다. 아무도 없는 산. 무슨 짓이든 할 수가 있는. 마노에게 그런

몹쓸 불안감을 주고 싶지 않았던 것이다.

움푹 파인 곳으로 내려왔다. 여기에도 마른 억새가 빽빽하다. 마노는 멈춰 섰다.

요조도 대여섯 걸음 뒤에 멈춰 섰다. 바로 옆에 하얀 텐트를 쳐서 만든 오두막이

있다. 마노는 그 오두막을 가리키며 말했다.

『여기가, 일광욕장인데요, 경증 환자분들이, 알몸으로 여기에 모여요. 네, 요

즘도요。

텐트에도 서리가 반짝였다.

『올라가자.』

왠지 모르게 마음이 조급하다. 마노는, 다시 내달렸다. 요조도 뒤따랐다. 좁다

란 낙엽송 가로수 길로 접어들었다. 두 사람은 지쳐서, 터덜터덜 걷기 시작했다.

요조는 어깨를 들썩여 거친 숨을 몰아쉬며, 큰 소리로 말을 건넸다.

『이봐, 설날은 여기서 쇠는 건가?』

돌아보지도 않고, 똑같이 큰 소리로 대답한다.

『아뇨。도쿄로 돌아가려고요。』

『그럼, 우리 집에 놀러 와。히다도 고스게도 매일같이 우리 집에 오니까。설마

감옥에서 설을 쇠게 되지는 않겠지。잘 풀릴 거 같아, 틀림없이。』

아직 만난 적 없는 검사가 시원시원하게 웃는 얼굴까지, 가슴에 그리고 있었다.

여기서 끝을 맺을 수 있다면! 위대한 옛 작가들은 이쯤에서, 의미심장하게 끝

을 맺을 것이다. 하지만, 요조도 나도, 아마 틀림없이 여러분도, 이런 얄팍한 위로에, 이미 신물이 난다. 설날도 감옥도 검사도, 어찌 되든 우리와는 상관없는 일이다. 우리가 도대체, 검사 따위를 애초부터 신경이나 썼던가? 우리는 다만, 산정상에 올라보고 싶었던 것이다. 그곳에 무언가가 있다. 무엇이 있을지, 거기에 약간의 기대를 걸 뿐이다.

겨우겨우 둘은 산 정상에 다다른다. 정상은 대충 땅을 평평하게 고르고, 열 평쯤붉은 흙이 드러나 있다. 한가운데 통나무로 만든 야트막한 정자가 있고, 정원석 비슷한 것까지, 여기저기 놓여 있다. 모두 서리를 뒤집어썼다.

『이런. 후지산이 안 보여요.』

코끝이 새빨개진 마노가 외친다.

『원래 저 근처에, 또렷이 보이는데.』

구름 낀 동쪽 하늘을 가리킨다. 아침 해는 아직 뜨지 않았다. 신비한 색을 띤 조각구름이, 피어올랐다가는 가라앉고, 가라앉았다가는 다시 유유히 흐른다.

『아니야, 괜찮아.』

산들바람이 볼을 긋고, 요조는 아득하게 바다를 굽어본다. 바로 발밑부터 서른 길(백 미터)이나 되는 절벽이 깎아지르고, 그 아래로 에노시마 섬이 조그맣게 보인다. 짙은 아침 안개 깊숙이, 바닷물이 너울너울 일렁인다.

그리고…… 아니, 여기서 끝이다.

(1935년)

132

1 ▶ 단테의 〈신곡-지옥편〉에 등장하는 지옥문에 새겨진 글귀의 일부. 원문은 『나를 지나면 길은 슬픔의 도시로, 나를 지나면 길은 영원한 고통으로, 나를 지나면 길은 망자에게로 이른다. 여기 들어오는 자, 모든 희망을 버릴지어다.』

2 ▶ 다자이와 함께 바다에 뛰어들어 사망한 카페 여종업원 다나베 시메코로 보인다.

3 ▶ 뱁새가 황새 따라하려다 가랑이 찢어진다.

4 ▶ 가마쿠라에 노시마 섬과 시치리가하마 해변 사이, 고유루기 곳과 면한 바다.

5 ▶ 찰흙에 기름을 섞어 조각으로 빚기에 좋도록 만든 흙.

6 ▶ 프랑스의 작가 오노레 드 발자크의 석회석 조각상. 〈인간희극〉〈고리오 영감〉〈외제니 그랑데〉등 사실주의 명작을 썼다.

7 ▶ 주름을 잡은 통이 넓은 치마 형태의 일본 전통 바지. 격식을 차린 복장.

8 ▶ 가을에 꽃이 피는 대표적인 일곱 가지 풀. 싸리, 억새, 칡, 패랭이, 마타리, 등골나무, 도라지.

9 ▶ 펀치는 영국의 풍자 만화 잡지로, 펀치화는 우의나 풍자를 담은 코믹한 만화를 뜻한다.

교
겐
의

신

≪1932년 도쿄제국대학교 재학 시절의 다자이≫
(앉아 있는 사람이 다자이와 그의 처 오야마 하쓰요)

【 편집자의 말 】

「어릿광대의 꽃」 재미있게 읽으셨나요? 그렇게 자살방조죄 혐의로 불기소되어

별다른 처벌 없이 풀려난 다자이는 오야마 하쓰요와 둘만의 결혼식을 올린 뒤 사회

주의 운동에서 완전히 손을 떼고 창작에 전념하며 본격적인 작가의 길을 걷기로 결

심합니다. 하지만 아직 큰 성과는 없었습니다.

1935년, 스물여섯. 이미 문학의 길로 접어든 이상 학업에 미련은 버렸습니

다. 도쿄제국대학이라는 이유만으로 5년째 학적은 유지하고 있었지만 성적 미달

로 졸업할 가능성은 전혀 없었습니다. 이 사실을 알게 된 시골집에서는 생활비와

학비를 끊을 테니 즉시 아오모리로 돌아오라며 으름장을 놓았습니다. 이를 거부한

다자이는 생계를 꾸리기 위해 어느 신문사에 입사 지원을 하는데 그마저도 불합격.

원고도 안 팔리고, 취직도 안 되고……. 이래저래 절망한 다자이, 죽기로 결심하고 길을 나섭니다. 여기서부터 「교겐의 신」은 시작됩니다. 다만, 자기가 죽는 이야기를 소설로 쓴다는 것이 조금 민망했는지 가상의 인물을 내세우긴 했는데, 「가사이 하지메」라는 이름만 들어도, 아, 이 자식 또 자기 얘기 썼네, 하는 분(다자이 덕후)도 계시리라 믿습니다.

교겐(狂言)은 일본의 전통극 중 하나로 코미디 요소가 강한 극입니다. 무대장치가 필요 없고 의리, 인정, 교훈 등 일상적 주제를 다루기 때문에 다른 극보다는 조금 더 대중적이라 할 수 있지요. 그런데 그거 아세요? 교겐은 연극이라는 의미 외에, 미칠 광狂(교)에 말씀 언言(겐), 말 그대로 이치에 맞지 않는 미친 소리, 혹은 꾸며낸 짓을 의미하기도 합니다.

『金につまると 「狂言自殺」をして田舎の親たちを、おどかす。』

「돈이 궁해지면 「자살극」을 벌여 시골에 있는 가족들을, 협박한다.」

다자이 오사무 「동경팔경」 中

시면 감사하겠습니다.

이야기를 주저리주저리 늘어놓는 걸 관람한다는 기분으로 「교겐의 신」을 읽어주

자세한 설명은 생략하고, 다자이가 교겐 배우가 되어 자기가 벌인 자살극에 대한

≪다자이의 처 오야마 하쓰요≫

교겐의 신

마태복음 6장 16절

『너희가 단식할 때、 저 위선자들이 그러하듯 슬픈 표정을 보이지 말라。』

지금은 죽고 없는、 존경하는 나의 벗、 가사이 하지메에 대해 적는다。

가사이 하지메。 호적상 이름、 데누마 겐조。 메이지 42년(1909년) 6월 19일、 아오모리현 기타쓰가루군 가나기마치에서 태어났다。 부친은 귀족원 의원、 데누마 겐에몬。 모친은 다카。 겐조는、 여섯 번째 아들이었다。 태어난 마을 소학교를 거쳐、 다이쇼 12년(1923년) 아오모리 현립 아오모리중학교 입학。 쇼와 2년(1927

년) 같은 학교 4학년 수료. 같은 해、 히로사키 고등학교 문과 입학. 쇼와 5년(19

30년) 같은 학교 졸업. 같은 해、 도쿄제국대학교 불문과 입학. 젊은 병사〈사회주의

자〉였다. 부끄러워 죽을 것 같다. 눈을 감으면 온갖、 털이 난 괴수가 보인다、는 농

담이고. 웃으면서 엄숙한 이야기를 한다、고.

「가사이 하지메」로 시작해、 「엄숙한 이야기를 한다、고」에 이르는 이 몇 줄짜

리 문장은、 그가 화선지에 한 글자 한 글자、 정성스레 붓으로 눌러 써서、 자택 서

재 벼룻집 아래 숨겨 두었던 것이다. 짐작건대、 그는 이 몇 줄짜리 문장을 자기 이

력서 초안으로 쓰기 시작하여、 한 줄、 두 줄 쓰는 동안、 어느새、 평생 자신을 괴롭

힌 악습、 부끄러움이라는 화염이、 아사마 화산의 그것과 같이 별안간、 하늘마저 태

워버릴 기세로 분출、 때문에、 「는 농담이고」라고 얼버무리는 한마디가 불쑥 얼굴

을 내밀지 않으면 안 되는 사태에 이르자、 평소 그가 자랑하던 용두사미 형식으로

비틀어 놓고 붓을 던졌다、 라는 모양새다. 나는 그가 죽은 직후、 이 몇 줄짜리 문장

을 접하고, 깜짝 놀라 물끄러미 바라보며, 재독에, 삼독, 다시 다른 손에 바꿔 들고 들여다보았으나, 도저히 눈앞이 흐려져, 끝내, 흐느낌의 물결 너울너울, 한 글자 읽지도 못한 채, 반의반으로 접어, 품에, 간직했는데, 내 마음, 소금으로 문질러 불에 지져지는 심정이었다.

안타까움, 원통함의 감정이었다. 젊은 병사였다. 그리고 몇 줄짜리 문장 깊숙한 곳에 가라앉아 있는 불안, 내지는, 극도의 수치심, 자의식 과잉, 어떤 계급에 대한 의리의 편린, 이들은, 모두, 공중목욕탕 페인트 그림만큼이나, 철두철미하게, 진부한 것이다. 나는, 이보다 훨씬, 능란한 언어로 표현된, 이 모든 감정에 대한 절규 또는, 쉬어빠진 목소리의 넋두리를, 반도 쓰마사부로2의 영화 타이틀 속에서, 몇 개라도, 몇 개라도, 발견할 수 있으리라 여긴다. 특히나, 자기가 귀족 혈통임을, 시치미 뚝 떼고 한마디 덧붙여 썼다는 사실에 대해서는, 정말이지, 소인배 같은 허식, 치사한 짓거리를 했더구만, 허나, 그날 밤 그렇게도 나를 분노케 하고, 끝끝내 소리 내어 울게 한 원인은, 이 난잡하고 안이한 글이 아니었다. 나는 이 한 장의 낙서 같은 조각글로 인해, 그가, 죽기 직전까지 일정한 직업 하나에 종사해야지, 종사해야지 오체에 땀을 흘려가며 애를 태우고 있었다는 움직일 수 없는, 엄연한 증거에 다다르고 말았기 때문이다. 두어 평론가들에게 어쩌면 진심으로 존경하는 마음에서, 어쩌면 가볍게 놀리는 마음에서, 거짓말의 신, 쇼맨십의 달인이라고 불리던, 작가, 가사이 하지메의 절필은, 무려, 이력서 초안이었다. 내 눈에 착오는 없다. 그의 일생의 염원은, 「사람다운 사람이 되고 싶다」라는 것 하나였다. 바보 같은 남자가 아닌가! 한 점 흐림 없는 맑은 삶을 영위했고, 벗들과 우정도 두터웠던 호학의 청년, 창작에 있어서는 발군의 기량을 지니고, 그날그날 생활에 곤란하지 않을 만한 재산마저 있었는데, 샐러리맨을 존경하고, 동경하다, 끝내는 두려워하여, 자기가 아는 모든 샐러리맨을 향한, 아첨과, 추종이, 차마 눈 뜨고 볼 수 없는 지경에 이르렀던 것이다. 아침저녁 전차에는, 샐러리맨이 가득 타고 있어서, 미안도 하거니와, 멋쩍기도 하고, 무섭기도 하여 눈앞이 깜깜, 바늘방석, 다음 역에서, 당장 하차한다고, 괴테와 제법 닮아 봐줄 만한 얼굴이 종잇장처럼 하얗게 질려서는, 쭈뼛쭈뼛 나에게 말해주었는데, 그러고 나서 얼마 안 가 죽어버렸다. 기이한 작가, 가사이 하지메가 목을 매달았다는 기사는, 음력 3월 중순, 신문 사회면 한쪽 구석에 피어나 있었다. 이런저런 온갖 추측이 난무했는데, 전부, 틀렸다. 아무도 모른다. 그는 미야코 신문사 채용시험에 낙제했기 때문에, 죽은 것이다.

낙제라고, 확실히, 결정됐다. 그들 부부 한 달치 생활비, 전날 밤에 시골 큰형님이 부쳐준 90엔짜리 수표를, 그날 아침 댓바람에 들고 나가, 백주 대낮, 거나하게 취해서 긴자를 돌아다니고 있었다. 늙고 지친 제국대학생, 소맷부리 너덜너덜, 모기 다리만큼이나 홀쭉한 바지, 쥐색 스프링코트(봄 코트)를 걸쳐 입고, 이상하게도, 젊은 날의 보들레르 초상과 판박이. 학생모를 뒤로 젖혀 쓰고 가부키극장, 단막관람석 입구로 빨려 들어갔다.

무대에서는 기쿠고로[3]가 곤파치[4] 역을 맡아, 싱싱함이 넘쳐흐를 정도로 초록 짙은 몬쓰키(가문의 문장을 넣은 덧옷)를 입고, 빨간 각반을 차고, 짝짝짝 박수를 치면서,

「꿩도 울지 않으면 활에 맞을 일 없거늘」 하고 대사를 읊조렸다. 오열이 터지고 또 터져, 계속 보고 있을 용기가 없었다. 상연 중에는 정숙해주시길 부탁드립니다.

천 명 2천 명 별의별 사람이 다 있는데, 가부키극장은, 조용했다. 슬그머니 계단을 내려와, 밖으로 나갔다. 길거리에 가로등이 켜져 있었다. 아사쿠사에 가고 싶었다. 아사쿠사에, 「호리병집」이라는 멧돼지 고기를 파는 싸구려 식당이 있었다.

지금으로부터 4년 전, 내가 출세를 한다면, 꼭, 색시 삼아줄게, 하고 그 가게 여종업원 중에서 제일 신참, 심부름꾼으로 일하던 눈매가 시원한 열대여섯 살 여자아이에게, 그렇게 말하며 허세를 떨었다. 그 식당에 오는 손님, 목수며 공사장 막일꾼들이라, 각모 쓴 대학생이 꽤나 신기했는지, 이 가게만큼은, 언제 와도 괜찮다며, 여섯 명 여종업원 모두, 이것저것 신경을 써주었다. 남에게 모멸을 당하고, 납작하게 짓밟혀 뭉개지고, 내 동댕이쳐졌을 때는, 으레 책을 팔아, 돈 3엔을 마련하여, 아사쿠사 붐비는 인파 속으로 섞여 들어간다. 그 가게 한 병 13전짜리 술에 흠뻑 취해, 여종업원 여섯하고 실컷 놀았다. 그 여섯 명의 여종업원 가운데, 한 사람 유달리 초라해 보이는 여자아이에게, 소리 높여 부부의 연을 약속하고, 거기다 한술 더 떠, 여자가 미소 지을 만한 허황된 맹세를 세 번 네 번이나, 은연중에 해 주었으니, 여자아이, 여자가 차츰 대학생을 목숨처럼 의지했다. 그리고 기적이 일어났다.

여자아이, 사랑받고 있다는 확신을 얻은 그날 밤부터, 급속도로 외모가 좋아져버렸다. 3년 전 봄부터 여름까지, 백 일 지나기도 전에, 여자의, 머리모양부터 으리으리해지더니, 그렇게 생각해서 그런가 코도 조금 높아졌다. 화장이 늘어서 그런지 몰라도, 이마, 턱, 두 손, 살결도 보얘진 것 같은데, 대학생을 망치고도 부끄러워하지 않는 당당한 관록을 갖추게 되었다. 그리하여, 여자에게 속는다는 것은, 기쁜 일이라고 절실히 느꼈다. 여자는, 대학생에게 받은 돈은 한 푼도 제 몸에 지니지 않고, 그 여자에게 속아, 돈을 날린다. 돈이 있는 밤은, 얼마든지, 얼마든지,

같이 일하는 다섯 명의 여종업원에게 나누어주었고, 정강이로 달려드는 모기를 펄럭펄럭 부채로 내쫓는, 아사쿠사 마쓰리(축제)가 다가왔을 즈음에는 그 식당 간판 아가씨가 되어 있었다. 신이 그런 게 아니다. 인간의 힘이 비너스를 만들었다. 여

자아이는, 바빠지면서 대학생 은인에게서 차츰 멀어졌고, 멀어진, 그 순간부터 대학생의 모습도 보이지 않았다. 대학생에게 고난의 세월이 시작되었기 때문이다.

그날 밤, 가부키극장에서, 도망쳐 나와, 꼬박 1년 만에 찾아간 호리병집에서 정종을 마시고 맥주를 마시고 정종을 마시고, 또 맥주를 마시고, 50전 은화 스무 개를 물 쓰듯이 탕진했다. 3년 전에, 여기서 분명히 약속했습니다. 나는, 출세를 했어요. 착하지, 오늘 아침 신문 좀 가져다주렴. 이거 보세요, 여기. 내 사진이 났습니다. 이거는요, 내 소설책 광고라구요. 사진이, 울상을 짓고 있다구요? 그러게. 미소를 지으려 했던 건데. 약속, 잊었어? 아, 이봐, 잠깐. 이건, 신문을 찾아서 가지고 와준 사례입니다. 전혀 부담 없이, 다시금 2엔 3엔을 헤프게 쓰고, 문득 누님 생각이 나서, 거친 오열이, 아싹하고 코끝에 얽혀서, 서른 남짓 된 거리의 악사를 붙들고, 그에게 술을 권했지만, 그는, 손님이 어린지라 안심하고, 위스키가 좋다며 사치스런 소리를 했다. 아이고, 이런, 실례, 실례. 어린 손님은, 시원하게, 속아주며 위스키를 한 잔 시켜주고, 거기에 더, 뭔가 먹고 싶은 것은 없냐

147

고 묻는다. 악사 더더욱 마음을 놓고, 턱을 괸 채, 계란찜이 좋은데, 하고 대답하는데, 검은 안경 속 눈이, 비웃듯 실실 웃고, 이제는 아주 만족스러워 보였다. 그런데 악사님, 당신이라는 분은, 애초부터 딴따라는 아닐 테고. 뭔가 자신 있다는 태도잖아. 혹시, 유서 깊은 연죽전(담뱃대 판매상) 큰 도련님, 3대를 이어온 가쓰오부시 도매상 막내 도련님, 아니십니까? 그 악사, 열게 화장한 작은 얼굴을 쓰윽 가까이 대더니, 주변에서 들을까 소곤대는 목소리로, 싸전, 싸전, 하고 속삭였다. 그때 구보타 만타로가 나타났다. 그 가게, 전등 열 개 가운데 일곱 개가 꺼지고, 허전해졌을 즈음, 딸기코에 쉰은 넘어 보이는 상인이, 꽤나 심각한 체하며 들어오자, 여종업원들이 전부, 어머나, 오라버니, 하고 한꺼번에 외치며 엉덩이를 들썩였다. 자리에서 일어나, 살짝 그에게 다가가, 실례합니다. 구보타 선생님 아니십니까? 저는, 올해 제국대학 문과를 졸업한 자인데, 조금은 원고도 팔리고 있지만, 아직 거의 무명입니다. 앞으로, 아무쪼록, 지도 편달, 부탁드립니다. 직립 부동자세로 그렇게 부탁해버리니, 상인, 아뇨 사람 잘못 보셨수다 하며 코앞에서 살살 손사래를 칠 기회를 잃고, 좋았어, 이번에야말로, 그 구보탄지 뭔지 하는 선생으로 둔갑해주마 하고, 못된 짓을 하기로 작정을 한 모양이다.

『하하하. 뭐, 앉게.』

『넵.』

『마시면서 하지.』

『넵.』

『한잔 해.』

『넵.』 하는 식으로, 군인처럼 어깨를 젖히고, 권해주는 의자에 걸터앉아, 이런 데서 선생님을 뵐 줄이야. 정말 의외로군요. 선생님 매일 밤 여기 오시는 겁니까? 저는 요전날 밤에, 선생님의 《센닌부로》[6]라는 작품을 읽었습니다만, 결국 흥분해서, 실례 무릅쓰고 편지 드렸던 것으로 압니다.

『그건, 음, 부끄럽구만.』

『실례했습니다. 제가 착각했습니다. 《센닌부로》는 가사이 젠조[7] 선생님 작품이었습니다.

『이 양반이 증말.』

문답에 문답을 거듭하고, 그러는 동안, 구보타 씨는, 「정신」이라든가 「장르」라든가 「현상」이라든가 하는 어려운 말을 꺼내더니, 젊은 작가들의 독서력 감퇴에 대한 설교를 시작하는데, 이 사람, 진짜 구보타 만타로일지도 모른다는 생각이 들자 취기도 한꺼번에 싹 가시고, 참으로, 따분해서, 비칠비칠 일어나, 선생님, 그럼 이만 실례하겠습니다. 이제부터 여행을 떠나렵니다. 네네, 이 돈이 없어져버릴 때까지, 하고 말하며 안주머니에서 10엔 지폐를 두세 장 살짝 꺼내, 흘끗 보여주고, 밖으로 나갔다.

아아아. 오늘 밤은 참으로 유쾌했다. 큰 강에 뛰어들까? 선로에 뛰어들까? 약을 먹을까? 악사와 상인, 두 명의 생활인에게 자신감을 심어준 공덕 때문에라도, 지옥에 떨어질 염려는 없다. 평온하게 왕생할 수 있을 것이다. 그렇지만, 내 몸이

1 엔 택시 잡아타고 오기쿠보 집으로 손쉽게 돌아갈 수 있는 상황이 유지되는 동안

150

에는, 마음도 물러져, 여간해서는 죽을 수 없겠지. 아무튼, 한 발짝이라도, 반 발짝이라도 반의반 발짝이라도, 도쿄 밖으로 나간다. 어떻게든 해서, 오늘 밤 안에, 돌이킬 수 없는 데까지 가버려야만 한다. 요코하마 혼모쿠까지 2엔에 어때? 싫으면 관둬. 2엔이면 감지덕지, 오케이. 붕붕거리며 질주하는, 자동차 구석자리에서, 악, 악 하고 목 놓아 울었다. 지금은 죽고 없는, 존경하는 나의 벗, 가사이 하지메고 나발이고 그런 거 없다. 전부, 나, 다자이 오사무 한 사람에 대한 이야기이다. 이제 와서 쓸데없는 잡도리는 하지 말자. 나는, 내일 죽는다. 처음에 의도했던 것만은, 그래도, 말해 두겠다. 나는, 일본의 어느 나이 많은 작가의 문체를 고스란히 빌려와, 나, 다자이 오사무에 대해 이야기하고자 했다. 자기상실증 어쩌구 하는 병에 걸린 나는, 타인의 입을 빌리지 않으면, 나에 대해서, 한 마디도 할 수 없었다. 어차피 들어갈 거라면 큰 나무 그늘이라고, 예를 들어 오가이, 모리 린타로[10], 그의 나이 어린 벗, 가사이 하지메라는 요절 작가의 사람됨을 이야기하고, 그리고, 그가 목을 매어 죽기 전후에 대해서 적어둔다. 그 나이 많은 작가의 수기가, 〈교겐의 신〉이라는 이 한 편의 소설로 완성되는 구상을 하고 있었는데, 아아, 이제는 어찌 되든 상관없게 되었다. 문장에 어딘가 색다른 기세가 생겨, 나는 이대로 순풍을 하나 가득 돛에 안고 질주한다. 이게 바로, 진정한 낭만 스타일. 전진! 내일을 알 수 없는 목숨이여. 자동차는, 혼모쿠의, 어느 호텔 앞에 멈췄다. 나폴레옹을 닮은 여자로군, 하고 생각하고 있었는데, 그대로 그 여자의 침실로 안내되어 베개맡을 보니, 나폴레옹 사진이 떡하니 걸려 있었다. 다들 그렇게 생각하는구나, 겨우 마음이 기쁘고, 따뜻해졌다.

그날 밤, 나폴레옹은, 내가 알지 못하는 놀이를 가르쳐주었다.

이튿날 아침은, 비가 내렸다. 창문을 열면, 호텔 뒤뜰. 초록의 풀로 온통 뒤덮여, 흡사 목장이었다. 풀밭 저 멀리로, 적갈색 탁한 바다가, 낮게 깔린 먹구름에 짓눌려, 하얗게 부서지는 물마루도 없이, 너울너울, 무거운 몸을 흔들고 있고, 창문 아래, 풀밭 위에 버려진 조금 찢어진 흰 버선은, 비를 맞고 있고, 여자의 파란 줄무늬 짧은 하오리(전통 외투)를 걸치고 서 있는 나는, 송곳으로 겨드랑이 밑을 쩌

르고 간질이다 또 찌르는 것만큼, 견딜 수 없는 심정이었다. 박람회 구경 가시믄

좋을긴데, 하고 남쪽 지방 사투리를 쓰는 나폴레옹이, 어젯밤과 다름없는 조곤조

곤한 말투로 그렇게 권하기에, 펄럭이는 만국기가, 휙 하고 뇌리를 스쳐갔지만, 바

보, 오사카에 갈 거다, 교토에도 갈 거다, 나라에도 갈 거다, 신록 우거진 요시노

에 갈 거다, 고베에도 갈 거다, 나이아가라, 라고 하려다 말고, 하하하하 호걸스레

웃는 시늉을 해주었다. 이만 실례. 그럼 안녕히, 어라, 비, 여기, 우산. 나를 좋아

하는 것 같았다. 이 우산, 5엔에 사겠습니다. 모두 까르르 웃으며 자지러졌다. 아

아, 여기서 계속 놀고 싶다. 계속 놀고 싶다. 머리가 핑핑 돈다. 눈물이 끓어오른

다. 그래도 나는, 참았다. 돈이 없는 것이다. 오늘 아침, 화장실에서, 심각하게 세

어보았는데, 10엔 지폐 두 장에 5엔 지폐 한 장, 그리고 잔돈 이삼 엔. 하룻밤에

육칠십 엔이나 썼다는 말인데, 어디서 어떻게 썼는지, 도무지 짚이는 데가 없고,

그 정도 목숨인 것이다. 가난한 마음으로 죽고 싶지는 않았다. 이삼십 엔을 아무

렇게나 바지 주머니에 쑤셔 넣고 그대로 둔 채 죽는다. 아껴 써야 한다, 난생 처음

그런 생각을 했다. 꽃무늬 양산을 받치고 정차장으로 발길을 재촉했다. 정차장 대

합실에 양산을 버리고, 역 안내소에서, 에노시마에 가려면? 하고 물었는데, 묻고

나서야, 아아, 역시, 죽을 곳은 에노시마로 정해 놓고 있었구나, 하며 순순히 고개

를 끄덕이고, 조금은 차분해진 마음으로, 역무원이 가르쳐 준 대로 기차에 올랐다.

흘러가는 산, 길, 나무다리. 하나하나 모두 본 기억이 있다. 그렇다면 7년 전

그때도, 역시 이 기차를 탔던 것이로구나, 7년 전에는, 젊은 병사였다지. 아아.

부끄러워 죽을 것 같다. 어느 달 없는 밤에, 나 혼자만 도망쳤다. 남겨진 다섯 명

의 동료는, 전부 목숨을 잃었다. 나는 대지주의 아들이다. 지주라도 예외는 없다.

똑같이 너의 원수이다. 배신자로서의 엄혹한 형벌을 기다리고 있었다. 총에 맞아

살해당할 날을 기다리고 있었다. 그렇지만 나는 촐랑이. 살해당할 날을 끝내 기다

리지 못하고, 스스로 나서서 목숨을 끊으려 시도했다. 쇠망하는 계급에 어울리는

파렴치하고, 퇴폐적인 방법을 골랐다. 한 사람이라도 많은 이들이 심판하고 비웃

고 욕했으면 하는 마음에서였다. 남편 있는 여인과 동반자살을 기도했다. 나, 스물

154

둘. 여자, 열아홉. 섣달, 혹한의 야밤. 여자는 코트를 입은 채, 나도 망토를 걸친 채, 바다에 뛰어들었다. 여자는, 죽었다. 고백한다. 나는 세상에서 그 사람만을, 아담한 그 여자만을 존경한다. 나는, 감옥에 들어갔다. 자살방조죄라는 이상한 죄명이었다. 그때, 투신한 곳이, 에노시마였다. (앞서 서술한 원인만으로 동반자살을 기도한 것은 아니며, 그밖에 여러 사정이 뒤얽혀 있음을 알리고 싶어, 나는, 아래, 그날 밤의 추억을 세 장으로 정리하여 적어두었으나, 견디기 힘든 곤란에 봉착하여, 지금은 모조리 삭제했다. 독자여, 쓸데없이 꼬치꼬치 캐묻지 말고, 훗날 이야기할 테니 기대하시라) 나는 부글부글 끓어오르는 추억에서 깨어나, 에노시마에서 하차했다.

바람이 세차게 부는 날, 백 명쯤 되는 군인들이 에노시마로 건너가는 다릿목에, 무리 지어 앉아, 다 함께 도시락을 먹고 있었다. 이렇게 많은 사람들 앞에서 바다로 몸을 날렸다간, 그저 수영 잘하는 병사 두어 명이 공을 세우도록 해주는 정도의 허무한 결과를 얻는 게 고작이겠지. 나는, 난동을 부리고 있는 잿빛 바다를 바라만 보았을 뿐, 포기했다. 다릿목에 있는 「망부각」이라는 갈대밭에 둘러싸인 식당에 들어가, 맥주 한 병, 그렇게 말했다. 할짝할짝 혀로 핥듯, 맛대가리 없게 마시면서, 어지러운 바람 속, 누런 흙먼지에 부옇게 보이는 에노시마를, 실로 원망스럽게 바라보았던 듯싶다. 등을 꼬부리고, 턱을 괴고, 30분쯤, 가만히 있었다. 이대로 앉은 채 죽어가고 싶다고, 간절히 생각했다. 신문의 활자 하나하나가, 그토록 더럽고 야비하게 느껴진 적이 없었다. 쥐색 스프링코트. 말라깽이 제국대학생. 등을 둥그렇게 말고, 멍하니 턱을 괴는 습관이 있다. 자살하려고 집을 나왔다. 그런 기사가 지금 내 눈앞에 나타나더라도, 나는 눈썹하나 까딱하지 않을 것이다. 참담하게도, 난, 놀랄 힘마저 잃은 상태였다. 나에 대한 기사는 없었지만, 도고 씨 손녀따님이, 혼자 힘으로 일하며 살고 싶다고 한 뒤 행방이 묘연해진 사실이, 추잡하게 왜곡되어 보도되어 있었다. 병사들이 망부각으로 줄줄이 들어오면서, 너무기세 좋게 들어오는 바람에 내 테이블을 넘어 뜨렸다. 컵도 맥주병도, 깨지지는 않았지만, 분명 아직 반절 이상이나 병에 남아 있을 맥주가 하얀 거품을 일으키며 흘

러 넘쳤다. 그 소리를 듣고, 여종업원 두어 명이, 까치발로 서서 그 광경을 지켜보

면서, 별일도 아니라는 듯한 표정으로, 아무 말도 입 밖에 내지를 않았다. 토키(유

성영화)에서 소리가, 갑자기 사라져, 사일런트(무성영화)로 변한 순간처럼, 고요해지

고, 벨벳 위를 고양이가 걷고 있는 것 같은 이상한 기분에 사로잡혔다. 광기의 전

조인가도 싶고, 마음이 험악해져, 그래서라도, 일부러 천천히 자리에서 일어나,

계산을 하고 밖으로 나갔다. 나가자마자 돌풍. 스프링코트 옷자락이 홱 뒤집혀 올

라가고, 한 움큼 잔자갈이 흩날려 뺨을 노리고 파바박 내리꽂혔다. 질끈 눈을 감은

채, 오늘 밤에 죽을 거라고 나에게 속삭이며, 모두가 멀리 사라져, 세상에 나 혼자

만 있는 심정으로, 오래도록 도로 한복판에 가만히 서 있었다. 눈을 떴을 때는, 완

전히 의지를 잃고, 유령처럼 걸어서, 갯바위로 나갔다. 시커먼 구름이 충만하고,

하늘은 어둡고 낮았다. 눈길이 닿는 한, 사람 모습은 보이지 않았다. 썩어가는 어

선이 한 척, 모래사장에 버려져, 뒤집어진 채, 시커먼 배를 드러낸 것 말고는, 개

새끼 한 마리 없었다. 나는 바지 주머니에 두 손을 찔러 넣고, 같은 지점을 언제까

지고 어정버정 배회하면서, 눈앞에 펼쳐진 바다에 어울리는 형용사를 찾느라 진땀을 흘리고 있었다. 아아, 작가 때려치우고 싶다. 허우적허우적 몸부림을 치다 겨우 찾아낸 말은, 「에노시마의 바다는, 살풍경했다」. 나는 확 바다를 등졌다. 여기 바다는 얕아서, 뛰어든다 한들, 무릎을 적시는 게 고작이겠지. 나는, 실패하고 싶지 않았다. 설령 실패했다 하더라도, 나중에, 시치미를 뗄 수 있게끔 현명한 방법을 택해야만 한다. 미수로 끝나 사람들에게 구경거리가 되어 비난받고, 포박당하는 치욕을 겪고 싶지 않았다. 그 후로 얼마나 걸었을까? 백 가지 넘는 형형색색 계획이 료고쿠의 불꽃놀이[11]처럼 펑 하고 터졌다가는 사라지고, 터졌다가는 사라지고, 이렇다 할 결정을 내리지 못한 채, 어슬렁어슬렁 가마쿠라행 열차에 올랐다.

오늘 밤, 죽는다. 그때까지 남은 몇 시간을, 나는 행복하게 보내고 싶었다. 덜커덩, 덜커덩, 느려 터진 전차에 흔들리면서, 암울도 아니고, 황량도 아니고, 극한의 고독도 아니고, 지혜의 열매도 아니고, 광란도 아니고, 어리석음도 아니고, 통곡도 아니고, 번민도 아니고, 엄숙도 아니고, 공포도 아니고, 형벌도 아니고, 분노도 아니고, 체념도 아니고, 처량도 아니고, 평화도 아니고, 후회도 아니고, 사색도 아니고, 계산도 아니고, 사랑도 아니고, 구원도 아니고, 그렇게 화려한 말로 과시할만한 감정의 간판은, 마침 하나도 갖고 있지 않았다. 나는, 심각하지 않았다. 전차 구석에서 한낱 천민처럼 추위에 떨며 눈알을 희번덕희번덕 굴리고 있을 뿐이었다. 도중에, 청송원이라는 요양원 앞을 지나갔다. 7년 전 섣달, 붉은 달이 뜬 어느 밤, 여자는 죽고, 나는, 이 병원에 수용되었다. 한 달쯤, 여기서 한가로이, 몸과 마음을 회복했었는데, 그 한 달 동안의 삶은, 희미하게나마, 나에게 살아 있는 기쁨을 가르쳐주었다. 그 후로 7년은, 나에게는 50년, 아니 열 번의 생애처럼 생각되었을 만큼, 온갖 곤란한 일이 생겼고, 그때마다 참고 견뎠으나 아무런 보람도 없는 것 같아서, 나는 평범한 삶이 불가능하구나 싶어, 다시금 죽을 목적으로, 이번에는 혼자 왔다. 요양원도 7년의 비바람을 맞아, 순백의 페인트로 칠한 별궁 같던 철문은 회색으로 변색되고, 지난 7년간, 내 눈에 정말 선명한 색으로 물들어 있던 기와지붕의 타는 듯한 푸르름도, 얼룩덜룩 하얗게 벗겨지고, 군데군데 검은 기와로 수선되어, 너저분하고, 서먹서먹하고, 생판 모르는 사람의 얼굴이었다. 7년, 다른 사람이 본다면, 내 미소는, 이 건축물보다 훨씬 더러워 보이겠지. 어라? 이상한 일도 다 있군. 그 바위가 없어졌다. 있잖아, 이 바위가, 엄마 같다는 생각 안 들어? 따뜻하고, 보드랍고, 이 바위가, 좋아. 여자가 그렇게 말하며 어루만졌고, 나도 동감했던 그 넓적한 바위가 없어졌다. 뛰어들기 직전까지 위에서 장난치며 놀던 그 바위가 없어졌다. 이럴 리 없다. 둘 중 하나는 꿈이다. 덜컹, 전차는, 한 번 크게 흔들리더니 낯선 동네의 숲으로 들어갔다. 흐뭇하게도, 나는 그날, 컨디션까지 좋았다. 희미하게 공복을 느꼈던 것이다. 어디든 좋아, 번화한 곳에 내려주시오, 하고 차장에게 부탁하니, 얼마 안 가, 그러면 여기에서 내리시오, 하고 알려주기에, 허둥지둥 내린 곳은 나가타니였다. 비가 뺨을 적셔주어 아주 깨끗해졌다고 생각하니, 기뻤다. 성숙한 여학생이 둘, 우산이 없어 정차장에서·나가지 못하고 곤혹스러운 모양인데, 그런데도 키득키득 웃으며, 한 평 남짓한 대합실 한구석에서 꼬옥 예쁘게 껴안고 있었다. 만약 우산 한 자루가, 그때

나에게 있었더라면, 나는 끝내 죽지 않고 앉았을지도 모른다. 물에 빠진 자의 지푸라기

한 가닥. 깊게, 매섭게, 비틀거렸다. 맹세한다. 당신을 위해서 몸이 가루가 되도

록 열심히 살겠다. 살아낼 테니까, 화내지 마세요. 하지만 거기까지였다. 그 두 명의 여학생 중 댓

無愁[무수], 말하지 않으면, 근심이 없는 것과 같다고 했던가[12]. 그 不語似[불어사]

잎 같은 눈썹을 찡그리며 웃는 아담한 소녀는, 오만 애정을 품고 바라보는 내 눈동

자의 빛깔을, 끝내 이해하지 못한 것 같다. 풀쩍, 최대한 경쾌하게 몸을 날려 빗속

으로 뛰쳐나갔다. 제비처럼은 못 했다. 하마터면 미끄러져 자빠질 뻔했다. 뒤돌아

보고 싶군. 관둬! 곧장 바로 맞은편 음식점으로 후다닥 들어갔다. 어둑어둑한 식

당 벽에는, 커다란 이발소 거울이 근사하게 걸려 있고, 내 얼굴은 커다란 눈망울

이, 사람이 그리운 듯, 싱글거리고 있었다. 뜻밖에도 모난 데 없이 복스러운 얼굴

이었던 것이다. 한시라도 빨리 술에 취해 뻗고 싶어, 쇠고기 전골을 헤적거리면서,

맥주와 정종을 번갈아 섞어 마셨다. 정말, 대충 넘어갈 수 없는 일도 있었던 것이

다. 마시고 또 마셔도 취할 수 없었다. 믿어다오. 거울 속 내 얼굴에, 이승의 것

아닌 깊고 온화한 우울의 빛이 감도니, 그런고로 고상하고 우아한데, 인력거꾼마차꾼이 단골손님인 악취 분분한 싸구려 식당에서, 홀로 쇠고기 전골 속 파를 쑤석거리고 있는 남자의 얼굴은, 웃어서는 아니 되는, 예수 그 자체였다고 한다. 점심나절 나는, 작가, 후카다 규야[13] 씨 댁을 방문했다. 그의, 확연히 뛰어난 어떤 소설한 편 때문에, 나는 그와 이야기를 나누고 싶었다. 소슈 가마쿠라 니카이도. 주소도, 잊지 않았다. 세 번, 긴 편지를 드렸고, 그때마다, 밝은 답장을 받았다. 내가그 작가를 좋아하는 딱 그만큼, 그 작가도 또한 나를 좋아한다고, 어느 틈엔가, 혼자 생각해버렸다. 얼마 남지 않은 시간이다. 행복한 일에 써야 한다. 나는, 1초의주저함도 없이, 태도를 정했다. 그때의 나에게는, 후카다 씨 댁 방문보다 더한 행복을 궁리하고 앉았을 겨를이 없었다. 비는 그치고, 쏜살같이 질주하는 구름, 드문드문 구름 새 빈틈으로, 씻기어 담박한 물빛 창공이 얼굴을 내밀었지만, 바람은 아직 제법 드센, 무법자처럼, 거리거리를 휩쓸고 다니는데, 나 지지 않고 바람을 거슬러 성큼성큼 황새걸음으로 걸었다. 부끄러울 만큼 소년이 되어버렸다. 천리마에

겐천리 갈 여물이 있어야지. 실없이 중얼거리며, 담배 가게에 들러, 「카멜」이라는 고가의 양담배를 두 갑이나 사서, 불량소년 흉내를 내며, 몰래 피우다가, 황급히 비벼 끈다. 허리가 굽고 몸집 작은 순경이, 뒷짐을 지고 길 한가운데로 건들건들, 바람에 떠밀려 걷고 있었다. 나는 니카이도 가는 길을 물었다. 내가 보는 눈이 있나? 이 순경, 결코 잊을 수 없는 사람들 가운데 하나였다. 내 손을 잡아 끌다시피, 수줍은 듯 더듬거리는 말투로 거듭 되풀이해서 가르쳐준다. 뭐야, 니카이도는 바로 요 앞이다. 나이든 어느 생활인에게, 실로 경건한 마음으로 감사의 말을 전하고, 가르쳐준 대로 길을 잘못 들지 않고 세 번 꺾어지고, 네 번째 돌아든 길모퉁이에서, 어렵지 않게 후카다 규야라고 쓰인 소박한 문패를 찾아냈다. 이때까지 짐작했던 것보다 열 배쯤 멀끔한 집이었기에, 이거, 참, 하고 혼잣말을 하면서도, 내심 반가워, 미소를 참으려야 참을 수 없었다. 돌계단을 올라, 말 그대로 문을 두드리니, 나온 하녀에게 큰 소리로 내 이름을 알려주었다. 고맙기도 하여라, 주인장은, 집에 계신단다. 오른쪽 손등으로 이마의 땀을 스윽 닦았다. 하녀가 안내해준 응접실에서、애써 똑똑한 학생처럼 공손하게 똑바로 앉아、온통 잔디가 깔린 정원을 바라보며、붓 한 자루로、이 정도 생활이 가능하구나、하고 적잖이 든든한 마음이 들었던 것이다。오늘 밤 죽을 놈에게는 어울리지 않는 안도의 한숨이 후유 하고 나와、살짝 당황스러워 하던 그때、꽃 같은 얼굴에 쑥대머리를 한 이 집 주인장이 사진과 똑같은 표정을 지으며 나오시어、처음 인사를 나누었는데、나로서는、처음 만난 사람 같은 생각도 들지 않고、지지난해 봄 훌쩍 나에게서 멀어져간 친구 구보 군도、3년 전 틀림없이 이 계절 이맘때쯤、어제 후카다 규야를 만나고 왔다며、일본인 작가에게는 전혀 유례가 없을 만한、문학이 아닌 홈라이프를 즐기고 있고、너무나 온순해서、내가 마음속으로 후카다 규야 병신 새끼라고 중얼대며 웃고 있는 듯한 아주 못돼먹은 착각이 하늘하늘 아른거려 곤혹스러울 만큼、인품이 그 정도 말도 못 하게 선량하더라구、하고 나에게 말해준 적이 있었지만、지금 나도、이렇게 마주앉아、뜻하지 않게 구보 군의 신세와、그리고、「후카다 규야 병신 새끼」가 떠올라、버릇없는 강아지、천 섬짜리 배에 올라탄 기분으로、꽤나 방심을 하고 말

앉다. 이제 와서, 굳이, 논쟁을 해야 할 필요도 없고, 모든 말이 귀찮아, 오랫동안 둘이서, 정원을 바라보기만 했다. 나는 단순하게도, 팔다리를 쭈욱 뻗고, 그리고, 지금 나의 이 풍족함을, 도대체, 누구에게 말해줄까, 야스다 요쥬로 씨는 눈물마저 지으며, 몇 번이라도 몇 번이라도, 고개를 끄덕여주겠지. 야스다의 그 뒷모습을 생각하니, 이번에는 내가 울고 싶어졌다.

『점점 소설이 어려워져서 난처합니다.』

『그렇군. 하지만……。』

머뭇거리셨다. 납득이 가지 않는 듯 했다. 빌헬름 마이스터는, 어렵게 생각해서 쓴 소설이 아니라고, 나는 나 자신에게 다정히 타이르고, 과연, 그렇구나, 하고 받아들이고, 그리고, 차분한, 따뜻한 느낌이 들었다. 나는 문득 장기가 두고 싶어서, 어떻습니까? 하고 권했더니, 후카다 규야도, 싱글싱글 웃으며, 선뜻 응했다.

일본에서 제일 품격 높고, 여유로운 전쟁을 벌이리라 생각했다. 첫 판은 내가 이기고, 다음에는 내가 조급하게 굴어서, 졌다. 내 쪽이, 조금 더 잘 두는 것 같았다.

165

후카다 규야는, 일본에서는, 최초로, 「정신적 여성」을 창조한 일류 작가이다. 이 사람과, 그리고 이부세 마스지 씨를, 더욱 소중히 여겨야만 한다.

『일대일로 해두고。』

나는 장기짝을 상자에 넣으면서、

『나중에、결판을 냅시다。』

이것이 후카다 씨에게、다자이 오사무에 관한 단 하나의 아쉬운 추억담이 되는 것이다。「일대일。나중에 결판을 냅시다」라고 하기에、나도 그걸 고대하고 있었는데。」

여기로 찾아오는 길목마다 나는、후카다 씨를 산책하자고 꾀어내、함께 술을 진탕 마시려는 사악한 소망과、그밖에도 두세 가지、메피스토의 속삭임을 준비하면서 걸어 왔는데、이토록 한갓진 삶을 접하고는、나의 거친 숨결마저 듣기 거북해져、벚꽃 잎 하나、손바닥 위에 올려놓고 있는 듯한 낮간지러움에、쭈욱 폈던 팔다리도 지금은 위축되어、차츰차츰 답답해지고、그러다가 뚝 소리를 내며 고개가 숙

여지고 말았다. 아무 말도 하지 못하고 길들여진 암표범처럼, 그대로 가만히, 물

러났다. 정원에 흐드러진 복사꽃이 나를 배웅하여, 엉겁결에 뒤돌아보았지만, 나

는 꽃을 보는 게 아니었다. 꽃 만개한 어느 가지에 서늘하게 축 늘어져 매달린 새

끼줄을 바라보고 있었다. 그 새끼줄을 주머니에 넣어 가지고 갈까? 문밖 돌계단

위에 서서, 아득한 지평선을 응시하니, 먼 하늘 지는 해 검붉은 아름다움이 오장육

부에 스미어, 그때는, 정말이지 쓸쓸하고, 서글펐다. 발길을 되돌려 후카다 규야

에게 몽땅 털어놓고, 둘이서 울까? 바보. 구질구질해. 머리카락 한 올 차이로, 버

텨냈다. 이 목달이구두 끈 두 줄을 맞대어 잇는다. 짧을 것 같으면, 바지 밑단 끈

이 두 자〈60센티미터〉다. 마음을 정리하고, 나는, 의적처럼, 쿵쿵 걸었다. 황혼의 거

리, 바람을 가르며 걸었다. 길가에 희미한 니치렌 대사가[16], 길에서 설법을 하던 터

라는 둔덕이, 휙 내 시야에 들어와서, 시절이 나에게 이롭지 아니하니, 라는 생각

지도 못한 막말이, 입에서 튀어나와, 어라? 하고 살짝 놀라, 시절에 져서 죽는 것

인가, 설마, 그렇지는 않겠지? 하고 멈춰 서서 따져 물었다. 아니다, 라는 대답을

언고, 이번에는 느릿느릿 걷기 시작했다. 죽어버리는 편이 안락하다는 확신을 얻었다면, 망설이지 말고, 죽어! 아무 잘못도 없는데, 자기 목숨을 끊는다는 것 말고는 의지를 표현할 방법을 모르기 때문에, 영리하기 때문에, 자애롭기 때문에, 한 움큼 맑은 물만큼 약한, 이 한 무리의 청년들을, 가엾게 생각해. 죽으라고 권하는 것은, 단연코 악마의 속삭임이 아니라고, 입증할 수 있는 부동의 철학적 이론 체계마저 준비하고 있었다. 그리하여, 그날 밤 나에게, 목을 매 죽는 것은, 건강을 위한 처방과 비슷했다. 면밀히 손익계산을 한 결과였다. 나는, 굳세게 살아내기 위해서, 죽는 것이다. 이제 와서는 문답무용이려나. 죽을 곳을 향해, 곧게 뻗은 외길, 명쾌한, 완벽한 거푸집이 완성되었으니, 나는, 녹인 납처럼, 거푸집으로 스윽 흘러 들어가면, 그러면 된다. 어째서 목을 매는 형식을 선택했는가. 스타브로긴 흉내[17]는 아니었다. 아니, 어쩌면, 그럴지도 모르지. 자살충 감염은, 흑사병보다 세 배쯤 확실하고, 그 파문이 퍼지는 속도는, 왕궁 스캔들의 수런거림보다도 열 배는 빨랐다. 새끼줄에 비누를 문질러 바를 만큼, 꼼꼼하게 안락한 왕생을 계획하는 것에 대해서는, 나도 지극히 찬성이고, 의대생 조카가 하는 말을 들어도, 목을 매 죽는 것은, 최근 5년간 일본에서 성공 확률 87퍼센트, 그리고 더군다나, 거의 고통도 없다고 하지 않는가. 한 번은 약을 먹고 실패했다. 일본의 스타브로긴은, 목을 매는 방법을 선택할 때, 한참 동안 방 안을 빙빙 돌고 서성거리면서 이래저래 고민할 필요가 없었던 것이다. 여관에 묵으며, 몸을 씻고, 여관의, 새 유카타를 입고, 깔끔하게 죽고 싶었는데, 내 몸뚱이가, 그건 물에 돌이킬 수 없는 커다란 상처를 입히고, 단출한 여관집 일가족, 아마도 대여섯 식구를 발로 차 비참한 상황으로 떨어뜨리는 것이라는 데에 생각이 미쳐, 나는 가마쿠라 역 앞 번화가 입구까지 와서, 뱅그르르 뒤로돌아나갓, 방금 전, 지나왔던 어둑한 길을 느릿느릿 걸었다. 역 부근에 있는 술집 라디오는 나를 쫓아오듯, 『현재 시각 여덟 시 5분 전, 대만에는 지금 소나기가 내리고 있습니다, 〈생방송 일본 내 고향 좋을씨고〉 이것으로 마치겠습니다』 하고 알려주었다. 늦은 시간까지 뭉그적대고 있다간, 당장에라도 의심 사기 딱 좋을 정도로, 오가는 사람이 없는 길이었다. 좋은 일은 빨리 하라, 라는 유머러스한 말이 가슴에 떠오르고, 그리고, 불쑥 가족 두어 명의 처지가 생각나, 나는 길이 그리로 난 것처럼 길섶 잡목숲으로 들어 갔다. 완만한 경사의, 높직한 언덕으로 되어 있고, 바람은, 아직 잦아들지 않아, 휘잉휘잉 잡목의 가지를 울리는데, 적잖이 춥게 느껴졌다. 밤이 깊어질수록, 나를 이상하게 여길 가능성도 점점 많아질 터였다. 사람이 너무나 무서워서, 나는 숲속 더욱더 깊고 깊은 곳으로 나아갔다. 가도 가도, 몸은 멈추지 않고, 그러다가, 바로 내 코앞에, 높이 한 장(3미터)쯤 되는 붉은 흙 절벽이 우두커니 서 있었다. 올려다 보니, 그 절벽 위에는, 신사라도 있는지, 내 키만 한 작은 도리이가 서 있는데, 빽 빽이 우거진 상록수가, 그 으늑함이 나를 손짓하여 부르기에, 나는, 억새와 찔레 나무를 헤치고, 절벽 위로 갈 만한 길을 찾았지만, 좀처럼, 그럴듯한 길은 눈에 띄 지 않아, 급기야는, 절벽의 붉은 흙에 손톱을 찔러 넣어 기어오르며, 반달무늬 없 는 곰, 반달무늬 없는 곰, 하고 나지막이 두 번 중얼중얼 되뇌었다. 겨우겨우 절 벽 위에 이르러, 발아래 쪽을 바라보니, 드문드문 흩어져 있는 가마쿠라 거리 집집

170

마다 켜진 등불이, 손에 잡힐 듯 보였던 것이다. 곰은, 어정버정 장소를 찾았다. 약으로 뇌를 마비시킨 것도 아니고, 또, 술기운을 빌린 것도 아니다. 바지 주머니에는 20엔 남짓 돈이 있다. 나는 실 한 오라기 흐트러짐 없는 정돈된 의지로 죽는 것이다. 보라. 나의 지성은, 죽기 1초 전까지 흐려지지 않는다. 그렇지만 은근히, 모양새를 신경 쓰고 있었다. 청결한 번민의 흔적을 원했다. 내 팔뚝 정도 굵기의 가지에 대롱, 매달린 그 순간, 눈 앞에 등꽃이 보였다. 역시 안 되겠어 하고 희망을 버렸다. 번민은커녕, 멍청이 얼굴. 게다가 소문하고 달리, 너무나 고통스러운 나머지, 나도 모르게, 아악, 하고 메아리가 칠 만큼 소리를 질러버렸다. 만만치가 않네, 그렇게 중얼거리는, 나 자신의 목소리가 무척이나 좋아서, 그래서, 갑자기 참을 수가 없어서 눈물을 흘렸다. 죽기 직전의 마음에는 가지각색 꽃들의 형상이 주마등처럼 뱅글뱅글 돌아서, 화려하다고 하는데, 그런데 나는, 전혀 그렇지가 못했다. 나는 낚여 올라온 도롱뇽마냥 속절없이 팔다리를 허우적거렸다. 병신 같은 꼬락서니에 진정으로 할 말을 잃고 있자니, 내 안의 초라한 작가까지 얼굴을 내

밀고 말한다. 『인간의 가장 비통한 표정은 눈물도 아니고 백발도 아니거니와, 하
물며, 미간의 주름은 더더욱 아니다. 가장 고통이 클 때, 사람은, 말없이 미소 짓
는 법이다.』 벌레의 숨. 30분마다 한 번씩 하나 마나한 호흡을 하는 듯한 심정이었
다. 모기의 울음소리. 그러나 고통은 점점 더 심해지는데, 머리는 오히려 맑아져,
의식이 멀어질 것 같은 낌새가 전혀 안 보였다. 이런 식으로 목구멍 연골이 으스러
질 때를 그야말로 팔짱 끼고 기다릴 수밖에 없는 것이다. 아아, 어쩌다 이렇게 무
식한 자살 방법을 택했단 말인가. 도스토옙스키는 목을 매다는 고통을 몰랐다. 나
는, 똑똑히 눈을 뜨고, 의식이 멀어지기를 한결같이 기다렸다. 심지어 나는, 그때
내 표정을 알고 있었다. 똑똑히, 내 눈에 보였다. 얼굴이 온통 검붉은 색, 입술 양
쪽 귀퉁이에 새하얀 거품을 물고 있다. 이 얼굴을 그대로 빼다 박은 퉁퉁 부은 복
어 낯짝을, 중학교 시절 유도 시합에서 본 적이 있다. 그렇게 거품을 물 정도로 버
티지 않아도 되잖아, 하고 당시 엄청 우스꽝스럽게 느껴졌던, 그 유도 선수를 떠올
린 바로 그 순간 나는, 심히 내 자신에게 모욕감이 들어, 노여움에 부들부들 떨며,

그만둬! 나는 팔을 뻗어 무턱대고 나뭇가지에 매달렸다. 무의식중에, 짐승 같은 포효가 배 속에서 분출되었다. 한 개비 양담배와 사람 한 명의 목숨이 어엿이 같은 값으로 교환되었다는 이야기. 나의 경우가, 바로 그러했다. 밧줄을 거두고, 그 자리에 엎어진 채, 그렇게, 한 시간쯤 죽은 사람처럼 늘어져 있었다. 개미 기어가는 만큼도 움직일 수 없었다. 그때 주머니 속 비싼 담배가 떠올라, 괜히 기분이 좋아져, 튕기듯, 벌떡 일어났다. 떨리는 손끝으로 담뱃갑을 뜯어 한 대 입에 물었다. 내 바로 뒤로, 사사삭 하고 분명히 인기척이 났다. 나는 조금도 겁내지 않고, 한동안, 오로지 담배에만 열중하다가, 그리고 천천히 뒤를 돌아보았는데, 조그마한 도리이가 달빛을 흠뻑 뒤집어쓰고 상아처럼 하얗게 떠올라 있을 뿐, 그것 말고는, 작은 새 그림자 하나 없었다. 아아, 알았다. 방금 그 기척은, 필시, 저승사자 도망가는 발소리렷다. 저승사자님한테는 미안하게 됐소. 그나저나, 담배라는 게, 맛있는 물건일세. 유명 작가가 되지 못해도 괜찮아, 걸작을 쓰지 못해도 괜찮아, 좋아하는 담배를 자기 전에 한 대, 일 마치고 한 대. 그러한 부끄럽고도 다디단 소시민의 삶

을, 무엇을 숨기랴, 나도 어렵잖게 살 수 있을 것 같은 기분이 들어, 속되지만 순

수한, 이라는 낡아빠진 요운론자에게는 대단히 어울리지 않는 제목에 대해서 여러

모로 생각하면서, 눈은 후카다 규야 씨 댁의 불빛을, 이건가, 저건가, 하면서 느긋

하게 찾아다니고 있었다.

아아, 뜬금없이, 이렇게 행복한 결말. 나는 냉큼, 붓을 놓는다. 독자 또한, 흐뭇

하게 미소 지으며, 그러나 어찌 됐든 긴장하면서, 가만히 작은 소리로 이렇게 투덜

대겠지.

『뭐어야.』

1 ▼ 과거 일본 제국의회 의원으로 황족과 귀족으로 구성된 집단.

2 ▼ 일본의 가부키배우 겸 영화배우. 의리, 인정 등 교훈적 내용의 검극에 출연했다.

3 ▼ 가부키 명문가 오노에 가문의 당주에게 대를 이어 전해지는 이름으로, 여기서는 6대 오노에 기쿠고로를 말한다.

4 ▼ 에도 시대 실존 인물을 소재로 한 가부키의 주인공. 돗토리 번의 무사 히라이 곤파치가 살인을 저지르고 에도로 도피하여 강도짓을 일삼다 사형에 처해지자, 그의 연인인 요시와라 유곽의 유녀 고무라사키는 그의 무덤에서 자결한다. 이 실화를 바탕으로 많은 이야기가 탄생했다.

5 ▼ 일본의 시인, 소설가. 서민적인 정취의 하이쿠를 많이 남겼다.

6 ▼ 천 명이 들어가는 목욕탕이란 뜻으로 대형 공중목욕탕을 의미한다. 이즈 반도 시모다에 소재한 가나야 여관의 대욕탕이 유명하다.

7 ▼ 일본 소설가. 자신의 빈곤함이나 병, 술, 여자 등 삶의 어려움을 소재로 한 사소설의 대가로 불린다. 다자이와 같은 아오모리 출신.

8 ▼ 도쿄 시내에서 고정 요금 1엔으로 이용할 수 있는 야간 택시.

9 ▼ 신세를 질 생각이면 세력이 큰 쪽으로 붙어야 한다는 뜻의 속담.

175

10 ⬇ 일본의 소설가이자 의사인 모리 오가이의 본명.

11 ⬇ 매년 7월 도쿄 스미다가와 강변 료고루에서 열리는 초대형 불꽃놀이 행사.

12 ⬇ 일본의 승려 다이토 국사의 시 『천개의 봉우리는 비와 안개와 이슬로 차갑게 빛이 나네』에 승려 이자 시인 하쿠인 선사가 『그대 두 눈으로 풍경을 보라, 말이 없으니 근심도 없구나.』를 덧붙임.

13 ⬇ 일본의 소설가이자 산악인. 저서는 〈눈사태〉〈쓰가루 벌판〉〈일본백대명산〉 등.

14 ⬇ 일본의 저술가, 문예평론가. 일본낭만파의 일원으로 사회주의 운동, 도쿄제국대학 졸업 등 다자이 와 접점이 있다.

15 ⬇ 독일의 대문호 괴테가 50년에 걸쳐 저술한 교양소설의 대작. 주인공 빌헬름이 성장하는 과정을 묘사함으로써 독자에게 교훈을 전달한다.

16 ⬇ 일본 불교 12대 종파 중 하나인 니치렌 종을 창시한 승려.

17 ⬇ 도스토옙스키의 〈악령〉 등장인물. 고통이 적고 그나마 보기 좋은 방법이라며 목을 매 자살한다.

18 ⬇ 요운은 요사스러운 구름, 큰 사건이 일어날 것 같은 불길한 징조를 뜻하며, 요운론자는 큰 사고를 몰고 다니는 자, 즉 다자이 자신을 말한다.

허
구
의

봄

《마약성 진통제 파비날에 중독되어 고생하던 시기》

【편집자의 말】

아직 1935년입니다. 그렇게 자살에 실패한 다자이. 다시 희망의 불씨를 살리

나 싶었지만, 불행하게도 한 달 뒤 급성 맹장염에 걸려 수술을 받게 됩니다. 그러

나 수술 후유증으로 복막염이 생기고, 끔찍한 통증은 꿈속에서도 그를 괴롭혔습니

다. 엎친 데 덮친 격으로, 진통제로 처방된 파비날에 심하게 중독된 다자이는, 많

게는 하루에 주사 50대를 맞기도 했습니다. 몸과 마음이 처참하게 망가졌지요. 그

래도 파비날은 사야 해서 아픈 몸을 이끌고 여기저기 돈을 빌리러 다녔습니다. 참

상을 보다 못한 고향집에서는 후나바시에 거처를 마련하여 요양하도록 배려해주었

습니다. 그러던 중 그의 소설 「역행」이 제1회 아쿠타가와 상 후보에 올랐습니다.

상금 5백 엔을 받아 빚을 갚고 멋진 옷도 맞추고 온천으로 여행을 가는 계획을 세

웠으나, 애석하게도 차석(2위). 약물 중독으로 인한 환각에 아쿠타가와 상 낙제라는 충격과 울분까지 더해져 그의 정신은 무너지고 있었습니다. 동반자살에, 약물 중독에, 좋지 못한 언행까지. 문단에서는 다자이에 대한 불신이 커지고 후나바시로 비난의 편지를 보내는 독자들까지 있었습니다. 건강이 악화되어 지팡이 없이는 문밖에 나가지도 못하는 상황. 다자이는 여기저기 지인들에게 편지를 보내는 것으로 답답한 마음을 달랠 수밖에 없었습니다.

「허구의 봄」은 그해 연말쯤 다자이가 지인들에게 받은 편지를 나열한 것으로, 실제 편지와 가공의 편지가 뒤섞여 있습니다. 출판 관계자들에게 받은 편지와 자신에 대한 비난, 그리고 다자이의 항변(하는 편지는 마치 다른 사람이 쓴 것처럼 해서), 현재 상황에 대한 주변 사람들의 우려와 격려로 이루어져 있습니다. 별다른 주제나 스토리는 없고, 다자이 특유의 자학 개그와 조금 황당한 편지, 늘어놓았을 뿐인데, 읽다 보면 이게 또 묘하게 빠져드는 맛이 있으니, 역시 작가는 작가네요.

특이한 점은 아무래도 중독 상태에서 쓴 글이라 두서가 없고 간혹 반말과 존댓말이 뒤섞여 있어 이해하기가 다소 어렵다, 그런데 그런 점이 오히려 극한에 몰린 자아의 절박한 심정을 보여준다, 뭐 그런 얘기가 있어서 반말 존댓말 뒤죽박죽인 부분을 편집하면서 고치지 않고 그대로 두었습니다. 읽으면서, 이게 뭔 소린지 모르겠다? 그럼 제대로 읽고 있는 게 맞습니다. 혹시 재미있게 잘 읽었다? 허허 그럼 당신도 혹시……。

참고로, 첫 편지가 「곧 잡지서로부터 원고청탁 의뢰가 올 것」이라는 격려 편지입니다. 그리고 마지막 편지는 잡지사에서 보낸 「원고청탁 같은 거 한 적 없다」는 편지고요. 아무래도 아쿠타가와 상에 낙선한 실망감을 이렇게 표현한 것 같습니다. 스토리가 없는 글이다 보니 어려울 것 같아 노파심에 길게 썼습니다. 한 글자 한 글자 천천히 읽어주세요.

≪후나바시의 다자이 오사무 자택≫

허구의 봄

선달 초순

○월 ○일

다자이 오사무 님께.

삼가 답장 올립니다. 당부로 가득한 원고지 5백 장, 말씀하신 취지에, 소생도 안심하였나이다. 매번 성원해주심에, 감사 인사를 드립니다. 게다가, 이번 편지에, 소생 같은 자에게까지 자상하고 간절한 충고, 문단에 대해 잘 안다고 너무나 대지 말도록, 하시던 그 말씀에 어쩐지, 쿵 하고 얼어맞은 심정이라, 그날은 자전거를 타고 돌아다니면서 온종일 생각에 빠졌습니다. 그 말씀, 사실대로 말하자면 귀하와 요시다 씨에게 그러한 고언을 언젠가 듣게 되지 않을까 하는 예감이, 전부터 있었기에, 그 아픈 곳을 푹 찔린 모양새였기 때문입니다. 그러나, 말은 이렇게 하지만, 편지는, 기쁘게 읽었습니다. 그리고 귀하께서 심려해주신 사항에 대해서, 소생도 이미 시정하고 있음을 알려드리고 싶습니다. 그것은 앞서 말씀드린, 예감이 있었다는, 그 사실만으로도, 고개를 끄덕여주시리라 생각합니다. 여하튼, 편지를 기쁘게 읽었다는 말씀 다시 한 번 드리며 아무쪼록 만사 헤아려 이해해주시길 바람과 동시에 귀하께서, 소생을 싫어하지 않는 정도에 그치지 않고, 정말 좋아하실 수 있도록 항상 유념하겠나이다. 요시다 씨에게도 안부 전해주시기를, 소생과 우연히 마주치더라도 소생이 부끄럽지 않도록 말 없는 가운데에도 유무상통하는 바가 있도록 배려해주시기를, 부탁드립니다. 또한 이 일, 이미 귀하의 귀에 들어갔을지도 모르오나, 〈영웅문학사〉 아키타 씨 말씀에 따르면, 전전월 이른바 신

185

인사인방의 작품 중, 귀하의 작품이 제일 호평을 받아, 다음에 또 원고를 의뢰하기로 되어 있다는 소식입니다. 저는 장사꾼 주제에, 사람을 대할 때 심히 호불호를 따지는지라, 좋아하는 사람에게 좋은 소식이 있으면 제 일처럼 기쁩니다. 저는 귀하를 좋아하기에, 앞서 말한 기쁨을 나눈다는 의미와, 실은 만약 아키타 씨의 이야기가 귀하에게 금시초문이라면, 일을 하시는데 있어 이렇게 알려드림이 조금이나마 도움이 되지 않을까 하여 편지를 드린 것입니다. 그리고 또한, 결벽하신 귀하가 저의 이런 편지에 노여워하지는 않으실까 하는 염려를 일단은 해보았지만, 제 마음이 순수한 이상, 만약 이를 노여워하신다면 그것은 노여워하는 쪽이 잘못이라 생각하여 감히 이 소식을 전할 따름입니다. 다만 귀하께서 고려해주셨으면 하는 것은, 제가 싫어하는 사람이라 함은, 저희 가게에서 원고지를 한 장도 사주지 않는 사람을 말하는 게 아니라, 문단에 있으면서 예술가도 뭣도 아닌 마음씨의 소유자를 의미한다는 것입니다. 그들은 적어도 요 근래에는 공공의 이익을 위한 생각을 전혀 하지 않고 있습니다. 하다못해 그것만이라도 귀하께서 인정해주셨으면 합니다. 아직……, 더, 드리고 싶은 말씀은 많지만, 제 졸문 때문에 귀하에게 오해를 사지는 않을까 하여, 또 내일도 벌어먹지 않으면 안 되는 처지에 있는 자의 시간 관계상, 이만 줄이오며, 우천 휴업의 때에라도 천천히 말씀드리도록 하겠습니다. 아울러, 아키타 씨가 하신 말씀은 후카누마 씨 댁에서 들었는데, 귀하께 이 편지를 드린 것 이 알려져, 불필요한 말을 지껄이고 다니는 것으로 오해를 받으면 저도 섭섭할 뿐 아니라, 아키타 씨에 대해서도 일말의 죄책감이 드는 바, 이 편지는 귀하의 품에만 간직해주셨으면 합니다. 하지만 저는 단골 작가 두어 명과 이야기하는 김에, 그냥 아무의도 없이, 다자이 씨 작품이 제일 평판이 좋다고 하더군요, 정도는 말할지도 모릅니다. 그리고, 이 일에 대해서도, 작가들 인물평은 그만두라, 하며 질타하실 귀하의 속마음을 잘 알기는 합니다만, 저는 이의가 있습니다. 그것이 아직도, 더, 하고 싶은 말이 있다는 말씀을 드리는 이유입니다. 일간 다시 쓰겠습니다. 아무쪼록 몸조심하시기를. 서툰 문장 탓에, 뜻을 다 전하지 못하였으나, 헤아려 읽어주십 시오.

11월 28일 새벽 두 시.

열다섯 살, 여덟 살, 그리고 갓난쟁이의 숨결이 좌우로 들리는 가운데 이불 속

에, 엎드린 채 쓰는 무례를 사죄드리며.

다도코로 요시노리 올림.

* * * * *

다자이 오사무 님께.

안녕하십니까. 〈역사문학〉에 게재된 귀하의 글, 유쾌하게 읽었습니다. 우에다

는 소생 일고 시절부터 알고 지낸 친구입니다만, 인간적으로 정말 싫어하는 녀석입

니다. 그러한데 요시다 기요시라는 자가 11월호에서 뭔가 우에다를 두둔하는 말을

지껄인 듯하여, 혹시 괜찮으시다면, 익명으로라도 좋으니, 그에 대해서 뭐라고 한

말씀 써주실 수는 없겠는지요. 현재 12월호 편집 중이므로, 금명간에 받을 수 있다

먼 더할 나위 없겠습니다. 아무쪼록 승낙하여 주시기를 바라 마지않습니다.

11월 29일.

구리메시 겐고로 올림.

추신. 비밀은 절대 엄수하겠습니다만, 본명으로 써주신다면 더더욱 감사하겠습니다.

* * * * *

다자이 오사무 님께.

안녕하십니까. 「장님 이야기」 교정본 확실히 받았습니다. 배려해주셔서 감사합니다. 이제 곧 교정 완료를 앞두고, 이래저래 바쁘게 지내고 있습니다. 일간 찾아뵙겠습니다. 이만 총총.

소마 준지 드림.

189

○월 ○일

다자이 오사무에게.

근래, 자네, 묘하게 거만을 떠는 것 같더군. 부끄러운 줄 알아. (한 줄 띄고) 이

제 와서 다른 패거리 따위와 비교하지 마시게. 연못 바위 위 거북이 머리 같은 구

석이 있다구. (한 줄 띄고) 원고료 들어오면 알려줘. 어쩐지, 자네보다, 내가 더

기대하고 있는 것 같아. (한 줄 띄고) 고작해야 단편 두어 개 주문 들어온 건데,

에휴, 천하의 다자이 오사무인지라, 왠지 살짝 마음이 안 놓이는군. 자네는 유명하

지 않은 인간의 기쁨을 끝내 맛보지 못했구만.

요시다 기요시 씀.

추신. 단눈치오는 13년 동안, 조용이 호숫가에서 살았어. 아름다운 일이야.

* * * * *

다자이 오사무에게.

어떤 책에서、 자네 작품을 비평한 말 중에、 오만한 예술 어쩌구저쩌구 하는 부분

이 있었어。 비평가들이 자네 예술은、 오만함을 버렸을 때、 한층 재미있다 어쩌구저

쩌구、 써놨더라구。 나는、 그 의견에는 반대야。 나한테는、 다자이 오사무가 울보로

밖에 안 보여。 내가 다자이 오사무를 사랑하는 까닭이기도 해。 폭언이라면 미안。

그 울보는、 그러나、 바위 같아。 물보라 뒤집어쓰며、 이 악물고 있는⋯⋯。 본 지 꽤

나、 되었구먼。 He is not what he was(예전의 그가 아니다)、 인가?

세타가야에서。

린표 다로 씀。

* * * * *

○월 ○일

다자이 오사무 님께.

귀하의 단편집은, 연내에, 조금이라도, 교정쇄를 보여드릴 수 있으리라 생각합니다. 가슴에 사무치는 귀하의 후의에 깊은 감사를 드립니다. 혹여 그 후의에 등돌리는 일 없을까 걱정하고 있습니다. 그럼, 우선 급한 대로 전략, 후략하고 용건만 전했습니다.

〈오오모리 쇼보〉 출판사.

다카오리 시게루 드림.

*****

다자이 오사무 님께.

요즘 료쿠의 책을 읽고 있습니다. 요전에는 문부성이 출간한 『메이지천황집』을 읽고 있었습니다. 저는 일본 민족 중에서 가장 순수한 혈통의 작품을 한번 읽어보고 싶어 우선 역대 황실 사람들의 다양한 작품을 읽었습니다. 그 결과, 메이지 이후 대학의 속학들이 주장하는 일본 예술의 혈통에 대한 모든 의견을 부정할 수밖에 없다는 견해에 이르렀습니다. 당신은 언제나 붓끝을 뾰족하게 다듬고 글을 쓰시지요? 당신에게 처음으로 보내는 편지인지라 붓끝을 가위로 잘랐습니다. 물론 이 가위는 검열관의 가위가 아닙니다. 게다가, 당신은 「다스만」[5]이라는 말을 아시지요? 「데루만」[6]이 아닙니다. 그래서 저는 당신의 작품에서 「만」의 가감승제[7]를 생각하지 않습니다. 자신감을 가진다는 것은 공중누각을 짓는 것처럼 유쾌하지 않습니까? 오직 그것 때문에 당신은 붓끝에 날을 세우고 저는 가위를 사용하며, 그때 조금도 주저 없이, 나도 타인을 이해했다고 말합니다. 호류사 탑을 만든 석공은 지지대를 치우는 날까지 탑이 완성될 가능성을 확신할 수 없었다고 합니다. 그러나

193

이것은 전혀 자신감과는 관계가 없다고 생각합니다. 뿐만 아니라, 석공은 탑이 완성되든, 지지대를 철거함과 동시에 탑이 무너지든, 어차피 미쳐버렸을 거라고 합니다. 이러한 예술 체험에 있어서 인공의 극치를 알고 있는 것은, 아마도 당신이겠지요. 그래서, 표정마저도 표현하려고 하는, 그것이 요즘 당신의 유일한 자랑거리가 아닐까 감히 생각해봅니다. 당신은 병환에도 불구하고 술을 마시고 담배를 피운다고 들었습니다. 그럼 당신은 아침이나 저녁에 변소에 간다는 것도 자랑하도록 하세요. 그런 정신이 함양되어 있지 않기 때문에 아직껏 일본 신문학이 걸작을 낳지 못하는 것입니다. 더더욱 높은 긍지를 가지도록 하세요.

나가노 기미요 드림.

＊＊＊＊＊＊

조금만 흥이 느껴져도, 그것을 확인하기 위해 그는 큰 소리를 내어 웃었다. 소소한 추억에 눈물 한 방울 눈시울에 맺힐 때에도, 그는 이때다 하고 거울 앞으로 달려가, 비탄에 잠긴 쓸쓸한 자기 모습을, 황홀하게 바라보았다. 별것 아닌 여성의 질투에, 약간의 찰과상을 입어도, 그는 원한의 칼날이라도 받은 양 기고만장해지고, 고작 2만 프랑의 빚에도, 그는, 백만 프랑의 부채에 시달리는 천재의 운명은 비참하도다, 하면서 거만을 떨어본다. 그는 위대한 게으름뱅이, 우울한 야심가, 화려한 불운아로다. 끊임없이 그를 비추던 나태한 푸른 태양은, 하늘이 그에게 부여한 재능의 절반을 증발시키고, 잠식시켰다. 파리, 혹은 일본 고엔지의 지독한 삶속에 왕왕 찾아볼 수 있는 이런 종류의 「반쪽 위인」들 중에서도, 사무엘은 특히 「실패하는 걸작」을 쓰는 남자였다. 그는 창작보다는 차라리 천성 안에서 시를 빚나게 하는 병적인, 공상적인 인물이었다. 아직 만난 적 없는 다자이여. 무례함을, 용서하소서. 아무래도 자네, 지레짐작을 한 것 같아. 자네는, 보들레르를 파악할 요량으로, 보씨 작품 속 인물을, 두 눈 벌개가지고 연구했던 모양인데. 나는 꽃이

195

자정원사, 나는 상처이자 칼날, 때리는 손바닥이자 맞는 뺨, 사지이자 사지를 찢는 고문마차, 사형수이자 사형집행인. 그래선, 안 돼. 당연한 얘기지만, 자네를, 「작중 인물적 작가」라 칭하며, 부채 뒤에서, 몰래 억지웃음을 주고받는 작가 선생들이 요즘 더욱 수가 늘고 있는 모양이야. 확실히 부탁했어, 다 씨. 호호, 호호 호.

친지로부터.

비웃지 마! 나는 가나모리 쥬시로라는 서른다섯 살 남자다. 마누라도 있으니, 우습게 보지 마. 대체, 내가 뭘 어쨌다는 거냐. 바보.

* * * * * *

다자이 오사무 님께.

안녕하십니까. 앞으로 더더욱 건승하시기를 바라 마지않습니다. 다름이 아니오

라 이번 본 잡지에 다음과 같은 주제로 귀하의 원고를 부탁드리고 싶은 바 바쁘신

와중에 송구하오나 다음 사항을 양해하신 후 부디 승낙해주시길 바랍니다. 하나,

마감은 12월 15일. 하나, 분량은, 4백 자 원고지 열 장. 하나, 주제는, 봄의 유령

에 관한, 콩트. 변변치 않으나, 한 장에 8엔으로 아무쪼록 부탁드립니다. 업무가

익숙하지 않기에, 실례되는 점 많을 줄로 아오나, 오로지 너그러운 마음으로 승낙

하여 주시기를.

선달 9일 〈오사카 살롱〉 편집부.

다카하시 야스지로 드림.

추신. 아울러, 삽화 샘플로 세 화백의 화조도를 동봉하오니, 탈고 후, 골라주시

면, 다행이겠습니다.

＊ ＊ ＊ ＊ ＊

○월 ○일

다자이 오사무 대선생 귀하.

인사 생략. 용서하소서. 신문 오려낸 것, 보냅니다. 어째서, 이런 걸, 오려두었는지, 저도 잘 모르겠습니다. 오늘 밤, 프랑스제, 백 마리 남짓, 청개구리 뛰어노는 무늬가 있는, 홍색 녹색 비단 갓을 씌운 전기스탠드를, 12엔 가까이 주고 샀습니다. 서재 책상 위에 장식하니, 오랜만에 책을 읽고 싶어져, 책상 앞에 정좌하고, 우선 책상 서랍을 정리하는데, 주사위가 나와서, 두세 번, 아니, 정확히 세 번, 책상 위에 굴려보았고, 그러고 나서, 한쪽에 하얀 깃털이 다보록이 달린 대나무 귀이개를 발견, 귓구멍을 청소하고, 스무 곡이 넘는 재즈송 가사를 적은 작은 수첩 페이지를 넘기며, 작은 소리로 부르고, 나서, 서랍 구석에 굴러다니는, 땅콩 한 알을 입 속으로 톡, 던져 넣었습니다. 애처로운 남자인 것입니다. 그때, 나온 게, 동봉한 신문 조각입니다. 왠지, 도움이 될 수도 있을 것 같습니다. 저는, 백발이 된 당

신을 보고 죽고 싶습니다. 올해 가을, 저는 당신의 소설을 읽었습니다. 이상한 이

야기지만, 저는, 친구 집에서 그 소설을 읽고, 그리고, 술을 마시고, 그러다가, 엉

엉 큰 소리로 목 놓아 울고, 집으로 돌아오는 길에도 큰 소리로 울고, 이불을 머

리끝까지 덮어쓰고 누워서, 푹 잤습니다. 아침에 일어났을 때는, 전부 망각했지

만, 오늘 밤, 이 신문 조각이 또 당신을 떠오르게 했습니다. 이유는, 저도, 잘 모

르겠습니다, 하지만 아무튼, 보내드립니다.

『만성 모르핀 중독. 무고통 근본요법, 발명 완성. 주요 효과, 만성 아편, 모르

핀, 파비날, 판토폰, 나루코폰, 스코포라민, 코카인, 헤로인, 판오핀, 아달린 등

의 중독. 시라이시 구니타로 선생 조제, 네오 본타진. 문헌 무료 증정.』

『연극의 배경은, 열 장 정도면 충분합니다. 들판. 담벼락. 바닷가. 강가. 산

속. 궁전 앞. 누추한 집. 사랑방.[9] 양옥 등인데, 이것은 모든 교겐에서 쓰입니다.

그래서 도코노마에 거는 족자는 1년 내내 아침 해와 학. 경찰서, 병원, 사무실,

응접실 등은 양옥 배경 하나면 아쉬운 대로 쓸 수 있고, 또, 어쩌구저쩌구.』

『채플린 씨를 총재로 창립된 폭소클럽. 다음의 서른 가지 사항에 대해 이야기하면, 즉시 제명할 것. 마흔 살. 쉰 살. 예순 살. 백발. 늙은 마누라. 빚. 일. 남의 아들딸내미의 이데올로기. 만주국. 그 외.』

나머지 두 개는, 고단샤 책 광고입니다. 가까운 시일, 단편집을 내신다니, 이 광고문을 베끼세요. 읽어보세요. 좋지요? 그렇지요? (뭔 소릴 하는 거냐, 처음부터 아무 소리도 안 들린다) 저를 얕보면 안 됩니다. 저는 당신의 오른쪽 새끼발가락, 발톱 한쪽이 새까맣다는 것도 알고 있거든요. 이 신문 조각 다섯 장을, 당신은, 남몰래 빨간 편지함에 고이 간직했습니다. 어떻습니까? 아니, 억지로 찢지 마세요. 저를 아시나요? (알 리가, 없지) 저는 스물아홉 살 의사입니다. 네오 본타진을 발명했고, 또한 영원한 문학청년, 시라이시 구니타로 선생이올시다. (내가 봐도, 하나도 안 웃기네. 남을 웃기는 건, 어렵군요) 시라이시 구니타로는 농담입니다만, 언제든 오십시오. 저는 바보 같아 보이지만, 실제 사회에서는, 꽤나 요령이 좋다고들 합니다. 편지 주시면, 제 힘으로 할 수 있는 범위 내에서 최선을 다하겠습니다. 당신은, 재능을 더더욱 뽐내도 괜찮습니다.

시바구 아카바네쵸 1번지, 시라이시 올림.

추신. 어떤 느낌이 들어, 「대선생」이라고, 한 점 부자연스러움 없이, 부를 수 있었습니다. 대선생이라고, 옛날엔, 바보를 그렇게 불렀다고 하는데, 지금은, 안 그런 것 같아, 다행이라고 생각합니다.

* * * * *

오사무 형에게.

형에 대한 평판 굉장히 좋아. 그래서 뭔가 수필 같은 걸 쓰게 해달라고 문학 담당자한테 부탁했는데 얼씨구나 하면서 오히려 그쪽에서 꼭 써주십사 하는 거야. 신인 관점에서, 쓰는 게 좋겠다는 식으로 이야기하더군. 일고여덟 장, 이틀이나 사흘에 걸쳐 게재. 업투데이트(최신)한 테마로 써줘. 기한은, 모레 정오까지. 고료는 장당, 2엔 50전. 좋은 거 쓰라구. 조만간 놀러 갈게. 소재 줄 테니, 정치 소설 써볼래? 형한테는, 아직 무리인가?

〈도쿄 일일신문사〉 정치부.

고이즈미 호로쿠 씀.

* * * * *

다자이 오사무 님께.

안녕하십니까. 일면식도 없사오나 소생의 편지 읽어주시면 감사하겠나이다. 소생, 일본인 가운데, 종교가로서 우치무라 간죠[10], 예술가로서 오카쿠라 덴신[11], 교육가로서 이노우에 데쓰지로[12], 이상 세 분 이외의 글은, 글 같지도 않은 글로 여겨, 오로지 서양의 글만 가까이했으나, 최근 귀하의 글 발견하고, 세상에 유례없는 은린의 약동, 실로 아슬아슬, 위태위태, 덧없고, 고상한 아름다움 감추고 있음을 간

파, 그 후로 귀하의 작품 애독하는 자로서, 최근 귀하의 작품집 〈만년〉이 출판되

었다는 소식 듣고 일부러 발행소로 향해 모든 작품 구해 읽고, 또한, 귀하의 여러

작품에 대한 제 감회도 전해드리고자 합니다. 답신 바라오며, 3전 우표, 두 장.

엽서, 한 장 동봉하오니 편지든, 엽서든, 마음 내키시는 대로 몇 자 부탁드립니다.

아울러, 우표, 혹은 엽서, 쓰지 않으실 경우 그대로 반송 부탁드립니다.

기요세 쓰기하루 올림.

추신. 여기는 나리타산 신쇼지, 산리즈카 부근이오니 왕림하신다면 안내해드릴

수 있습니다.

* * * * *

○월 ○일

우리 친구들한테만이라도, 옹졸한 짓 안 하면, 뭔가, 손해라도 보나? 일본에

서 둘째가라면 서러울 만큼 형편없고 꽉 막힌 편지, 지금 흘끗 들여다보았다. 다자

이! 뭐냐. 「용서한다」라니, 뭐냐구. 바보! 흥, 하고 콧방귀 뀌며 두 손으로 구

겨 창밖으로 던졌더니, 오동나무 가지에 걸리더군. 나는, 자네보다 우월한 인간이

야. 자네는 자네 말마따나 사형수의 노래를 부르며 살고 있고, 나는 더욱 반듯한[13]

욕구로 살고 있어. 자네의 문학인가 뭔가 하는 것이, 얼마나 교묘한지는 모르지만,

뻔해. 자네의 문학은, 원숭이 낯짝 젊은이(도요토미 히데요시)가 벌이는 광대짓에 불

과하잖아. 나는, 늘 생각해. 자네는, 기껏해야 일개 귀족에 지나지 않아. 그렇지

만, 나는 황태자임을 스스로 인식하고 있지. 나는 나보다 지위가 낮은 사람한테,

영문 모를 편지를 받았다 정도로밖에 느껴지지 않았어. 나는 내 감정을 속이면서

쓰지 않아. 잘 읽어보라구. 내 지위는 하늘이 내린 거야. 자네 지위는 사람이 정해

준 작위에 불과해. 용서한다, 라는 연극 대사 같은 말, 자네 같은 사람이, 나한테

쓸 수 있는 말이 아니라구. 자네는, 자네 분수에 대해서, 말도 안 될 만큼 오산을

하고 있어. 다만, 자네는 나이도 젊은 데다, 아직 모르는 것도 아주 많고, 나도 그

런 시절이 있었기 때문에 잠자코 있었을 뿐이라 이 말이야. 자네가 보낸 이번 편지

속 문장에 대해서는, 이래저래 해석해봤지만, 「이번만」이라는 자네의 과장된 자

만심은 용서할 수 없어. 단호히 묵살하기로 마음먹었지만, 마침 오늘 책상 앞에 앉

았을 때, 문득, 답장이라도 써볼까 싶어 이 편지를 썼네. 자네는 스물아홉 10개월쯤인가? 게이샤도

이와 술을 퍼마시다니, 내키지 않았어. 따지고 보면, 20대 젊은

한 명못 불러. 바둑도 한 수 못 둬. 자루 틀어 잡힌 창이야. 언제든 상대해주겠

네만, 그러나, 자네는, 사토 하루오 정도는 아니야. 나는, 그 남자를 위해 「하루

오 논문」을 썼지. 그렇지만, 자네에 대해서는, 항상 내 모습을 드러내놓고 이야기

하지 않으면 그림이 안 나와. 자네는, 나가사와 덴로쿠와 마찬가지로……, 물론,

그 정도로 심하지는 않지만, 그렇지만, 역시, 내 가치를 몰라. 자네는, 내 「급소」

를 찌른 적은 이제껏 없어. 구라타 햐쿠조, 야마모토 유조.[15] 「종교」라는 말을 들으면, 둘 정도밖에 떠오르지 않아. 나는, 자네의 「다스·게마이네」를 봤다고 생각했어. 그렇지만 별로 난 화도 나지 않았어. 그랬는데, 뭐야, 「용서한다」라는 말은.

나는, 자네가 「용서해줘」라는 말을 그렇게 표현한 건가 하는 생각까지 했을 정도야. 그리고, 한참 후에 왠지 길을 걷고 있는데, 아하 그렇구나 하는 생각이 들더라구. 하지만, 그건 차츰 진짜 내 모습을 드러내기 시작한 것에 지나지 않아. 그날 밤 자네는, 온정 넘치는 나에게, 잔혹한 점이 하나 있음을 명확하게 짚어주었네. 자네가 용서할 수 없었던 것, 그것은 내 잔혹함이 틀림없어. 『나, 태양처럼 살리라.』내 발밑에 무릎 꿇고, 자네가 용서할 수 없다고 느낀 것을 자백해봐. 자네는, 이런 경우, 마치 예술이 아닌 것처럼 고집스럽게, 이유 없이, 그냥, 왼쪽을 오른쪽이라고 우긴 거겠지만, 편하게 솔직하게 모두 말해봐. 듣는 사람 아무도 없어. 평생 처음 단 한 번, 거짓도, 또한 사형수의 노래도 아닌 말. 진실을 정직하게 내게 호소해봐. 자네는 뭔가, 착각에 빠져 있어. 나를, 태양처럼 이용하라구. 이편

지가 정말 마지막 편지가 될지도 몰라. 나는 고지식한 사람은 딱 질색이야. 묵살할

가치도 없어. 그런 건 시골 촌놈이라구. 『자네는 무엇을 용서할 수 없었나?』 부

끄러워하지 말고 내게 말해봐. 부끄러워 마. 자네는, 나한테 반한 거야. 어떤가.

용서한다고? 아름다운 과부 같은 말로 둘러대지 마. 난, 자네가 나에게 헌신적으

로 봉사하지 않으면 이제 후나바시의 오모토교[17]에는 다니지 않을 작정이야. 우리,

친구 두어 명이, 평소에, 얼마나 자네를 위해 애쓰고 있는지. 얼마나 참고 양보하

고 있는지. 얼마나 귀한 돈을 쓰고 있는지. 오늘의 자네에게, 그 실상을 알려주고

싶다. 알게 되는 순간, 자네는, 뒤쪽 기찻길로 뛰어들겠지. 아니면 눈물을 흘리며

내 흙 묻은 구두에 뽀뽀할 거야. 자네에게, 아직도 일말의 성실함이 남아 있다면!

＊＊＊＊＊＊

요시다 기요시 씀.

중순

○월 ○일

요시다 기요시 귀하.

인사드립니다. 일전에는 실례. 「어릿광대의 꽃」 곧장 일독하였는데 상당히 재미있었습니다. 말할 것도 없이 합격점을 드립니다. 『무엇 하나 진실을 말하지 않는다. 그렇지만, 잠깐 듣다 보면, 뜻하지 않은 횡재를 할 때가 있다. 그들의 가식적인 말 속에서, 간혹 놀랄 만큼 솔직한 여운이 느껴지는 경우가 있다.』라는 문장 속 키노트를 이루는 구절을 그대로 옮겨 이 작품 전체를 아우르는 말로 삼을 수 있을 것 같습니다. 초라한 진실이 어렴풋하나마 반딧불처럼 빛을 발함을 축하드립니다. 어쩌면 진실이란, 이런 식으로밖에 이야기할 수 없는 것일 테니까요. 병상에 있는 작가의 건강을 빌어 마지않기에 이렇게, 특별히 편지 한 통을 보내오니, 아무쪼록 전달해주십시오.

10일 깊은 밤, 아니, **11**일 새벽, 두 시쯤.

후카누마 다로 드림.

******

행복한 환자에게.

어때? 이러면 믿겠지. 지금 정신없이 감사 편지를 쓰는 중이다. 태양 뒤에는 달

이 있는 법이니, 자네도 감사 편지를 보내도록.

요시다 기요시 씀.

******

다자이 오사무 귀하.

안녕하십니까. 바쁘신 와중에 대단히 송구하오나, 본지 신년호 문예면을 위해 다음과 같이 귀한 원고 써주시기를, 간절히 부탁드립니다. 하나, 선배에게 보내는 편지. 둘, 원고지 세 장 반. 셋, 원고료는 한 장에 2엔 정도. 넷, 이번 달 15일까지. 아울러 번거로우시겠지만, 받으시는 대로 즉시 동봉한 엽서로 여부 알려주시길 부탁드립니다.

도쿄시 고지마치구 우치사이와이쵸.

〈무사시노 신문사〉 문예부.

나가사와 덴로쿠 드림.

*****

○월 ○일

엉겅퀴 꽃을 좋아하는 다자이 님께.

엽서 고맙습니다. 설날호에는 꼭 부탁드립니다. 여유 있으시다면 열 장 이상 써주셨으면 합니다. (한 줄 띄고) 고이즈미 씨를 일전에 만났는데, 여전히 건강하시고, 그 남자의 야성적 친밀함은, 정말, 따뜻해서 좋습니다. 그 남자를 더 훌륭한 사람으로 만들고 싶습니다. (한 줄 띄고) 저는 내일부터 잠시 서쪽 쓰가루, 북쪽 쓰가루 두 지역의 황작지를 돌아보겠습니다. 올해 아오모리현 농촌 모습은 정말이지 비참 그 자체. 차마, 눈 뜨고 볼 수 없는 삶의 모습이 행렬을 이루고, 마을을 이루어 존재하고 있다. (한 줄 띄고) 귀하의 형님께서는, 현의회의 꽃. 요즘 더 한층 아오모리현의 중요 인물다운 관록을 갖추셨더군요. 상당히 훌륭합니다. 사람 응대도 잘하십니다. 그대로 성장하시면, 훌륭한 인재가 되어 사회적 활동에 있어서, 뛰어난 역량을 보일 날도 먼 미래는 아닐 것입니다. 스물다섯 나이로 마을이

장, 중역들 가운데 우두머리. 스물아홉에 현의회 의원. 남자다움으로 보나, 능력으로 보나 단연 으뜸, 게다가 대단한 노력가. 못난 동생 다자이 오사무 씨는, 꽤나, 고달프시겠구나 하고 짐작해봅니다. 정말로.

3일 밤. 가루눈 보슬보슬.

〈호쿠오 신문사〉 정리부.

쓰지타 기치타로.

* * * * *

다자이 선생, 이라고 해야 하나?

큰일 났어. 오늘 학교에서 돌아오는 길에, 책방에 들러, 한 시간 정도 서서 책을 읽었는데, 왠지 마음이 불안해지더라구. 〈고단 구락부(클럽)〉의 신년 부록, 전국 부자 순위를 봤는데, 우리 집도, 자네 집도, 깨끗이 자취를 감췄어. 싫다 싫어.

자네 집이, 백 50만, 우리 집이 백 10만. 작년까지는 분명히 그 언저리였어. 해마다,

난, 그걸 들여다보며, 노인네가 돈 없다 돈 없다, 노래를 불러도 안심하고 있었는

데, 이번만큼은, 정말인가 봐. 대책을 강구해보자고. 큰일이군. 큰일이야.

시미즈 츄지 씀.

* * * * *

○월 ○일

인사 생략.

이상한 말이지만, 돈이 필요하지 않으세요? 2백 80엔 한도로, 〈도쿄 아사히신

문〉 만물 안내란에, 주물럭주물럭주물럭 퐁당퐁당퐁당백엔, (또는 퐁당이백엔도 괜찮

음, 필요한 만큼) 먹고싶다마시고싶다 감자먹고방귀뽕. 이라고 작은 광고를 내신

다면、 그날 중으로 돈、 보내드리겠습니다。 5년 전、 우리는 도쿄제국대학교 학생

이었습니다。 당신은 등나무 덩굴 아래 벤치에 드러누워、 기분 좋은 얼굴로、 낮잠을

자고 있었습니다。

제 이름은、 거북아거북아、 라고 합니다。

＊ ＊ ＊ ＊ ＊ ＊

○월○일

쓰시마 슈지 앞。

오늘 이상하게 신경이 쓰이는 편지를 받았네。 열이 날 염려가 있는데도 맥주를

마셨다는 건 자네의 부주의가 아닐까 하네。 자네한테 술을 가르쳐준 게 아마 나지

싶은데、 만에 하나 자네가 술 때문에 망가졌다면 내 책임이라는 기분이 들 테고 난

너무나 미안해서 마음이 괴로울 거야. 완전히 건강해질 때까지는 끊도록 하게. 하

긴 술에 대해서 내가 남한테 뭐라고 할 자격은 없지. 자네가 자중하길 촉구할 뿐이

네. 본가에서 보내주는 돈이 줄었다던데, 줄어든 만큼 검소하게 사는 게 어때? 살

림만큼 늘였다 줄였다 마음대로 되는 것도 없어. 아주 간단하지. 원고도 슬슬 팔려

게 되었으니, 갈겨쓰지 않는 선에서 쓸 수 있는 만큼 써서 큰 잡지사에 보내는 게

중요해. 자네는 세평에 신경을 쓰니까 갑자기 서운해지거나 하는 걸지도 몰라. 뻔

뻔해지지 않으면 자멸한다구. 봄이 되면 보슈(치바현 남부) 남쪽으로 이사해서, 어부

들 일하는 거나 구경하면서 요양하는 것도 좋지 않겠나? 나중에 일 마무리되면 가

야 노하고 같이 보러 가고 싶군. 가야노는 오랫동안 못 봐서 어떻게 사는지 모르겠

어. 오늘은, 한창 철야 작업 중이라, 이만 줄이겠네.

하야카와 씀.

＊＊＊＊＊

215

○월 ○일

다자이 오사무 님께.

원고 어제 받았습니다. 일전에, 귀하로부터 온 엽서, 무슨 영문인지 확실히 알지 못하였으나, 어제 원고를 읽고 무슨 뜻인지 이해했습니다. 얼마 전 제가 의뢰를 드릴 때, 태도가 좋지 않았다면 사과드립니다.

실은 그 편지, 대단히 바쁜 시간에, 회사 동료와 분담해서 약 스무 통 가까운 편지를 (선배 분량과 신입 분량) 써야 했기 때문에, 자네 편지만, 개인적으로 쓰고 앉았을 겨를이 없었어. 원고료에 대한 이야기는 안 쓰는 게 외려 경우에 어긋나는 일이라 누구한테나 다 쓰기로 했어. 함께 원고 의뢰했던 친구, 자네도 알지? 기쿠치 치아키 군이나, 다른 여러 사람들한테도, 전부 같은 내용으로 편지를 썼다구.

자네한테만 특별히 개인적으로 쓰면 좋겠지만, 그럴 시간이 없었다는 건 앞서 말한 대로야. 그 의뢰 편지를 쓰면서, 결과적으로 자네 기분을 상하게 하리라고는 꿈에도 생각지 않았고, 악의를 가지고 그런 부탁을 할 만큼 어리석은 사람도 없을 거야. 자네가 지나치게 신경질적이라고밖에, 나로서는 생각할 수 없다. 자네와 나 사이에 우정이라는 게 있다면, 자네야말로, 그런 작은 일을, 나쁘게 곡해할 필요는 없지 않은가? 다만, 내가 살면서 자네가 욕한 바와 같은 태도를, 보였다고 한다면, (물론 자네한테 그런 태도를 보인 적도 없을뿐더러, 그런 태도로 그 편지를 쓴 게 아니라는 것은 앞서 말한 대로다) 나는 반성해야 하고, 내 삶에 대해서도 돌아봐야 한다고, 진심으로 생각해. 자네가 진정한 예술가라면, 그런 의뢰 편지를 쓰는 사람과, 받는 사람, 어느 쪽이 구차한 심정으로 살고 있는지 쉽게 알 수 있을 거야. 어쨌든, 그 원고는 철저히, 자네의 그런 지나친 생각에서 나온 것이니, 대단히 미안하네만 다시 써주지 않으려나? 한사코 자네가 거절한다면, 어쩔 수 없지만, 이런 오해와 잘못 넘겨짚은 탓에 시작된 일로 자네와 싸우기는, 나는 싫네. 내가 자네를 모욕했다고 생각한 모양인데 아무튼, 나는 자네가 쓴 그 원고 속 극단적인 경멸에 시달리다가 어젯밤엔 거의 한숨도 못 잤어. 일전에 내가 쓴 그 편지에 관한

오해는 싹 지워주었으면 좋겠네. 그리고, 원고도 다시 써주면 좋고. 이건 부탁일

세. 자네는 그 일로 (게다가, 자네 오해로) 아주 화가 났겠지만, 그런 일에 일일이

화를 낸다면, 나 같은 사람, 하루에 몇 번 화를 내야 할지, 헤아릴 수도 없어. 자

네가 있는 힘을 다해 살아 있듯이, 나 역시 있는 힘껏 살아 있는 거야. 이제부터의

자네 일이나, 앞으로의 내 일이나, 그런 건, 다음에 만났을 때, 이야기하고 싶어.

한번, 자네 병상에 찾아가, 이런저런 이야기를 하고 싶지마는, 나도 굉장히 바쁜데

다, 약간 신경쇠약 낌새가 있어 맥을 못 추고 있네. 정월은 되어야, 느긋하게 병문

안 갈 수 있을 거 같아. 나가노 군, 요시다 군 둘하고는 요전날 밤에 만났어. 안정

취하고 몸 아껴가면서 공부했으면 하네.

회사 쉬는 시간에 몰래 쓰는지라 뜻을 다 전하지 못한 부분 많겠지만, 받으시는

대로, 즉시 답장하실 것으로 알고 기다리겠습니다.

〈무사시노 신문사〉 학예부.

나가사와 덴로쿠 씀.

추신. 또 한 원고를 다시 써주신다면, 25일까지면 되겠습니다. 그리고 사진을 한 장, 동봉해주세요. 이래저래 귀찮은 부탁을 드려 송구하오나, 아무쪼록 잘 부탁합니다. 글씨도 문장도 엉망이라 죄송합니다.

* * * * *

다자이 오사무 형에게.

요즘, 매일 밤마다, 다자이 형에 대한, 섬뜩한 꿈만 꿔. 별일, 없는 거지? 맹세하겠습니다. 아무에게도 말하지 않겠습니다. 힘든 일 있는 건 아니지? 일 저지르기 전에, 부탁할게, 나한테만 살짝, 귀띔해줘. 같이 여행 가자. 상하이든, 남태평양이든, 형이 좋아하는 곳으로 가자. 형이 좋아하는 곳이라면 어디든. 쓰가루만은 사양하겠어, 거기 빼고 온 세상 어느 땅끝이라도, 금방 나도 좋아하게 될 겁니다. 이는 한 점 의심 없음. 여비 정도는, 내가 벌겠습니다. 혼자 여행을 가고 싶다면,

난 따라 가지 않을게. 형, 무슨 일, 저지른 건 아니지? 괜찮은 거지? 그럼, 내게

명랑한 답장 주세요.

구로다 시게하루 씀.

* * * * * *

쓰시마 군에게.

귀한 편지 잘 읽었네. 병환 회복중이라니 무엇보다 다행이야. 도사(현재 고치현)에

서 돌아온 후로, 일에 쫓겨, 병문안도 못 가지만, 병세가 좋아지고 있다면 그걸로

된 거지. 오늘은 15일 마감인 소설 때문에 정신이 나가 있는 참이야. 신낭만파인

자네 소설을 후카누마 씨가 칭찬하고 추천하여, 자네가 분발할 마음을 먹었다니,

경경사로군. 자신감만 있다면, 만사는 잘 풀려. 문단도 사회도, 다 자신감만 있으

면 될 문제라고, 나는 뼈저리게 느끼네. 그 자신감을 지탱하는 건, 자기 일에서 거

둔 성공이지. 순환하는 이론이야. 그래서 자신감 있는 놈이 이기는 거고. 우리 집 갓난쟁이 이름, 다이스케라고 지었어. 나 여행 갔을 때 집사람이 마음대로 지었는데, 난 그 이름 마음에 들지 않아. 하지만, 벌써 이웃들한테 말해버렸다니 눈물을 머금고 받아들여야지. 이만 줄이네. 몸 조심해. 가야노 군, 여행에서 돌아왔네.

하야카와 슌지 씀.

*
*
*
*
*

○월 ○일

다자이 오사무에게.

답장 보내면 안 된다기에 답장 쓴다. 하나, 장편에 대해서. 말할 것도 없이 경솔했다는 생각이 들어. 고물상에 내준다 셈 치고 승낙해버린 건데, 그 말 잠시 취소

221

하는 것으로 하세. 이 편지와 함께 미룬다는 취지의 엽서도 썼어. 어차피 내년에

정이라, 내년까지는, 나도 어떻게든 되겠지…… 했는데, 그때까지 사람 구실을 할

수 있을지 어떨지, 의문스러워. 〈신작가〉에는, 이번에 쓴 백 장쯤 되는 걸 연재할

생각이야. 그 잡지는 끝까지, 나를 무명작가 취급하고 싶어 안달이지. 「달밤의

꽃」이라는 작품인데. 투박하다고 말은 했지만, 차라리, 그 부분을 광고해줘. 남의

일에 앞장서서 나팔 부는 게 제일 쉬운 일이잖아. 둘, 나와 자네의 관계를, 사람들

이 자칫, 색안경을 끼고 바라볼 수도 있는데, 그건 어쩔 수 없는 일 같아. 나카하

타라는 사람도 한 번 만난 게 전부고, 세상 사람들 하는 말 들어보면, 내가 자네를

어떻게든 트집 잡으려는 것처럼 보이는 게 아닐까 싶어. 내 귀에만 하더라도, 내가

자네를 깎아내리는 말을 퍼트린다는 소문이 들려. 그래서 다른 사람들이 나한테 온

갖 충고를 해대더군. 그까짓 거 상관없어. 자네와 내가 대립적인 관계로 보이는 게

나한테는 오히려 재미있을 정도니까. 예를 들자면 포와 레닌을 비교하면서, 포가

레닌의 책 사였다는 험담을 했다는 식의 가십은 유쾌하니까. 무엇보다 내 생각은,

222

친구입네 하면서 멋대로 설치고 싶지는 않다는 거야. 자네 편지를 받고 기뻤던 건, 애정 어린 지지지자가 그 안에 숨어 있었기 때문이야. 자네가 신이면 나도 신. 자네가 갈대면…… 나도 갈대. 셋, 그리고, 자네 편지 좀 센치하지 않았나? 내 말은, 읽으면서, 눈물을 쏟을 뻔했다는 뜻이야. 그걸 내가 센치한 탓으로 돌리는 건 옳지 않아. 연애편지 받은 계집애처럼, 나, 얼굴이 빨개지더라구. 넷, 이 편지가 자네 편지에 대한 답장이었다면 찢어버리게. 내 의도는 의뢰 편지였어. 오직 하나, 이번에 나오는 내 소설을 광고해달라는 것. 다섯, 어제, 기분 나쁜 손님이 하나 와서, 다자이 오사무 글솜씨가 좋네, 그러더군. 난 퉁명스럽게 대답했어. 『우리가 만들어낸 겁니다』. 오늘 다시 곰곰이 생각하는 중이야. 그런 말이 데마고기(유언비어)의 근원이 되는 게 아닐까…… 하고. 그냥 『예예』할 걸 그랬나? 아니면 『훌륭한 작가지요』 하면 되려나? 나는 지금까지 하던 대로 편한 마음으로 자네에 대해 수다를 떨 수 없게 된 것이 마음 아파. 자네나 나는 상관없다고 해도, 듣는 놈들이 멍청하면 우리 이름에 영향이 있지. 다자이 오사무는, 좀, 너무 잘나가서 글

렀어. 그럼, 나도 잘 나가야지. 어깨를 나란히 하러 가는 거야. 배를 저어 가세나.

여섯, 나가사와가 쓴 소설 읽었나? 「신비문학」이라는 건데. 그런 싸구려 우정을

과시하는 건, 난 사양하겠어. 너무 솔직한 말일 수도 있는데, 문학이란 건, 더 빼

뚫어져야 하는 게 아닐까? 나가사와에 대한 기대가 사그라드는군. 그것도 마음 아

픈 일 중 하나야. 일곱, 나가사와랑 만나고 싶다고 생각은 하는데, 만나지는 않고

있어. 나는 센치해지면, 우리끼리 잡지를 만들 생각을 해. 자네가 어떤 식으로 생

각할지는 모르지만, 나랑 자네 둘만 있는 세상이 가장 아름답지 않을까? 여덟, 무

리하면 안 돼. 자네가 바보 같은 말을 했잖아. 자네 먼저 났다고 자네 먼저 돼지라

는 법은 없어. 우리를 기다려야지. 그때까지 적어도 10년은 건강하게 기다려야지.

끈기가 필요해. 내 손가락에 굳은살이 생겼어. 아홉, 이제야 다자이 오사무가 팍팍

나를 밀어줄 때가 된 것 같다. 난, 싱글벙글 은근히 기분이 좋아. 「그런 녀석하고

한 패가 되면 모두 이득을 본다니까요」 하고, 〈다음에 누군가에게 〈제일 기분 나쁜

손님이 오면〉 말해주려고, 벼르고 있어. 여우가 호랑이 등에 올라탔네 어쨌네 하면

서, 둔마들은 떠들어대겠지. 그러면 「그 녀석이 호랑이가 아니란 말인가?」 하고

역습해야지. 「그리고 내가 여우가 아니라고 누가 그럽디까?」 열, 君不看雙眼色,

不語似無愁……。 좋은 글귀야. 그럼 건강하고. 나 좀 광고해달라고 붓을 들었다는

건 앞서와 같다.

린표 다로 씀.

* * * * *

장님이야기잘되길두손모아기도.(전보)

* * * * *

「장님 이야기」 잘 읽었습니다. 잡지에서, 딱 그 여덟 장만 읽었습니다. 병이 골

수를 침범하더라도 당신은 쓰러지지 말아야 합니다. 이 말에 당신을 향한 내 모든

마음을 담았습니다. 오늘 저는 피곤해서, 너무 피곤해서 글을 쓰기도 힘들지만, 그

런 와중에 갑자기 당신에게 편지를 보낼 필요를 느꼈기에 몇 자 적었습니다. 새해

에는 야마토 사쿠라이(현재 나라현)로 돌아갑니다.

나가노 기미요 씀.

* * * * *

자네, 독자들에게 둘러싸여도, 얼굴이 빨개지면 안 돼. 모른 척하지도 마. 이 세

상에서 살아가려면 말이야. 그건 그렇고, 「장님 이야기」 말인데, 난해하긴 해도,

하나의 정점, 걸작의 면모를 갖추었어. 자네는, 앞으로, 찬사를 순순히 받아들이

는 수행을 하지 않으면 안 돼.

요시다 씀.

다자이 오사무 님께.

처음으로, 편지 올리는 무례, 부디 용서하시기를. 덕분에, 저희 잡지, 〈봄옷〉

도 제8호를 낼 수 있게 되었습니다. 최근, 동인들에게 전혀 편지를 보내지 않아서

그 처들의 심정은 모르지만, 제가 드리려는 말씀은, 이미 분명 수중에 도착해 있을

〈봄옷〉 제8호에 실린 졸작에 관해서입니다. 흥미가 없으시면 뒤는 읽지 말아주

십시오. 그 글은 작년 10월 제가 다치기 직전에 쓴 것입니다. 지금, 저는 그 글 때

문에, 온통 창피하고, 쳐다보기도 싫은 기분에 사로잡혀 있습니다. 다자이 님에게

엽서라도 한 장 받았으면 합니다. 저는 요즘, 어느 여자 집에 매일 밤마다 놀러 가

서는, 실없는 이야기를 하다가 한 시쯤 돌아옵니다. 그렇게까지 좋은 건 아닌데,

요전에, 진지하게 청혼했더니, 승낙해버리더군요. 그러고 나서 집으로 돌아오는데

우스워서, 웃어대기를 한참……. 아니, 어떤 기분이었는지 모르겠습니다. 저는 언

제나 진지하고 싶습니다. 도쿄로 돌아가 문학 삼매경에 빠지고 싶어 견딜 수가 없

습니다. 이대로라면, 차라리 죽는 게 나을 것 같습니다. 누구든 저에게 어중간한

관심 따위 가지지 않았으면 합니다. 도쿄 친구들도、 어머니도 당신도 마찬가지입니다. 편지 주세요. 그보다 뵙고 싶습니다. 는 거짓말.

나카에 다네이치 드림.

○월 ○일

* * * * *

다자이 오사무에게.

안녕하신가. 그 후로、 실례가 많았네. 지난주 화요일(?)에 그쪽 상황을 보고 싶다는 생각이 들어、 후나바시에[19] 가야겠다고 막 일어서려는 차에 자네가 보낸 엽서가 도착해서、 그만뒀네. 그저께 밤에、 갑자기、 나가노 기미요 씨가 찾아와서는、 자네가 절교장을 보냈다나 뭐라나、 그래서 그날 밤은 결국 밤을 새웠고、 나도 몹시 걱

228

정하고 있었는데, 나가노 씨가 엽서로, 금방 화해했다는 기별을 줘서, 크게 안도했어. 나가노 씨가 보낸 엽서에는, 『다자이 오사무 씨를 십년지기로 믿고 있다는 것. 진심으로 말씀드리오니 전해주십시오』 라고 쓰여 있더군. 원인이 무엇이었는지는 모르지만, 더더욱 교우의 인연을 굳건히 하시기를, 나도 기원하겠네. 나가노 기미요 씨처럼 특이한 분은, 요즘 사막의 꽃만큼이나 드무니, 아무쪼록, 좋은 교제, 이어가길. 부탁함세. 그건 그렇고, 이후의 몸 상태를 알려주게. 찾아가면 방해가 될까 조심스러운 마음에, 편지라도 종종 쓰자고 생각은 하는데, 붓을 잡으면, 에잇 귀찮다, 가자, 하게 되잖아. 편지라는 것은, 정말이지 답답해서, 나는 잘 못 쓰겠어. 가끔, 내가 뭘 쓰는 건지 기가 막힐 지경이야. 요즘 자주 쓰는 말 하나. 자조. 이 빠져 허전한 입. 초승달. 역시 네댓새 안에 그쪽에 가보고 싶은데 어떠신가? 여불비.

구로다 시게오 씀.

229

○월○일

다자이 선생님께.

문의하신 원고, 대엿새 전에, 이미 수령하였습니다. 오늘까지, 답장을 망설여, 결례를 범한 점, 노여워 마시기를 부탁드립니다. 원고를 둘러싸고, 작은 소동이, 있었습니다. 다자이 선생님, 저는 당신을 끝까지 지지합니다. 저 역시도, 같은 계절을 지나는 청년입니다. 이제, 탁 터놓고 말씀드리겠습니다. 저희 잡지 기자 두 명이, 당신과 결투를 하겠다고 합니다. 원고? 놀고 있네. 우릴 시골 잡지로 알고 바보 취급하는 거라구. 우리 눈에 흙이 들어가기 전에는, 통과시키지 않겠어. 건 방진 놈, 분수도 모르는 새끼, 등등, 굉장했습니다. 저는 잘 해결되겠지 하는 마음에, 이삼일 상황을 보고, 그러고 나서 기고해주신 답례 겸, 선생님께 이번 사건 의 전말을 대략 말씀드리고자 하던 차에, 그들이 뜻밖에도, 오늘 아침, 편집 주임 인 저에게는 한 마디 상의도 없이, 등기 우편으로, 원고 반송을 감행했다는 사실

을 알았고, 이제는, 저와 정의파인 체하는 두 명의, 자존심 싸움이 되었습니다. 반

드시, 엄벌에 처할 것이며, 만분지일이라도, 제 성의를 표하고자, 비행 우편으로,

원고 등기 우편보다 한발 앞서, 보내오니, 이마에서 폭포를 이루는 진땀, 연신 닦

아내며, 엎드려 고개 숙인 사과, 이와 같이 드립니다. 또한, 사죄 표시로 촌지라

도, 보내드릴까 생각했지만, 이 역시, 외려 실례가 되지는 않을지, 염려스러워,

일단은, 더듬더듬, 비틀비틀, 일곱 겹 접은 무릎을 여덟 겹으로 접는 진심 어린 사

과드리며, 훗날, 속죄의 보답을 하고자, 내심, 굳게 기약하고 있습니다. 세속을

향한 분노와, 귀하에 대한 면목 없음에, 흐트러진 글씨, 가늘어지다 또 굵어지고,

잉크 방울 부슬부슬 튀고, 별안간, 황소만 한 암석 낙하하듯 큰 얼룩, 이 악필, 졸

필에는, 제가 쓴 글이지만 제가 놀라 어이가 없습니다. 창간 제 1호부터, 이런 실

책을 일으켜, 불길하기 그지없고, 그 생각만 하면 울고 싶습니다. 요즘, 모두, 한

옥타브 정도 상태가 이상하게 들떠 있는 상황, 눈치 채셨습니까? 저는, 물론, 제

주위 사람들까지, 전부.

〈오사카 살롱〉 편집부。

다카하시 야스지로 드림。

* * * * *

다자이 오사무 님께。

인사 생략, 실례하겠습니다。 옥고, 오늘 별봉 등기로 보내드렸습니다。 옛 동료, 다카하시 야스지로가, 요즘, 병세가 깊어져, 다자이 씨, 그리고 다른 중견 작가 세 명과 신인 작가에게, 본사 편집부 이름을 사칭하여, 터무니없는 편지를 보냈다는 것이 최근, 밝혀졌습니다。 다카하시는, 아마 서른 살일 겁니다。 재작년 가을, 전 사원이 피크닉을 간 날, 평소에 즐기던 술도 마시지 않고, 새파랗게 질려 있었는데, 갈대 이삭을 입에 물고, 동료의 면전을 우두커니 가로막고 서서 실눈을 뜬 채 상대를 얼굴에서 가슴, 가슴에서 다리, 다리에서 구두, 혀로 핥듯 위아래로

훑어 보더군요. 돌아가는 길에는, 노을을 뒤집어쓴 채, 길고긴 혼잣말을 시작했습

니다. 핏방울 떨어지듯 멋진, 단풍나무 커다란 가지를 어깨에 메고, 아랫배를 일

부러 앞으로 내밀어, 어슬렁어슬렁 걸으며, 이봐, 아무에게도 말하면 안 돼, 도손[20]

선생 말이야, 그 사람 등짝, 3백 엔 넘게 돈을 들여 문신을 한 거라구. 등에 온

통 금붕어가 헤엄치고 있어. 아니, 아니다, 올챙이가 천 마리 넘게 우글우글하다

는 거야. 중산모가 어울리는 걸 봐서는, 천상 작가는 아니야. 난, 이번 가을부터

중국옷을 입을 거야. 하얀 버선을 신고, 단팥죽을 먹고 있으

면 울고 싶어져. 복어를 먹고 죽은 사람 60퍼센트는 자살이라구. 이봐, 비밀은 지

켜줄 거지? 도손 선생의 호적상 이름은 고우치야마 소슌[21]이야, 이러는 겁니다. 그

렇게나 대단한 비밀을, 다카하시의 가녀린 숨결이 제 귓불을 간질일 만큼, 그 정

도로 가까이 얼굴을 갖다 대고, 슬쩍 말해주었는데, 다카하시는, 원래 문학청년이

었습니다. 육칠 년 전 일인데, 당시 시나노(현재 나가노현) 산중에, 깊이깊이 틀어박

힌 채, 창작 삼매경, 조용히 하루하루를 살고 있던 도손, 시마자키 도손 선생으로

부터、 원고를 백 장 가까이 받기로 되어 있었는데 (이 시기 작품은、 문호의 노년기

를 대표하는 걸작이라고 정평이 났습니다) 무슨 일이 있어도 받아낼 것이며、 게다

가 이번에는 다른 잡지사에 빼앗길 위험도 있으니、 빈틈 보이지 말고 자주 들르라

는、 편집장 말에、 평소부터 고지식한 그 사람、 더군다나 그때 고작 20대、 깊은 산、

대나무 기둥 초가집에서 문호와 단둘이、 화로를 사이에 두고 밤을 새워 설교를 든

게 될 것이라는、 기대、 긴장、 그로 인해 얼굴도 점점 핼쑥해졌고、 동료들의 떠들썩

한 응원에도、 일일이 입술 앙다물고 고개를 끄덕이며、 굳은 결의를 보여주었습니

다。 하지만 회전문을 쾅 들이받고、 곧장 길을 떠나던 날 그 껑충한 뒷모습을、 웃어

넘길 수만은 없었습니다。 나흘째 아침、 풀이 죽어、 흠뻑 젖은 채、 회사로 돌아왔

습니다。 당한 것입니다。 그의 주장에 따르면、 글자 그대로 한 걸음 차이、 여관에

서 아침식사 후、 뜨거운 엽차에 매실절임을 넣어 후후 불어가며 마신 게 실패의 원

인、 그것 때문에 5분 늦어、 일이 터졌다는 것인데、 보조 두 사람도 포함해서 사원

열여섯 명이、 모두 모여 위로했습니다。 저도 목달이구두 끈을 묶는 바람에、 마찬가

지로 다른 회사 사람한테 선수를 빼앗겨, 하마터면 목이 날아갈 뻔한 슬픈 경험이

있습니다. 다카하시는, 곧장 편집장에게 불려가서, 세 시간, 직립 부동자세로, 설

교를 들으며, 설교 중에, 다섯 번, 여섯 번, 편집장을 그 자리에서 죽이려고 결심

했다고 합니다. 결국 마지막에는, 졸도, 엄청난 코피! 우리는, 아무런 협의도 하

지 않았지만, 다음 날, 보조 둘은 열외, 다른 사원들은 모두, 사표를 써 왔습니다.

그러고 나서, 분해서, 모두 편집장실 앞 어두컴컴한 복도로 몰려가 한 덩어리로 꽉

뭉쳐 있었는데, 특히나 저는, 도저히 참을 수 없어, 옆 친구가, 소리 죽여 흐느끼

는 소리에 이끌려, 엉엉 목 놓아 울었습니다. 그 순간의 뭔가 숭고한 감격은, 살

면서 한 번 있을까 말까 한 귀중한 경험이라 생각합니다. 아아, 쓸데없는 말만 길

게 늘어놓았습니다. 용서하십시오. 다카하시는, 그 이후, 작가뿐만 아니라, 조금

이라도 인격자라 불리는 인물은, 한 사람의 예외 없이 뱀 쳐다보듯 하며, 『선생님

이라 불릴 만큼 대단한 거짓말쟁이』같은 센류[22]를 가끔 잡지의 땜질 기사로 쓰곤 했

는데, 이제는 그토록 흠모하던 도손 선생의 「도」 자도 입에 담지 않습니다. 큰 사

건이, 있었던 게 틀림없습니다. 작년 봄, 결국 건강이 상하여, 지금은, 명확히 퇴

사한 상태입니다. 백 일쯤 전에 저는 그의 자택으로 병문안을 갔습니다. 그의 침

대 우묵한 곳마다 가득 차 넘칠 듯한 달빛을, 손으로 퍼 올릴 수 있을 것 같았습니

다. 다카하시는, 양쪽 눈썹을 깨끗이 밀었더군요. 노 가면처럼 단정한 얼굴은, 달

빛의 애무로 인해 금속처럼 반들반들했습니다. 말로 표현할 수 없는 공포 때문에,

제 무릎은 덜덜 소리를 내며 떨렸고, 불을 켜자고 외치는 제 목소리는 쉬어 있었습

니다. 그때, 다카하시의 얼굴에, 세 살짜리 동자가 울상 짓는 표정이 한순간 획 떠

오르나 싶더니 스치듯 사라졌습니다. 응석받이 아이처럼 콧소리를 내며 『꼭 미친[23]

사람 같지?』 하는데, 오싹할 만큼 고귀한 웃음을 짓는 얼굴로 변해갔습니다. 저

는, 의사를 불러, 다음 날, 그를 정신병원에 입원시켰습니다. 다카하시는 조용히,

말하자면, 천천히, 미쳐가고 있었던 것입니다. 우러나듯 미친 것이지요. 아휴, 당

신의 소설이, 일본 제일이라면서, 셀 수 도 없이 읽고 또 읽고 있는 모양인데, 귀

하의 작품, 「로마네스크」는, 이미 외울 정도로 수행을 했다고 합니다. 옛날 사람

들의 사랑 이야기, 또는, 특별히 즐거웠던 여행의 추억, 그리고 또, 선생님 본인의 청아한 로맨스, 등등, 병상에 있는 다카하시 군에게 보내는 형식으로, 녁 장, 월말까지 부탁드립니다.

〈오사카 살롱〉 편집부.

하루타 가즈오 드림.

* * * * *

자네 엽서 읽었어. 단순한 조롱에 불과하잖나. 자네라는 사람은 진실을 모르는군. 시시하게시리. 요시다 기요시 씀.

* * * * *

인사 생략. 목 매달 새끼줄 반 토막도 없는 연말. 나도, 형이 말한 것과 같은 액

수의 금전이 필요하여, 팔방으로 미친 듯이 날뛰고 있음. 막힌 벽, 갈라서 열고 나

아갑시다. 죽는 것, 언제라도 가능. 가끔은, 후배 하는 말에도 유의해주십시오.

나가노 기미오 씀.

*****

일전에 편지 감사했습니다. 전보도 잘 받았습니다. 원고는, 어떻게 하시겠습니

까? 귀하 마음 가는 대로 하시는 게, 제일 좋을 것 같습니다. 마감은 25、26일까

지는 기다릴 수 있습니다. 소생 현재 주거 부정 (근간 셋방을 구할 예정) 이오니

모든 연락은 회사로 해주십시오. 주소가 정해지면, 통보하겠습니다. 용건만 전하

는 무례 용서하시길.

〈무사시노 신문사〉 학예부.

나가사와 덴로쿠 씀.

******

○월 ○일

다자이 오사무 님께.

다자이 씨. 결국 정의와 온정의 추종자에게 보기 좋게 한 방 먹었군요. 처음부터 주의하란 말씀을 드렸다면, 일이 이렇게 되지는 않았을 텐데, 잡지라는 게, 어디 나 그렇겠지만, 작가 한 사람을 특별히 돋보이게 하는 것은 엄격히 금지되어 있고,

게다가, 이 회사에는, 중역에 빌붙은 스파이가 많으니, 무슨 일이든, 친절한 인물

은 조심해주십시오. 경솔하게, 굴어서는 안 됩니다. 하루타가, 어떤 말로 사과를

드렸는지, 모르겠으나, 당신에게 글을 다시 고쳐 쓰게 했다면서, 요 이삼일, 자랑

하며 큰소리치던데, 그만큼, 제 목소리는, 작아질 수밖에 없으니, 참으로 떨떠름

합니다. 다자이 씨, 당신도 잘한 건 없습니다. 하루타가, 얼마나 교묘한 말을 늘어

놓았는지, 모르겠지만, 일부러, 그렇게 센티멘털한 편지를 하루타에게 보낼 필요

는 없습니다. 추태입니다. 깊은 반성 바랍니다. 저는, 보란 듯이 당신을 위해 80

엔을 준비해두었는데, 하루타 따위한테 맡기면 10엔도 위험합니다. 작가 애먹이는

걸, 잡지 기자의 천직으로 아는 놈이라, 다루기 어렵습니다. 저 혼자, 안달복달한

들 어쩔 도리가 없습니다. 다자이 씨. 당신 의견은 어떻습니까? 이렇게 깔보는데

도 분한 생각이 안 드십니까? 저는, 당신의 집안일도, 대충 압니다. 당신의 애독

자이기 때문입니다. 등에 점이 몇 개 있는지도 압니다. 하루타 같은 놈, 다자이 씨

소설 한 편을 안 읽습니다. 저희 잡지 성격상, 살롱 출입도 잦고, 술자리에서, 다

자이 씨 이야기도 나오지만、 그럴 때마다、 하루타는、 이틀타 아니 사흘타가 되어 열광적인 몸짓을 섞어가며、 차마 글로 쓸 수 없는 쌍스러운 형용사를 분당 스무 발가량의 비율로 맹사격! 심각한 변절자인 것입니다。 앞으로、 외도는 단단히 삼가야 합니다。 연말에、 그러면 곤란하지 않겠습니까? 저는、 이제 귀찮은 일은 거절하겠습니다。 돈 80엔、 다른 곳으로 돌려버렸습니다。 혼자서、 해보십시오。 그런 고생도、 조금은、 피가 되고 살이 됩니다。 사팡팔방이 꽉 막히면、 의논해주십시오。 괴로워도、 치사해도、 죽지 말고 살아 계십시오。 신기하게도、 커다란 괴로움 다음에는、 반드시 커다란 기쁨이 옵니다。 그리고、 이것은 수학 공식처럼 정확합니다。 초조해하지 마시고 요양에 전념하시기 바랍니다。 올해에는 도쿄의 본가로 돌아가 설을 쇨 생각입니다。 그때、 뵐 수 있으려나、 조금은、 기대하고 있겠습니다。 몸에 좋은 약의 쓴맛、 용서하십시오。

아마도 당신을 이해할 수 있는 유일한 사람인 40대 남자、 둘도 없는 소시민。

다카하시 올림。

하순

○ 월 ○ 일

숙부님께.

갑작스러운 기별 이해 바랍니다. 저는, 당신을 쏙 빼닮았습니다. 아니, 저와 당신, 둘만이 아닙니다. 청년의 몰개성, 자기 상실은, 지금 세기의 특징으로 보입니다. 다음 글, 반드시 일독해주시기를.

찔려 죽을 날을 기다리고 있다. (한 줄 떼고) 나는 얼마 동안, 땅굴 속에서, 음울한 정치운동에 가담했었다. 달이 없는 밤, 나 혼자 도망쳤다. 남겨진 동료는, 모두, 목숨을 잃었다. 나는, 대지주의 아들이다. 전향자의 고뇌? 무슨 말을 하는지. 그 정도로 교묘하게 배신하고, 이제 와서 용서를 받으리라 생각하는가? (한 줄 띄고) 배신자라면, 배신자답게 굴어야지. 나는 유물사관을 믿는다. 유물론적 변증법에 의하지 않으면, 아무리 사소한 현상도, 파악할 수 없다. 10년 전부터 지켜온 신조였다. 내 몸의 일부가, 되어 있다. 10년 후 역시, 달라질 것 없다. 그렇지만 나는, 노동자와 농민이 우리를 향해 보이는 증오와 반발을, 조금도 누그러트리고 싶지 않다. 예외로 인정받고 싶지 않은 것이다. 나는 그들의 단순한 용기를 둘도 없이 사랑하는 까닭에, 둘도 없이 존경하는 까닭에, 내가 믿고 있는 세계관에 대해 일언반구도 할 수 없다. 내 썩은 입술로, 내일의 여명을 논하는 것은, 용서받을 수 없다. 배신자라면, 배신자답게 굴어야지. "무식한 노동자"라며 외면하고, "찢어지게 가난한 농민"이라며 비웃고 욕질하고, 그러다가, 칼에 찔려 죽을 날을 기다리고 있다. 거듭 말한다, 나는 노동자와 농민의 힘을 믿는다. (한 줄 띄고) 나는 화려한 옷을 입는다. 나는 새된 목소리로 말한다. 나는 혼자 떨어져 있다. 날 쏘기 쉽도록 해주고 있다. 마음에도 없는 교만스러운 몸짓 또한, 사수의 편의를 염두에 둔 행동일 것이다. (한 줄 띄고) 자포자기하는 마음 때문이 아니다.

나를 매장함은, 다름 아닌, 건설을 향한 한 걸음이다. 이러한 나의 성실함조차 의심하는 자는, 인간이 아니다. (한 줄 띄고) 나는, 언제나, 진실을 말했다. 그 결과, 사람들은, 나를 몰상식하다고 했다. (한 줄 띄고) (한 줄 띄고) 맹세한다. 나는, 나 하나를 위해 행동한 적은 없었다. (한 줄 띄고) 요즘, 조금은 남다른 당신 모습을, 비뚤어진 편치화를,[24] 매우 진지하게 바라보는 것이, 섭섭하다고는 생각하지 않습니까? 친한 친구가 보낸 엽서. 나는 그 한 장의 엽서를 읽고, 바다를 보러 갔다. 도중에, 보리가 한 뼘쯤 자란 보리밭 옆길로 접어들자, 갑자기, 아싹 하고 코끝이 찡해지고 눈물이 핑 돌아 소리 내어 울었다. 울며불며 걸어가면서 나를 알아주는 사람도 있구나 하고 생각했다. 살아 있어 다행이다. 나를 잊지 말아요. 나는 당신을 잊고 있었다. (한 줄 띄고) 아직 만난 적 없는 친구가 느꼈을, 순수한 울분이, 그대로 내 핏줄에도 흘러들었다. 나는 집으로 돌아와, 원고지를 펼쳤다. 「나는 무뢰한이 아니다.」 (한 줄 띄고) 구체적으로 말해다오. 내가, 어떠한 피해를 끼쳤는가? (한 줄 띄고) 나는 돈을 떼먹은 적이 없다. 나는 까닭 없이 대접을 받은 적이 없다. 나는 약속을 깬 적이 없다. 나는 남의 여자와 속닥거린 적이 없다. 나는 친구 험담조차 한 적이 없다. (한 줄 띄고) 어젯밤, 이불 속에, 누워 가만히 있자니, 사방의 벽에서, 소곤소곤 이야기 소리가 새어 나온다. 전부, 나에 대한 욕이다. 때로는, 내 친한 친구 목소리까지 들린다. 나를 상처내지 않으면, 자네들은 살아갈 수가 없는 것이로군. (한 줄 띄고) 때리고 싶은 만큼 때려라. 짓밟고 싶은 만큼 짓밟아라. 비웃고 싶은 만큼 비웃어라. 그러다가, 문득 정신이 들어, 얼굴 붉힐 때가 오리라. 나는, 꼼짝 않고, 때를 기다리고 있었다. 그러나 내가 틀렸다. 소시민이란, 이쪽이 머리를 낮추면 낮출수록, 그만큼, 내리누르는 것이다. 그렇게 깨달았을 때, 나는, 두 번 다시 일어설 수 없을 정도로 등뼈가 바스러져 있었다. (한 줄 띄고) 나는, 요즘, 육친과의 화해를 꿈꾼다. 이래저래 8년 가까이, 나는 고향에 오는 것이 허락되지 않았던 것이다. 정치운동을 했기 때문에, 동반자 가지 못했다. 오는 것이 허락되지 않았던 것이다. 정치운동을 했기 때문에, 동반자 살을 시도했기 때문에, 천한 여자를 아내로 맞았기 때문에, 나는, 동료를 배신하고도 살아 있을 만큼 철면피는 아니었다. 나는, 나를 이해해준 유부녀와 동반자살

을 기도했다. 여자의 말을 거부할 수가 없었던 탓이다. 그 뒤로, 나는, 현재의 아

내를 만났다. 결혼 전 약속을 지켰을 따름이다. 나, 열아홉 살부터 스물세 살까지,

4년 동안 토요일마다 만났지만, 나는 한 번도, 몸을 섞지 않았다. 그렇지만, 가족

들은, 나를 모른다. 다른 집으로 시집간 누이가, 내가 한 번도 아니고 두 번 세 번

일으킨 추태 때문에, 시집 사람들 얼굴 볼 낯이 없다고 밤마다, 울면서 나를 원망

한다는 것이나, 나를 낳은 노모가, 나 때문에, 돌아가신 아버지의 뒤를 이은 큰형

에게, 면목이 없어, 바늘방석에 앉은 심정이라는 것이나, 또, 큰형은, 나 때문에,

국가의 명예직을 사임했다나, 하려고 했다나 하는 것이나, 아무튼, 스무 명 남짓한

가족 모두, 내가 정상적인 사람으로 되돌아와 주기를 신의 이름을 걸고 빌고 있다

는 식의, 소문이, 얼핏 들리곤 한다. 그렇지만, 나는, 변명하지 않겠다. 지금이야

말로 핏줄이라는 것을 믿고 싶다. 큰형이 내 소설을 읽어주는 꿈을 꾸는 기쁨이여.

사토 하루오의 얼굴이, 돌아가신 우리 아버지 얼굴과 그렇게 닮지만 않았어도, 나

는, 그의 응접실에 두 번 다시 가지 않았을지도 모른다. (한 줄 띄고) 육친과 화해

246

하는 꿈에서, 깨어난 한밤중, 이 바보 천치, 문득, 효도가 하고 싶어진다. 그런 밤에는, 나도 또한, 기쿠치 간25의 거처에 편지를 쓸까, 〈선데이 마이니치〉 주최 〈3 천엔 고료 대중문예〉에 응모할까, 가능하면 아쿠타가와 상을 받고 싶다, 등등 이런저런 생각의 실타래를 풀어 보지만, 밤이 희읍스레 밝아옴과 함께, 그런 노력이, 까닭 없이, 바보 같고 허무하게 생각되어, 「얼마 안 가 죽을 목숨」이라는 말이 오 직 고마울 뿐, 하루를 하는 바 없이 맞이하고 또 보낼 따름이다. 그렇지만……,

(한 줄 띄고) 하루 독서하고, 독후감. 감기로 한 사흘 앓아눕고, 투병기. 두 시간 여행하고, 바쇼26 스타일 여행기. 그리고, 웃기지도 재밌지도 않고, 별것도 아니고, 창작도 아닌 소설. 이것이 일본 문단의 현재 상황 같다. 고뇌를 모르는 고뇌자 많기도 많구나! (한 줄 띄고) 나는 여태껏, 나에 대해 말할 경우, 아무래도 조금 수줍음이 지나쳤던 것 같다. 오늘 이후, 나는, 있는 그대로의 나를 이야기하겠다. 그게 전부다. (한 줄 띄고) 말하지 않으면 근심이 없음과 같다, 고 했나? 나는 말을 경멸했다. 눈빛만으로 족하다고 생각했다. 하지만, 그 생각은, 이 어리석은 세상

에서는 통하지 않았다. 괴로울 때는, 「괴롭다!」고 힘껏 목청 높여 외치지 않으

면 안 되는 것 같다. 말이 없으면, 어느새 사람들은, 나를 말 취급했다. (한 줄 띄

고) 나는, 지금, 돌이킬 수 없는 이야기를 하고 있다. 사람들은 수줍음 많던 내 옛

날 모습을 그리워한다. 그렇지만, 당신의 그 한숨은, 거짓이다. 일득일실. 그것이

야말로, 사물의 성장에 뒤따르는 규칙 아니던가. 긴 안목으로, 세상을 보는 습성을

체득하자. (한 줄 띄고) 헛되이 소문 떠돌면 억울하지 않을까 하네.27 (한 줄 띄고)

너희가 단식을 할 때에, 저 위선자들처럼, 슬픈 얼굴을 하지 말라. 마태복음 6장

16절. 예수는, 알고 있었다. 그렇지만 신의 아들의 고뇌에 대해서는, 바리새인이

라 해도, 인정하지 않을 수 없었던 것이다. 나는, 잠시, 저 위선자의 얼굴을 흉내

낸다. (한 줄 띄고) 백 번 천 번의 방황 끝에, 나는 태도를 정했다. 이렇게 된 이

상, 내 고뇌의 역사를, 되도록 엄숙하게 이야기하는 수밖에 없을 것이다. 부끄러워

말고. 부끄러워 말고. (두 줄 띄고) 나 또한, 지평선 너머, 구원의 여성을 바라보

고 있다. 오늘날까지, 나는, 그 여성에 대해서, 그저 단편적으로만 이야기했을 뿐

나 혼자만 가슴에 간직하고 있었다. 그렇지만 나의 자랑스러운 어느 선배가, 빨리 써야 해, 알았지? 어린아이가 눈토끼를 솜에 싸서 책상 서랍에 넣어두는 거랑 같아서, 녹아버리잖아. 나중에 혼자 보려고, 책상 서랍을, 살짝 들여다보니, 다 녹아서, 빨간 팥알 눈알 두 개만 남아 있더라는 「마사요시의 실패」인가 하는 만화를 우리 애들이 보고 있던데, 아름다운 추억도, 그런 거라네. 패션(열정)을 잃기 전에 쓰게나, 쇠도 단김에 쳐라, 그런 말도 있잖나. 나는, 그러나 못 들은 척했다. 엉큼하게, 남의 일에만 흥이 올라 말하는 것이다. 「토끼는 고사하고, 내 고향에서는 아름다운 여자도 녹아 없어집니다」. 눈보라치는 밤에, 우리 집 문간에 쓰러져 있던 입술이 빨간 아가씨를 구해주었는데, 예쁜 데다 말수도 적고 일도 잘 하는지라 함께 살림을 차렸다. 그러는 사이에 날은 점점 따뜻해졌고, 어여쁜 신부는 점점 야위어갔다. 기운도 없어지고, 옥 같이 단단하던 몸이, 왜 그런지 쇠약해지는 바람에, 집안사람들은 점점 어두워졌다. 불안을 견디다 못한 남편은, 어느 날, 대야에 따뜻한 물을 받아, 억지로 신부의 옷을 벗겨, 등을 씻겨주었다. 신부가 훌쩍훌쩍 울면

서, 등을 밀어주는 다정한 남편을 향해, 「제가 죽더라도……」, 하고 말하던 중,

사각사각 명주 스치는 소리가 나더니 신부 모습이 보이지 않게 되었다. 대야 안에

는 꽃조개 빗과 비녀가 떠 있을 뿐이었다. 눈의 정령, 따뜻한 물에 녹아버렸다, 는

이야기. 나는 이야기를 이어간다. 생각건대, 구즈노하처럼[28], 이 눈의 정령 신부가

임신하여, 배 아파 낳은 아이가 있다고 한다면, 그리고 그 아이가 성장하여, 눈 내

리는 계절이 되면, 눈 덮인 산과 들을, 어머니가 그리워 헤매고 다닌다고 하는, 이

이야기, 세상 사람들, 모두를 충분히 매료시킬 수 있다고, 믿는다. 그렇게 말을 맺

었을 때, 보라, 세상 사람들 가운데 하나, 나의 선배도, 볼을 붉게 물들이며 들뜨

기 시작하고, 살롱 분위기가 대단히 패셔네이트[29](열정적인)해져, 어느덧, 나는 숨기

고 숨겨둔 따뜻한 물에도 녹지 않는 눈의 정령에 대해서 물어보는 족족 대답해주고

있었다.

『나이.』

『열아홉입니다. 액년이지요. 여자 나이 열아홉 때는 반드시 무슨 일이 생기는

것 같습니다. 이상한 일이지요.』

『몸집이 아담한가?』

『네, 하지만 마네킹 걸(패션모델)을 할 수도 있습니다.』

『무슨 말인가?』

『전부 한 사이즈씩 작아서, 사진을 확대하면, 거의 완벽한 비율을 표현할 수 있을 겁니다. 두 다리가 낭창낭창 쭉 뻗어 화초 줄기 같고, 피부가, 적당히 차가운.』

『그런가?』

『과장이 아닙니다. 저는, 그 사람에 관해서는, 차마 거짓말을 할 수 없어요.』

『너무, 심하게 속였으니까?』

『깜짝이야, 어떻게 알았지? 하지만, 정말, 그렇습니다. 제가, 스물한 살 적 겨울에 기모노를 멋지게 빼입고 긴자에 놀러 갔는데, 그날 밤, 여자가 제 방까지 따라와, 당신 이름이 뭐야? 하고 묻기에, 마침, 거기 운노 미치오, 아시죠?, 그 사람 소설집이 굴러다니고 있어서, 저는, 운노 미치오, 라고 대답해버렸습니다.

251

여자는, 저를, 서른한두 살로 보는 듯했고, 좀 더 유명한 사람이라고 생각했어, 라면서 휴 하고 어깨를 늘어뜨리고 한숨을 쉬었는데, 저는, 그때만큼 유명해지고 싶다는 생각을 한 적이 없습니다. 목구멍이, 바싹바싹 말라, 검은 연기를 피우며 불이 붙을 정도로 유명해지길 바랐습니다. 운노 미치오라면, 당시 문단에서 가장 젊었고, 괜찮은 소설도 쓰고 있었습니다. 그날 밤부터, 저는, 학생복을 입을 때 말고는, 어딜 가든, 운노 미치오로, 밀고 나갈 수밖에 없게 되었습니다. 한번, 가짜 노릇을 하니, 불안하고 또 불안해서 밤에 잠도 못 자고, 그러면서도, 가짜 노릇을 그만두려 하지는 않고, 오히려 한 점 빈틈도 없는 완벽한 가짜가 되려고, 그쪽으로만 애를 쓰는 겁니다. 신기한 일이지요.』

『재밌군. 계속하게.』

『딱 한 번으로 끝날 여자라면, 운노 미치오도 괜찮겠습니다만, 두 번, 세 번 만나는 동안, 답답해져서, 혼자 전전긍긍했습니다. 여자는, 그 후로, 신문 문예란 같은 걸 훑어봤나 본데, 오늘, 당신 사진이 났다, 전혀 안 닮았다, 어째서, 그렇게 얼굴을 찡그리는 거냐, 나, 친구들한테 놀림 받았다, 그러더군요.

『자네는, 옛날에, 무슨 정치운동 같은 거 했다고 했지? 그맘때 일인가?』

『네, 그렇습니다. 저는, 문화운동은 적성에 안 맞아서요. 특히나, 프롤레타리아 소설만큼, 훌륭한 것은 없다고 생각했기 때문에, 학생들과는, 멀어지고, 지하 세계 일만 했습니다. 언젠가, 제 고등학교 시절 친구가, 무서워 벌벌 떨면서, 어느 모임의 말석을 차지하고 앉아 있었는데, 이제 곧 이 일대, 전체 지구 캡틴이 올 거라는, 예고가 있어, 모임에 나와 있던 아르바이트들조차, 약간 흥분하여, 웅성거리기 시작했고, 어느 소지구 대표로 출석했던 그 친구는, 어느새 꿈을 꾸는 기분, 이윽고 단 일 초의 빗나감도 없이, 삐거덕삐거덕 계단에서 발소리가 들리더니, 야아, 하며 들어온 키가 껑충한 남자의 얼굴이, 처음에는, 눈이 부셔서, 또렷이 보이지 않았는데, 잘 보니, 금테 안경을 쓴 남자가, 틀림없이, 저, 네, 바로 저였기에, 친구는, 그때의 기쁨을 좀처럼 잊을 수 없다고, 지금도 곧잘 이야기합니다. 하늘로 솟을 만큼 기뻤다고 합니다. 물론 그때는, 씽긋 눈웃음을 주

고반은 게 전부, 서로 모른 체 했습니다. 그런 운동을 하면서, 매일 쫓기며 살았

고, 문득, 이쪽 진영에서, 생각지도 않은 옛 친구의 얼굴을 발견했을 때만큼, 기뻤

던 적이 없습니다.』

『용케, 안 잡혔구만.』

『멍청하니까, 잡히는 겁니다. 또, 잡혀도, 일주일이나 그 언저리에서 구제되는

방법도 있습니다. 그러다가 저는, 스파이라는 말도 듣고 해서, 그게 싫어서, 패거

리에서, 도망칠 생각만 했습니다. 그 무렵에는, 매일 밤, 제국호텔에 묵었습니다.

역시나 작가, 운노 미치오 이름으로요. 명함도 만들었고, 그리고, 호텔의 운노 선

생에게, 원고 부탁 전보, 속달, 전화, 전부 제가 했습니다.』

『불쾌한 짓을 했구만.』

『엄숙해야 할 삶을, 속이고, 노리개 삼은 게, 불쾌하시겠지요. 지당하신 말씀

이지만, 당시, 그런 짓이라도 하지 않으면, 저는, 아마 서른 가지 넘는 이유로, 자

살해버렸을 겁니다.』

『하지만, 그때도, 역시, 동반자살을 시도했었지?』

『네, 여자가 제국호텔로 놀러 와서, 제가 보이에게 5엔을 주었고, 그날 밤, 여자는 제 방에서 잤습니다. 그리고, 그날 한밤중에, 죽는 것 말고는 갈 데가 없다, 라는 말이 어쩌다가, 불쑥 제 입에서 미끄러져 나왔는데, 그 한마디가, 너무나도 여자 마음에 사무쳤던 모양인지, 나도 죽을래, 하더군요.』

『그러면, 「여보세요」 했더니 「죽읍시다」 하고 대답했다, 그런 셈인가? 극단적으로 서로를 빨리 이해하게 된 거로군. 자네들만 그런 건 아닐 거야.』

『그런 것 같습니다. 제가 했던 해방운동은, 선각자로서 일신의 명예를 위한 것이라 할 수도 있고, 그쪽에서, 점점 출세하는 동안에는, 재미도 있고, 의욕도 있었지만, 스파이 설 같은 게 나도는 바람에, 머지않아 쫓겨날 것이고, 어쨌든, 싫었습니다.』

『여자는, 그 후, 어떻게 됐지?』

『여자는, 제국호텔에서 자고 이튿날 죽었습니다.』

255

『아, 그래?』

『네. 가마쿠라 앞바다에 약을 먹고 뛰어들었습니다. 깜빡 잊고 말을 안 했는데, 그 여자는, 상당한 지식인이었고, 초상화를 아주 잘 그렸습니다. 마음이 고결해서, 실물보다 몇 배나 아름다운 얼굴을 그렸고, 더구나 그 그림에서는 가을바람 같은 애끊는 외로움이 배어 나왔습니다. 그림은 실물의 특징을 대단히 정확하게 파악하고 있었고, 게다가 노블(우아)했습니다. 참, 올해 정월쯤부터, 이렇게, 우는 버릇이 생겨서, 고생하고 있습니다. 얼마 전에도, 〈사도정화-30〉인가 하는 나니와부시-31키네마(영화)를 보고, 도저히 참을 수가 없어, 결국 목을 놓아 울어버렸는데, 이튿날 아침, 뒷간에서, 그 키네마 신문 광고를 보고서, 또 오열이 터지는 바람에, 집사람이 이상히 여기다가, 끝내는 웃음보가 터져, 이제 두 번 다시는, 영화관에 데리고 갈 수 없겠다는 것이 집사람 의견이었습니다. 왜, 그때, 제가 가마쿠라를 선택했는지, 한동안 저도 의문이었는데, 어제, 어제 겨우, 간신히 짐작이 갔습니다. 저는, 소기를 하겠습니다. 10년 전 이야기입니다. 에휴, 됐습니다. 다음 이야학교 시절, 학예회에서, 가마쿠라 명소를 낭독한 적이 있었고, 그때, 연습에 연습을 거듭하여, 거의 외우다시피 했습니다. 「시치리가하마 해변을 따라서」라는 글입니다. 분명, 어린아이인데, 그 풍경을 동경하여, 뇌리에 스며들어 떠나지 않는 그 풍경이, 잠재의식으로 남아, 가마쿠라에서 죽는 것으로 발현된 게 아닐까 생각하니, 제 처지가, 애처롭습니다. 가마쿠라에 내린 뒤 저는, 여자에게 돈을 지갑째 모조리 넘겨주었고, 여자는, 제 호화로운 지갑 안을 들여다보며, 애걔, 겨우 한 장? 하고 작게 중얼댔는데, 살을 도려내는 듯 수치스러웠던 기분을 저는 아직도 잊을 수가 없습니다. 저는, 살짝 회까닥해서, 나는 사실 스물여섯 살이다, 라고, 그러나, 다섯 살이나 많게 고백했지만, 여자는, 아직 스물여섯밖에 안 됐어? 하면서 가뜩이나 눈동자가 큰 눈을 더욱 부리부리하게 치켜뜨고는, 손가락을 꼽아가며 세더니, 큰일이네, 큰일이야, 하고 웃으면서, 목을 옴츠렸는데, 무슨 의미였을까, 이제 와서 물어볼 수도 없지만, 아주 찝찝합니다.

『밝을 때 뛰어들었나?』

『아뇨. 그래도 명소를 돌아보며, 하지만궁[33] 앞에서, 엿도 사 먹었고, 제가, 그때 오른쪽 어금니 두 개 금으로 씌운 게 빠졌는데, 아직 그대로 내버려둔 상태라, 가끔씩, 쿡쿡 쑤십니다.』

『퍼뜩 생각이 났는데, 베를렌[34] 있잖나, 그 양반이, 하루는, 교회로 부리나케 뛰어가서, 자 나는, 참회하노라, 고백하노라, 모두 자백하노라, 고해 신부는, 어디 계신가, 자, 어서, 전부 말해버릴 테니, 하면서 맹렬한 기세로, 참회를 시작했다고 하는데, 고해 신부는, 말끔한 눈썹 한 번 움찔하지 않고, 창밖의 분수만 바라볼뿐, 베를렌이 울부짖으며 잇따라 늘어놓는 범죄사가, 잠시 멈춘 틈에, 툭 하고 던진 말이, 「당신은 짐승과 교접한 경험이 있습니까?」 베를렌 씨, 기겁을 하고, 자빠지다시피 복도로 뛰쳐나가, 간신히 도망쳤다는데, 나는, 아무래도, 남의 참회를 듣는 게 적성에 맞지 않아. 요즘 유행하는 말로 하자면 심장이 약해. 그 용맹과감한 고해 신부 손톱에 낀 때라도, 고아 먹고 싶은 심정이군.』

『참회도 아니고 여자랑 잤다는 자랑도 아닙니다. 구원을 바라는 것도 아닙니

258

다. 저는, 여자가 아름다웠다고 주장하는 겁니다. 그게 전부입니다. 이렇게 된 바에, 끝까지 말씀드리겠습니다. 여자는, 걸으면서, 픽 골똘히 생각했다는 말투로, 돌아가지 않을래? 하고 작게 속삭였습니다. 「나, 당신의 첩이 될래요. 집에서 한 발자국도 밖으로 나가지 말아라, 하면, 가만히, 집에 숨어 있을게요. 평생, 음지의 여자라도 괜찮아요」. 저는 코웃음을 쳤습니다. 상대의 진실을 절대 이해하지 못하고, 자기 자존심을 채우기 위해, 다른 사람의 뼈를 깎고, 그러고도, 태연자약한 모습의 스물한 살, 자긍심의 괴물, 골수부터 허영의 아들, 여자들의 영원한 보석, 진주의 탑이여. 둘도 없이 귀한 선물을 제대로 보지도 않은 채, 뻥 하고 길가 시궁창으로 차버리고, 지금의 내 모양새가, 과연 경쾌함 그 자체였을까? 그런 것만 격정됐습니다.」

『하하하하. 오늘밤은 꽤 청산유수로군.』

『옷을 일이 아닙니다. 그런 기묘한, 「바이올린보다는, 케이스가 중요하다」는 식의, 그런 측면에서 가장 엄격한 반성을 해본 것입니다. 에노시마 다릿목에 「신

「쥬쿠삼십분」 「시부야삼십팔분」이라고 적힌, 한 글자가 가로세로 2척(60센티미터) 정도 되는 사설 전차 광고판을, 흘끗 보고는, 후다닥 다리를 건너기 시작했습니다.

따가닥따가닥 나막신 소리가 제 뒤를 쫓아, 등 바로 뒤까지 오더니, 걸음을 늦추고, 「나, 결심했어요. 이제, 괜찮아요, 조금 전의 나, 경멸해도 어쩔 수 없어」 그러더군요.』

『무척 솔직한 사람이었군.』

『네, 맞습니다. 이해하신 거군요? 역시, 말하길 잘했네. 더, 더 들어주세요.』

『좋아. 제발, 들려주게. 다케야, 차 좀 내 오렴.』

『뛰어들기 전에 먼저 약을 먹었습니다. 제가 먹고, 그러고 나서 제가 미소를 지으며, 「공주야, 털북숭이 촌뜨기 무사에게 안기느니, 아버지와 함께 죽자꾸나. 조금이라도 빨리. 이 독약을 먹고 죽어다오」. 그런 농담을 주고받으며 시시덕거리다가, 느긋하게 약을 먹고, 그러고 나서, 크고 넓적한 바위에 둘이 나란히 앉아, 다리를 슬렁슬렁 흔들면서, 조용히 약기운이 돌기를 기다렸습니다. 나는 이제, 하

260

늘이 두 쪽이 나도, 죽어야만 한다. 어제, 오늘, 이틀을 놓아, 그로 인해, 이미, 지하 세계의 임무, 열손가락으로 헤아릴 수 없는 연락선이 단절되었고, 조직은, 다시 수습 불가능할 정도의 대혼란, 화재보다 벼락보다, 비할 데 없이 처절한 대혼란. 그런 광경이, 저에게는, 손바닥에 놓고 보는 것보다 확실히 보였습니다. 캡틴의 배신. 도주. 거기에, 운노 미치오 사칭 사건이 두 팔 크게 벌려 가로막고 서 있었습니다. 여자에게 고백할 수 있을 정도라면, 그게 가능한 남자였다면 스물한 살에, 벌써 이 정도로 만신창이가 되어버리진 않았을 겁니다. 이윽고 여자는, 허리띠를 풀며, 이 양귀비꽃 무늬 허리띠는, 프렌드한테 빌린 것이니, 여기 이렇게 걸어두겠다며, 자연스레 고백하더니, 허리띠를 가지런히 개어, 등 뒤 나뭇가지에 걸어늘어뜨렸는데, 우리는, 아주 온화하고, 여유로운 심정으로, 조용히 대화를 나누었고, 그리고, 제가 알기론 죠가시마 섬[35], 그 부근, 명멸하는 등대 불빛을 바라보았습니다. 어떤 이야기를 했는지, 저도 잊어버렸지만, 제 입으로, 여자들한테 인기가 너무 많아서 곤란하다는 헛소리를 하염없이 줄줄 내뱉었습니다. 여자 때문에 고생하는 이 전통은, 우리 할아버지 대부터 시작되었다더라, 할아버지가 젊었을 때, 여자 줄타기 곡예사들이, 마을에 찾아왔는데, 여자 곡예사 세 명이 모두, 할아버지가 머릿수건을 벗자, 그 얼굴을 보고 넋이 나가, 우산을 한 손에 들고, 얍 하고 기합 넣고, 다시 할아버지를 내려다보고 얍, 스르르 줄을 타다가는, 쿵 하고 떨어지는 탓에, 곡예단 우두머리가 푸념을 해대다가, 급기야 온 마을에 대혈투가 일어났다더라 하는, 터무니없는 거짓말을 늘어놓으며, 기품이라곤 찾아볼 수 없고 나한한36

을 닮은 조부의 시커먼 사각턱 얼굴이 떠올라, 하마터면 웃음이 터질 뻔했습니다.

여자는, 당신을 믿어요, 그러면, 난, 여덟 명의 여자들한테 원망을 받는 셈이네.

(한 명도 없어) 아아, 나, 행복해요. 여자는 「승리자」라고 멍하니 중얼거리며 별 하늘을 올려다보았습니다. 갑자기, 약기운이 돌자, 여자는, 히유, 히유, 하고 목에서 풀피리 같은 소리를 내더니, 아이고, 아이고, 하면서 물 같은 것을 토하고, 바위 위를 기어 다녔는데, 저는, 더러운 토사물을 남기고 죽는 게, 아무래도, 마음에 걸려, 여자 뒤를 따라 망토 소매로 훔치고 다녔습니다. 그러다, 저도, 약기운이

돌아, 끈적끈적하게 젖은 바위를 밟고 엎어져, 흡사 새카만 네발짐승, 목구멍으로 시뻘겋게 달군 부젓가락을, 다섯 치 여섯 치(18센티미터)나 쑤셔 넣어, 이윽고, 그 도깨비 방망이는 심장에 닿고, 창자에 닿고, 그때에는, 이미 움직이는 송장, 새카만 네발짐승이 포개진 채 비틀비틀 바위 위를 기어다니다가 굴러떨어져, 파도를 촤악 뒤집어썼는데, 처음엔 서로 끌어안았지만, 잠시 후에, 서로를 확 밀치더니, 금세 멀어지면서, 비유하자면 모기보다 약한 목소리로, 「운노 씨」하는데, 제 이름이 아니었습니다. 10년 전 섣달, 이 계절 딱 이맘때 있었던 일입니다.

『과연, 과연, 어이, 다케야, 보드카를 내오렴.』

이봐, 다자이 씨. 딴청 피우지 말고, 이 이야기, 어떻게 끝맺을 겁니까? 이건 물론, 당신 이야기가 아니야. 전부 내 이야기지. 그렇지만, 나는 이 글을 발표할, 잡지사 입장 또한 생각합니다. 어디서 굴러먹던 정어리 대가리인지도 모르는 남자의 고백보다는, 별로 인기는 없지만, 아무튼 신인 소설가, 다자이 씨의, 참회록으

로 광고하고 싶습니다. 제 고통의 창작물을 사주십시오. 비슷한 내용의 예비용 작

품、또한、여기 세 편 있습니다. 그 세 편 모두、50엔、싸다! 다자이 씨. 놀라셨

지요? 모두 거짓말입니다. 공갈쳐본 거라구. 놀랐어? 예전에、나랑 술 마시면

서、자네가 이 이야기、해줬잖아. 오늘은 일요일、비는 내리고、따분해서 견딜 수

없지만、돈은 없고、자네 집에도 놀러 못 가고、날씨에 대한 불만을 자네한테 쏙 파

시켰는데、어때? 조금、흠칫했나? 이 정도면、나도 소설가가 될 수 있을 것 같은

데. 맨 앞 감상문、그건、중국 부르주아 잡지에서 베꼈지만、바위 위 장면 같은 건

내가 썼어. 숨 돌릴 틈도 없는 명문장이지? 앞으로、한 시간、작가가 될까 말까

고민해보기로 하지. 실례. 몸조리 잘하시고. 이번 일요일에 갈게. 고향에서 사과

를 보냈는데、가지러 오슈.

시미즈 슈지 드림.

○월 ○일

삼가 아룁니다. 문학의 길 조급해서는 안 된다고 확신하는 분께 올립니다. 하늘을 우러러, 잡념을 버리시길. 밝은 해와 어울리고, 성급한 생각은 마시길. 건강

이 제일이라는 졸견과 아울러, 느릿느릿 정진하시기를 부탁드립니다. 어제는 또,

「마음 놓은 이야기」라는 소설 한 편, 보내주신 바에 깊은 감사드리며, 다음 달 호

에 신고자, 이와 같이 편지 드립니다.

〈풍자문예〉편집부.

고로 올림. 합장.

* * * * *

○월 ○일

다자이 오사무님께.

편지 올립니다. 딱히 드릴 말씀 없어 펜도 잘 움직이지 않으나 읽어주신다면, 기쁘겠습니다. 제멋대로 구는 점 대단히 부끄럽게 생각하오니 양해 바랍니다. 기억이 옅어지셨으리라 생각합니다만, 2월쯤, 신쥬쿠 모나미에서 동인잡지 〈푸른 채찍〉에 관한 일로 만나 뵈었고, 그리고 그때 헤어지는 방식이 대단히 유감스럽다 생각되어, 늘 죄송스레 여기면서, 저 혼자 주눅 든 기분이었습니다. 언젠가 사과 편지를 보내야겠다고 마음에 두고는 있었지만, 아직 때가 아니라는 독단 탓에, 보낼 기회 놓치고, 뭔가 계기를 만들어야지 하던 차에, 당신의 작품 「만년」인가 하는 소설이 나오면, 그때 보내기로 하자 최근 다짐하고 있었는데, 오늘, 책방에서 당신의 글 하나를 읽고, 팬스레 슬퍼지고, 말을 걸고 싶어졌습니다. 그래도, 마음 한구석, 조마조마해서, 난처합니다. 그날 밤, 저는 이성을 잃고 흐트러진 모습을 보이

며 거친 발걸음으로 계단을 내려갔습니다. 그리고 그 흐트러진 모습조차 순수하지

않았던 것 같아 부끄럽고, 그 일을 떠올리면, 목이 움츠러듭니다. 그날 밤, 사이

토 군은 당신에게 말만 번지르르하다는 말을 들은 터라 허전하고, 섭섭한 마음, 그

것만으로 이미 당황했던 것입니다. 제가 집으로 돌아가기로 했을 때, 먼저 냈던 동

인회비를 물러준다는 말에, 저는 속으로, 5엔 벌었다, 하고 외쳤습니다. 그리고,

뭔가 물으셔서, 2엔 50전씩 두 번에 냈는데요, 하고 대답했을 때 나 자신의 속보이

는 교활함에, 스스로를 비하했다는 수치와 절망을 느꼈습니다. 그뿐만 아니라, 5

엔 벌었다는 말은, 그 이삼일 전에 읽은 귀하의 작품 「역행」에 나오는 말을 그대

로 읊은 것에 불과해서, 신쥬쿠역 앞에 멀뚱히 서 있었습니다. 그 격렬했던 모임에

대해서는 확실히 알지도 못하고, 제 거취에 대해서만 어떻게 하면 어설픈 짓 하지

않고 끝낼 수 있을지 생각했던 것 같습니다. 역 앞에서, 잠깐, 개 새끼마냥 어슬렁

어슬렁하다가, 그냥 하숙집으로 돌아갈까도 싶었지만, 이렇게 당신들과 끝내 헤어

지고 마는 것인가 하는 생각이 들어 서운해졌습니다. 지금 당장 모임 장소로 되돌

아가 봤자, (충분히 생각하지도 않고, 그저, 거치적거리기만 할 셈인가, 하고) 야

단 맞는 결말이겠거니, 한참을 망설였습니다. 남한테 응석부리고, 세상에 응석부리

고, 나에게 없는 것을, 뭔지 몰라도, 가진 척 꾸며내는, 말만 번지르르하게 하는

그 태도를, 하필 다른 사람도 아닌, 당신에게 지적당해, 슬펐습니다. 아아, 질질

짜는 소리를 해서 죄송합니다. 저는, 그날 밤 받은 5엔을, 지극히 효과적으로, 한

점 고뇌 없이, 사용했습니다. 평생의 기념으로, 아직도, 그때의 메모를 잃어버리

지 않고, 〈푸른 채찍〉 책갈피에 끼워 간직하고 있습니다. 3전 우표 열 장, 30전.

땅콩, 10전. 체리, 10전. 쌀, 15전. 동백나무 가지 두 개, 15전. 안과, 80전. 『괴

테와 클라이스트』 『프롤레고메나』 『가행등』 책 세 권, 70전. 오리고기 반 근, 70

전. 파, 5전. 삿포로 흑맥주 한 병, 35전. 시트론,[38] 15전. 목욕탕, 5전. 6년 만

에, 여유로웠습니다. 다 쓰지 못해서, 주머니에는, 아직 충분한 돈. 그 후로 1년

가까이, 두세 번 만났던 다자이 오사무의 모습을 잊을 수 없어, 머릿속에 선명히

그림자를 드리우고 있는 그날의 기억을, 애처로워하면서, 서점에서 당신의 책을

수도 없이 읽었습니다. 한 마디 한 마디, 마음에 새겨진 느낌입니다. 서점에서 치

바 자택 주소를 외워 적어둔 게 작년 8월입니다. 그걸 써먹을 일이 지금까지 생기

지 않아서 그렇지만. 「다자이 보아라! 하쿠쥬지에서 기다리겠다. 구로다」. 대학

교 칠판에 쓰여 있었던 게, 얼마 전이었나? 「다음 사람은 사무실로 올 것. 쓰시

마 슈지」. 이런 글이 문학부 게시판에 한동안 붙어 있었습니다. 저는 다자이 오사

무가 친구나 되는 듯 이야기하면서, 쓸쓸한 기분이 들었습니다. 다자이 오사무는

예술상을 받지 못했습니다. 저는 후지타 다이키치라는 사람 작품을 절대 읽지 않

겠다고 마음속으로 맹세했습니다. 저는, 다른 사람의 글은 별로 읽지 않습니다만,

「어릿광대의 꽃」 「다스·게마이네」가 이해되지 않는 것은 아닌데, 만족스럽지 않

습니다. 그건, 쓰겠어, 쓰고 말겠어, 하는 기합과 기백으로 쓴 소설입니다. 진짜

의 예고편으로 여기고 있었습니다. 그리고 이제 곧 진짜가 나타나겠지 하고, 생각

하고 있자니, 하루하루가 만년이었다, 라는 말이 정말일까 하는 의심이 들었다. 건

강을 해친 그의 사진(『만년』저자 사진)은 창백하고 야위어 있었다. 그리고, 다자이 오

사무는 유명해져서, 나는 다가갈 수 없다는 기분이 들었다. 저는, 「어릿광대의 꽃」을 이해할 수 없습니다. 제가 다자이 오사무에게, 바이올린 선율과 같은 애절함을 느끼는 것은, 그 리리시즘(서정성) 때문이었다. 다자이 오사무의 본질은 거기에 있다고, 저는 생각합니다. 그 말이 틀렸다 해도, 저는 섭사리, 그 생각을 버리지 않으려 합니다. 리리시즘의 들판을 헤치고 나와, 가시나무에 찢겨 벌어진 상처에 천을 대지 않고, 노골적으로, 햇볕에 드러내고 있는, 애처로움을 금할 수 없다.

사건이 일어난 2월 어느 날, 여자 잠옷에 대한 이야기를 하고 있었다고 소설에도 나와 있지만, 청년 장교에 버금가는 장렬함이, 필자에게서 느껴져 참을 수 없었다. 부러움보다는, 안쓰러움에 가슴이 먹먹했다. 나는, 무슨 일이든, 어정쩡하게 해온 터라, 최근 2년 동안 법학과 과정을 삼분지일, 그것도 불충분하게 마쳤다. 게다가, 달리, 할 수 있는 게 아무것도 없었다. 그런 아마추어적인 심정으로는, 그저, 다자이 오사무의 괴로움이, 육체적으로만 느껴질 뿐, 방관자로서 멍하니 서 있을 뿐이다. 제 자신 안에 둥지를 튼 어중간한 태도는, 아마 끝없이 계속될 거라는 생

각이 듭니다. 제 건강은, 사람들이 걱정하는 것만큼, 나쁘지는 않은 것 같은데, 모

든 일에, 진지해질 수가 없습니다. 이삼일이라도, 무언가에 진지해지면, 나 자신

을 파멸시켜 버릴 것만 같아 견딜 수 없다. 진지해질 수 없음. 그런 이유로, 물론,

뭐든 할 수 있을 리가 없겠지만, 그래서, 더없이, 만족하고 있습니다. 〈유머에 대

해서〉라는 제목으로, 중학교 시절 당신이 했던 연설, 나는, 중학교 제일의 수재입

니다, 라는 말과, 그리고, 당신의 어른스러운 제스처 말고는 생각나지 않지만, 많

은 사람들은, 다자이 오사무인 줄도 모르고, 아오모리 중학교 선배 쓰시마 슈지에

대해 쑥덕거립니다. 아오모리 신마치에 있는 기타야 서점 앞에서, 고등학교 모자

를 쓰고 있던 당신에게, 중학생이 머리 숙여 인사했습니다. 당신 또한 가볍게 끄덕

여 답례를 해주었을 때, 나는 상대를 아는데, 상대가 나를 모르면 서운한 마음이

들기는 하지만, 당신에게 답례를 받았을 뿐인데 그래도 꽤 만족했습니다. 저는, 올

해 안에 대학을 마쳐야 하지만, 할 수 있을지 없을지, 불안불안, 그래도 졸업하기

로 마음은 먹고 있습니다. 문학이라고 해봐야 성과가 조금도 있을 리 없고, 풍경

이나 여자만 넣을 놓고 바라보며 살아갑니다. 사람들이 〈후타바〉라는 소녀 잡지에서 제가 쓴 「접시에 그린 그림」이라는 소설을 읽었다고 하면 등줄기에 땀이 흐르는 기분이 들었습니다. 이와키리라는 사람을 만나 들었습니다. 트라코마[40]라느니, 임파선 종양이라느니, X만곡증[41]이라느니, 하는 대목은, 당신이, 훌륭하다고 평가했다는 이유만으로, 어딜 가든 들고 다녔습니다. 〈신낭만파〉에 덧붙여 쓰는 형식으로 어떤 동인잡지(유명하지 않은)의 어떤 사람을 칭찬한 글을 보고, 시샘했던 적도 있습니다. 무슨 말을 쓴 건지지, 자신이 없습니다. 이만큼 쓴 것만으로 이미 기진맥진입니다. 매일매일 피곤하다. 뭘 하는 것도 아닌데.

쉬고만 있으면, 일요일도 즐겁지 않고, 밤에 잠을 자도, 하루 일을 마쳤다는 편안함이 아니라, 내일이 있다는 피로를 느낍니다. 건강하기를 바라며 하루를 보냅니다. 지금은 허약할 뿐이지 병은 없습니다. 노인 같은 피부가 안쓰러워, 밤에는 알몸으로 우유 목욕을 합니다. 청춘을 되찾을 길 없을까 하고. 대단히, 무례한 편지라고 생각합니다. 문체도 애매모호해서 죄송합니다. 그래도 마음이 놓입니다.

272

내일 아침이 되면, 부칠 수 없게 될 수도 있으니까, 곧장 부치겠습니다. 한가하실 때, 답장, 해주셨으면 합니다. 몸 건강하시길 바랍니다.

사이토 다케오 올림.

*****

다자이에게.

편지 읽었네. 돈 이야기는, 부탁을 외면해 면목 없네만, 그렇게 급하게는 도저히 구할 수가 없어. 실은 작년, 현 회의원 선거에 입후보했는데, 그 덕분에 빚을 지게 되어 매달 제법 뜯기는 바람에 두 손 들었어. 선거 때 고이즈미 구니로쿠 군이 50엔을 보내줬어. 그것만이라도 빨리 갚고 싶다고 생각하면서도 아직 못 갚고 있는 형편이야. 돈 50엔이 없는 것은 참으로 부끄러우나 그렇다고 해서, 그 돈을 빚을 내 마련하는 건, 나로서는, 불가능해. 자네가 나와의 우정을 믿고 부탁한 일인

273

데 거듭거듭 송구하네. 하지만 안 되는 일을 끈적끈적하게 붙들고 있기도 싫어서

즉시 이 편지를 쓰는 참이네. 나쁘게 생각하지는 말아 줘. 나는 지금, 문학에서 잠

시 멀어진 터라, 자네의 활약상을 자세히는 접하지 않고 있네만, 자네의 저력을 믿

으니 틀림없이 어느 정도 이상의 활약을 하고 있으리라 생각해. 다시 생각해도 미

안하네, 허나 앞서 밝힌 사정을 헤아려 너그러이 용서해주오. 자네가, 여차저차 부

탁을 하던데, 돈 마련 안 되겠나? 하고 친구들에게 의논을 해도 괜찮다면 또 가능

성이 생길 여지가 있을지도 모르지만, 그건 자네에 대한 예의가 아닌 것 같아⋯⋯.

급한 마음에 본론만 전했네.

스지타 기치타로 씀.

* * * * *

편지 따위 쓰고, 침묵한다면 자네답지 않아. 아아, 좋은 벗이여. 아내 삼자니,

진심이 부족하고, 애인 삼자니 생긴 게 못났고, 첩 삼자니, 언행이 조잡하고 목소

리가 까마귀 소리. 아아, 부족하다. 부족해. 달이여, 그대, 천지의 미인이여. 달

이 근심을 깊게 하는구나.

요시다 기요시 씀.

*****

○월 ○일

다자이 씨. 재삼 악필 보여드리는 실례, 용서 바랍니다. 첫째로, 저희 동인잡지

〈봄옷〉이, 엉망진창이 되어버려, 울적하기에, 둘째로, 제 자신이 맥이 풀려서,

마지막으로, 당신이 제게 호의를 가지고 있다는 취지로, 어젯밤 〈봄옷〉 동료인

마쓰무라로부터 편지를 받았기에, 타고난 뻔뻔함으로, 폐가 되지는 않을까 돌이켜 보지 않은 채, 편지 드리는 바입니다. 시오타 가쿠, 세키 닷치, 다이쇼지 기요키, 이렇게 셋이 함께 후나바시 자택으로 찾아뵈었을 적에, 제 졸작에 대한 당신의 고견을, 나중에 친구인 마쓰무라가 그 세 사람으로부터 듣고, 그대로 제게 전해주었습니다. 또한 〈신낭만파〉 12월호에도 졸작에 관한 감상을 발표해주신 점, 〈신쵸〉 1월호에 게재된 귀하의 작품 속 한 소녀에게 〈봄옷〉을 지니게 한 점 등등, 배려해주셨다는 이야기도 들었습니다. 조속히, 오늘, 시내 대여섯 군데 서점을 돌며, 두 잡지를 찾아보았으나, 〈신쵸〉는 모든 서점에서 매진되었고, 〈신낭만파〉는 입고되지 않은 모양이었습니다. 저는 당신에게 감사 편지를 쓰는 게 아닙니다. 허나, 감사 편지만 쓰고, 끝낼 수 있는, 제가 그런 사람이라면, 후련하겠습니다. 하고 싶은 말이 있다, 상담을 하고 싶다, 힘이 되어 달라, 하며 나 하고 싶은 것은 대사만 늘어놓기란 참으로 부끄러운 일입니다. 당신은 가쿠에게, 저의, 경력과 사람됨에 대해서, 들으셨는지도 모르겠습니다. 하지만 가쿠는, 모르시겠지만, 그 녀석은

떠벌리는 걸 좋아하는 놈이라……。 하지만、 이 말은 가죠를 향한 악의에서 하는 게

아닙니다。 저의 자기변명입니다。 저는 어렸을 때、 몸이 약해서 디프테리아[42]나 적리[43]

로 두세 번 기절한 적이 있습니다。 여덟 살 때 『게야무라 로쿠스케[44]』를 선물 받은

게、 문학청년이 된 계기입니다。 아버지는 그 당시 첩이 있었던 것 같습니다。 지금

제가 사랑하는 어머니는 어떤 남자에게 협박을 당해 하코네로 도망쳤습니다。 어머

니는 「신코」라고 이름을 바꾸고 돌아오셨습니다。 제가 철이 들었을 무렵、 아버지

는 가난한 공무원이었기에 일단 먹고는 살았지만、 폐병에 걸려、 일가족 모두 가마

쿠라로 이사를 했습니다。 아버지는 그 옛날、 세상을 놀라게 한、 역사가입니다。 스

물넷 나이에 신문사 사장이 되어、 주식으로 한몫 챙기고、 뒷골목을 누비며 역사책

을 찾아다니고、 펜 한 자루로 먹고살기도 했습니다。 소설도 쓴 것 같습니다。 오마

치 이케쓰[45]、 후쿠모토 니치난[46] 등과 친분이 있었는데、 게이게쓰한테、 신선 흉내 낸

다、 하고 놀리면서、 자기도 아무개 백작、 아무개 남작、 아무개 자작 등등에게 인정

받아、 열렬한 황실중심주의자、 고집불통 관리、 고독한 외골수、 독서광、 집요하고

지치지 않는 역사가, 심술 사나운 아버지로 일생을 마쳤습니다. 열세 살 때입니다.

그 2년 전, 소학교 6학년 때, 제 담임선생님은 가마쿠라 대불전의 스님이었습니다. 그 영향으로, 저는 별장 도련님으로서 누리던 자유분방하고 방종한 삶을 버리고, 편집증적인 종교주의자, 신비주의자가 되었습니다. 저는 현실에서 신을 보았습니다. 한편, 문고본 열병이 고황에 들어, 수집한 장편 소설이 제 키를 넘어섰습니다. 작문 시간에는 불려 나가 낭독을 했습니다. 「신문」이라 제목의 석간팔이 이야기를 써서 반 전체를 울음바다로 만들었습니다. 제가 쓴 하이쿠가 지방 신문에도 났습니다. 저는 어린 딜레탕트[47] 동지들과 회람잡지[48]를 만들었습니다. 당시, 시인에 뜻을 둔 고등학생 형님이 대학에 들어가기 위해 고향으로 돌아와, 저의 미문적 포르말리즘[49]이 바람직하지 않음을 설명하면서, 시키의 『대나무의 고향 노래[50]』를 추천하고, 〈붉은 새〈아동잡지〉〉에 자유시를 쓰게 했습니다. 당시 지은 시 「파도」는, 하쿠슈[51] 씨가 격찬하고, 나중에 뽑혀서, 아르스 출판사가 출간한 〈일본아동시집〉에 실렸습니다. 아버지가 돌아가신 해, 형님은 모 중학교에서 교편을 잡았습니다.

278

아버지의 죽음은, 폐병 때문이기도 했지만, 지진 때문에 도사에서 모시고 온 할아버지가 돌아가시고, 할아버지를 모셔올 때 있었던, 말다툼 때문에, 숙부가 목을 매었기 때문일지도 모릅니다. 숙부가 목을 맨 것은 사촌 동생의 정신병이 그 원인인 것 같습니다. 덧붙여, 형님이 소셜리스트(사회주의자)가 되었다는 근심도 있었겠지요. 사실 형님은, 저를 중학교 기숙사에 놔두고, 온 가족을 데리고 도쿄로 올라가, ××조합의 서기장이 되었는데, 학교에서 스트라이크(파업)를 일으켜 모가지가 되었고, 어머니와 가족들이 가마쿠라로 다시 내려간 후에도, 돼지우리(유치장)에서, 인텔리(지식인)로 활동했습니다. 동지 한 사람은 우리 집에 와서, 기숙사에서 돌아온 저와 누나를 형님에게 순종하도록 감화시켰습니다. 3·15사건이[52] 일어나자, 형님은 전향하여 결혼하고, 형수와 어머니 사이가 나빠, 형님 부부는 저희들을 두고 도쿄에서 살았습니다. 인도주의적 마르크시스트이자, 감상적인 문학소년, 수학에 젬병인 저는, 지독한 자위행위 탓도 있었겠지요, 학교에 친구도 없이, 완전히 혼자였고 누나, 근처 W대학생, 소학교 시절 친구, 형 부부도 함께, 프린트 잡지 〈소

묘〉를 2년 동안 발행했습니다. 형의 운동 때문에, 아버지 재산은 없어지고, 가마

쿠라 별장은 남에게 세를 놓아, 온 가족이 다시 도쿄로 상경하여, 형 부부와 함께

살게 되었습니다. 중학교 끝자락부터 테니스를 시작했던 저는, 테니스 덕분에 하

룻밤에 키가 2촌〈6센티미터〉씩 크는 느낌이었고, 껑다리, 비만, W고등학원, 자위

행위로 1년을 보낸 뒤, W대학 보트부에 들어갔습니다. 1년 후 저는 레귤러〈정규

선수〉가 되고, 2년 후, 제10회 올림픽 선수가 되어 미국에 갔습니다. 당시 스무

살, 6척〈백80센티미터〉, 19관5백〈72킬로그램〉, 홍안의 청년이었습니다. 보트는 엄청

못 탔습니다. 전부 선배뿐이라 기가 죽어 있었습니다. 오가는 배 안에서의 연애와,

돌아온 후 연이은 환영회에 들뜬 나머지, 저는 약간 신경쇠약 증세가 생겼습니다.

제가 귀국했을 때, 한 해 전에 형수를 잃은 형은, 코뮤니스트〈공산주의자〉, 당 자금

국의 일원이 되어 집에 돌아와 있었습니다. 형을 뜨겁게 사랑했던 저는, 마르크시

즘의 이론적 영향이 남아 있던 저는, 바로 형에게 동조하여, 가마쿠라 별장을 팔아

마련한 제 학비를 훔쳐 형에게 건넸고, 저도 학교 내에 독서클럽을 조직했습니다.[53]

세키 닷치는 그 멤버였고, 그의 하숙집이 아지트였습니다. 그 무렵, 자살을 계획하고, 실행도 했던 우울한 친구 시오타 가 서로 알게 되었습니다. 닷치는 실수를 해서 체포되었습니다. 닷치는 고초를 겪었지만, 저는, 그 전부터 집을 나가 숨어 지내던 형을 따라, 거의 광기에 빠져 히스테리를 부리는 어머니를 내버려둔 채, 일주일 동안 도망 다녔습니다. 집안 상황을 보러 왔다가 저는 누나에게 붙잡혔습니다. 학비가 없어 학교도 그만두게 되었고, 저는 매형 소개로 월급 18엔을 받고 어느 사진 공장에 나가 일을 했습니다. 어머니와 함께 두 칸짜리 판잣집에 살면서……. 저는 곧바로 직장에 조직을 만들어, 캡틴이 되고, 일이 끝나면, 시내에서 윗선과 접선하여, 카페에서, 굳은 얼굴로, 비밀 서류를 교환했습니다. 그렇게, 불과 네다섯 달 지나는 사이, 이윽고, 프로보카퇴르(스파이) 사건이[54] 일어나, 도망쳤다가 전향하고, 경제기자가 되어 다시 돌아온 형의 노력으로, 저도 학교로 돌아갔습니다. 전향한 후라서, 형은 2개월, 저는 대단한 일을 한 것도 아니라 한나절, 돼지우리에 들어가 있었습니다. 직장에 있는 동안, 저는 밀렌의[55] 동화를 재탕하거나,

가타오카 뎃페[56] 씨 흉내를 낸 프롤레타리아 소설을 써서 사보에 실었습니다. 10전

주고 산 《카라마조프의 형제들》을 읽고 감격한 이유도 있었을 겁니다. 가난한 대

학생 이야기, 특히 형이 아내를 얻고 난 후 멀어진 것이, 저에게 다시 유년시절부

터 품었던 이상, 소설가를 꿈꾸게 했던 것입니다. 처음 1년 동안에는 무아지경 꿈

속을 헤매는 기분으로 밑도 끝도 없는 소설을 써서, 투고했습니다. 갑자기 스포츠

를 그만둔 탓인지, 다른 사람 얼굴을 보면 눈물이 나고, 마른침이 돌고, 화끈거렸

습니다. 온몸에 솔잎이 돋은 듯 가려웠습니다. 《예술박사》에 응모해서 떨어졌을

때 허리띠를 목에 감았습니다. 도스토옙스키가 유행하기 전, 도스토옙스키에 빠

져, 닷치를 구린내 나는 문학 이론으로 괴롭혔고, 아마 다른 친구들에게도 빈축을

샀을 겁니다. 새 형수님의 남동생, 야마구치 사다오가 와세다 독문과에서 《코》라

는 동인잡지를 내고 있었기에, 그에게 부탁하여, 《코》의 일원이 되어, 작품 하나

를 실었는데, 그게 작년 말입니다. 《코》에 싫증을 느끼고 있던 야마구치를 꾀어,

그의 친구, 오카다와 대충 계획을 세운 뒤, 저는 먼저 간자키, 모리에게 공감을 얻

고, 다음으로 세키 닷치를 설득하러 고히나타로[57] 올라갔습니다. 닷치를 억지로 가

입시키니, 가죠, 간베가 따라왔습니다. 그리하여, 닷치가 이름 지은 〈봄옷〉이 탄

생했습니다. 닷치는 발이 넓었고, 야마무라, 가쓰니시, 도요노와 함께, 가죠 또한

힘써주어, 이무타 씨를 가입시켰습니다. 가죠와는 점점 사이가 좋아져서, 저의 안

좋은 면도, 받아들여주었던 것 같습니다. 〈봄옷〉 창간호부터 2호가 나오기까지,

작년 말부터 금년 3월 무렵까지, 저는 취직에 광분했습니다. 다행히, 저는 외할아

버지 친구분의 도움으로 현재의 회사에 들어갔습니다. 그 무렵부터 더더욱 형과 사

이가 나빠졌고, 저는 가진 책을 전부 팔아 여행을 떠나려 결심하기도 했습니다. 형

은 제가 문학을 그만두는 것을 극도로 경멸했습니다. 형님에게 얹혀 사는 것도 졸

업 후에는 불가능합니다. 슬퍼하실 어머니를 생각하면 간자키처럼 문학청년 생활

도 할 수 없고, 하지만 한편으로는 회사원의 삶도 살아보고 싶었습니다. 회사에 들

어가서 한 달 반, 자네는 몸이 좋으니까, 조선이나 만주로 가달라는 부탁을 받았습

니다. 어머니나 형과 함께 산다는 갑갑함이 지겨웠고, 또 새로운 삶을 살고 싶은

마음에、 저는 조선으로 갔습니다。 만주보다 조선이 소설이 될 거라는 생각도 있었지만、 그것은 회사원이 된 것과 마찬가지로、 이런저런 제 의견이 아니라、 여러 가지 필연에 의한 결정이겠지요。 「청년의 사상은 자기 행위에 대한 변명에 불과하다。」 H선생님 말씀과 같은 이치입니다。 어젯밤에、 창녀에게 술을 못 사주겠다고 변명하러 갔다가、 싸구려 술집에 가서、 늙은 여자의 빚 3엔을 갚아주고、 설에 데리고 나가달라고 들들 볶이다가……。 그나저나、 이번 달이 선달입니다。 양복점 사람이 와서 고이 간직해둔 10엔을 가지고 갔습니다。 아직 1엔이 남아 있지만 이걸로 이발소에 가고……、 그러면 50전 남는데、 그것도 차라리 다 쓰고、 그날 번 돈 그날 다 쓰고、 크리스마스를 맞이할까 하는 어리석은 생각을 하고 있습니다。 여기까지 어젯밤 두 시에 집에 돌아와、 다섯 시까지 썼습니다。 방금 같은 방에서 지내는 회사의 급사 녀석과 이발소에 갔다 왔습니다。 가토 도쓰도[58]씨의 라디오 방송을 듣고 왔습니다。 돌아오는 길에 과자 40전、 피죤(담배) 한 보루를 사니、 완전히 빈털터리가 되었습니다。 지금 셰스토프[59]의 『자명의 초극』 『허무의 창조』를 읽고 있습니다. 그는 말합니다, 「일반적으로 전기라 함은 모든 이야기를 다루지만, 다만 우리에게 중요한 이야기는 빠져 있다」. 저는 앞의 말장난을 다시 읽고, 기분이 나 빠졌습니다. 편지 드리지 말까 생각도 했지만, 일단 적은 이상, 이미 제것이 아니 니, 허식으로 가득 찬 자기광고도 애교라 생각하고, 계속 자기혐오를 늘어놓으려 했는데, 셰스토프의 말로, 대충 얼버무려두겠습니다. 죄송합니다. 다른 얘기지만, 현재 제 생활에 대한 이야기입니다. 회사는 아침 아홉 시 반부터 예닐곱 시까지입 니다. 제 업무는 책상 사무도 있지만, 원래는 영업직입니다. 자동차 판매점, 회사 구매부, 상점 등을 돌며, 주문 같은 걸 받는 일입니다. 대개는 무시당하고 쫓겨나 기 일쑤고, 굽신굽신 예예 손바닥 비벼가면서 돌아다녀야 하기 때문에, 무기력한 소리지만, 하기 싫어 죽겠습니다. 그것뿐이라면 괜찮겠지만, 지방 출장소에 있는 동료는, 다 부부들이라, 이걸 시누이 근성이라고 하는 것인지, 뒤에서 흉보고, 빈 정거리고, 특히 자기 단골 거래처를 빼앗기고 싶지 않은지, 잡일만 시키고, 욕하는 김에 잔뜩 늘어놓자면, 우물쭈물 우유부단, 본사 비위 맞추기에 바쁘고, 잘리면 어

285

쩌나 걱정만 하고 있습니다. 남의 월급을 샘내고, 사생활을 비난하고, 자기 불평,

예를 들면, 출장비를 계산하면서 뒤에서 서로 헐뜯고, 출장 갑부라나? 어떤 부인

이 얼굴을 찡그리며, 누구누구는 출장만 간다고……, 우리 집은 사흘 출장으로 30

엔 모아서 돌아왔다고. 그러자 다른 부인이, 우리 집은 출장을 가도, 에이그, 그

정도는 아랫사람한테 주니까요. 그렇지만 주임님은, 2등석 여비로 3등석만 타거

든요. 구두쇠……. 하지만 사모님, 출장가면, 구두 망가져, 양복 해져, 와이셔츠

더러워져……. 여간 성가신 게 아니죠. 특히 인원수가 적다보니 가족적 분위기라

좋다고 하는데, 그만큼 경쟁도 치열하고, 나 같은 사람은 의견을 들으러 24시간 내

내, 그래서…… 게다가 업종 성격상 손님 접대, 휴일이나 일요일 출근, 잔업이 많

아, 공부할 짬도 없습니다. 신경 쓰기도 지칩니다. 월급 65엔, 에다가 보너스 5

할, 합계 97엔 50전 받습니다. 돈이란 게 워낙 정체불명이라 당해내지 못하고, 손

해만 보고 있습니다. 이미 상당한 빚이 생겼습니다. 이제 남 욕하고, 남 동정할 나

이도 아니니, 그만하겠습니다. 벌써 급사 녀석은 자리에 누웠습니다. 저한테 계속

영어를 물어봐서 미치겠네요. 저는 외국어를 전혀 못하거든요. 그나저나 저도 자리에 누워서 쓰고 있습니다. 급사 녀석이 성가시게 구니, 잠들고 나서 합시다. 라디오 아나운스처럼 편지를 써서 죄송합니다. 저는 이렇게 쓰는 게 순수하다는 기분이 듭니다. 다시, 세스토프 글을 베끼겠습니다. 『체호프[60] 작품의 독창성과 의의는 여기에 있다. 예를 들어 희극 「갈매기」를 들어보자. 거기서는 모든 문학의 원리에 반하여, 작품의 기초를 이루는 것은, 다양한 열정이라는 메커니즘도, 사건의 필연적인 지속도 아닌, 발가벗겨진 순수한 우연이다. 이 희극을 읽어나가다 보면, 질서도 구도도 없이 긁어모은 「잡다한 사실」로 가득한 신문이라도 훑고 있는 듯한 인상을 받는다. 이를 지배하는 것은 우연이고, 우연이 온갖 일반적인 개념과 맞서 싸우고 있다.』 이 문장을 베끼면서, 급사 녀석이 무라사키 시키부,[61] 세이 쇼나곤,[62] 일본영이기[63] 같은 옛날이야기를 해달라고 졸라대서, 해주고 있는데, 그렇게나 무서운지, 이를 딱, 딱, 딱, 세 번, 소리내어 부딪히며 떨었습니다. 다자이 씨. 그만 잡시다. 히쭉히쭉 비웃으며 적당히 맞장구치는 짓은, 집어치우세요. 농담입니

다……。 오늘은 회사에 출근해서, 망년횐지 뭔지, 일일이 사원들한테 회비를 걷었

습니다. 술판. 저는 술버릇이 나쁘다는 이유로, 금주령이 내려, 재미가 없어서,

세 시간쯤, 하얀 천장을 바라보며, 사람들의 터무니없는 이야기를 듣고 있었습니

다. 그러고 나서 단골손님에게 인사하러 갔고, 회원, 주임 집에 불려가 밥을 먹고,

가루타[64](카드 집기 놀이)를 하다가, 지금 돌아와, 이 편지를 쓰는 게 밤 열 시입니다.

정신이 피폐해져, 편지를 쓰기가 싫네요. 나머지는 짧게 쓰겠습니다. 회사를 두 달

쉰 원인은, 어떤 일 때문에, 취한 상태로, 직원 아홉 명을 상대로, 싸움을 하다가,

제가, 10월 29일, 팔을 면도칼에 베였기 때문입니다. 그 상처가 감염되어, 두 달

입원했습니다. 싸우면서 잠이 들 만큼, 취한 남자를 상대로 정신 멀쩡한 사람이 날

붙이를 들고, 그것도 모자라 여럿이서 그런 거라, 제 운도 나빴고, 게다가 감염으

로 고생하면서, 병원비 때문에……, 아버지가 남긴 이제 딱 한 채 남은 집을 고리

대금으로 저당 잡힌 어머니는, 형과 싸워가면서 돈을 보내주셨습니다. 회사에서는

질병이 아닌 사적인 일로 입은 부상 사고라며, 11월 급료는 주지 않았습니다. 또

회사 사람들은, 저를 완전히 건달 취급하며 비아냥거립니다. 에휴, 관둡시다. 차라리 벚꽃 문신을 할까 생각하고 있습니다. 난 어린애가 아니야. 그런데도, 당신에게 편지를 쓰고 싶었던 건, 이제 문학을 그만두려고 생각해서라구. 그것도 이데올로기 때문에 그런 것이 아니라, 그저 생활에 있어서의 불편함 때문입니다. 경성에 산다든가 회사원이라는 건, 지금까지, 전혀, 악조건이라 느껴지지 않았는데, 이번 사건이 있은 후로는, 갑자기 싫어졌습니다. 오늘도 회사에 나가니 거의, 자기 시간이 없습니다. 부상당하기 전에는 평균 대여섯 시간 수면, 또는 어쩌다 밤을 새워 독서, 저술 (허허 참) 또는 회사에서 짤막한 글을 쓰곤 했는데, 이제는 싫습니다. 다자이 씨, 저는 도쿄로 돌아가, 문학청년 생활을 해보고 싶습니다. 회사원 생활을 한다고 사회가 잘 보이거나, 마음이 넓어지는 게 아니라, 오히려 월급날과 상사 얼굴 말고는 아무것도 보이지 않습니다. 대학에서 배운 알량한 경제학마저 잊어버렸습니다. 공부를 할 수 없게 되는 상황이, 공부를 그다지 좋아하지는 않지만, 점점 심해집니다. 저는 도쿄에서 문학으로 먹고살까, 그렇지 않으면 죽을까, 예를 들면

교카 씨가 고요산진의 문하생이었던 것처럼 문하생 생활을 할까, 도스토옙스키처

럼 물과 쌀을 밥으로 만들어줄, 벨린스키가 나타날 때까지 기다릴까, 뭔가 해보고

싶습니다. 그러나, 저는 구질구질한 놈이라, 도쿄에 가서 아무리 바닥으로 떨어진

대도, 상관없지만, 어머니를……, 감당할 수 없습니다. 라고는, 해도, 이쪽 분위

기 역시 감당할 수 없습니다. 아마도, 제 바람은 이기적인, 지리멸렬한, 사치스러

운 것이겠지요. 그러나, 지금 이대로 똑같은 장사꾼의 삶이 한 달이라도 계속된다

면, 저는 자살하거나, 문학을 그만두거나, 둘 중 하나 말고는 없다는 생각이 듭니

다. 어쩌면 계속할지도 모릅니다. 계속하고는 싶다…… 그러나, 지금 쓰고 있는

건, 참을 수가 없기 때문입니다. 숨이 막힐 것 같습니다. 막힌 숨을 풍선에 불어넣

어, 푸른 하늘을 날아다녀라, 포기해라, 제 마음이 그렇습니다. 하지만, 어떻게든

삶을 바꾸고 싶다! 이에 대한 당신의 고견을 듣고 싶습니다. 저는 이제 틀렸습니

다. 저는 도쿄로 돌아가도, 도저히 문학만으로는 먹고살 수 없으니, 차라리, 샌드

위치맨이 되거나, 룸펜(부랑자)이 되면, 생활 경험이 풍부해져 좋을지도 모릅니다.

그러나, 어머니가 며느리 후보 사진을 네 장이나 보내와서 말이지요. 지금은 〈봄옷〉을 제 발판으로 삼을 희망도 없고. 10월쯤 보낸 백 장짜리 소설은 어떻게 되어가고 있을까. 차라리, 찢어서 버려라. 차라리, 현상 모집을 노려볼까요? 잠자코 있는 편이 현명하겠지요? 그러나, 다자이 씨, 가능하면, 저에게 격려의 편지를 보내주십시오. 이제 나흘 출근하고 닷새가 지나면, 제가 썩는 냄새는 절정에 달하겠지요. 오늘밤은 편지를 쓰기가 싫습니다. 내일이 되고 모레가 되면 점점 더 싫어지겠지요. 염치없는 소리를 하는 김에, 실컷 하겠습니다. 한바탕 꾸짖어주십시오. 아아, 저에게 도쿄로 와라, 하고 말해주세요. 거짓말! 제가 좋아하는 작가, 오자키 시로67 요코미쓰 리이치68 고바야시 히데오69 씨에게 저 좀 소개시켜주세요. 거짓말! 저는, 이번 달 중에, 자전적 이야기를 기억하는 그대로 써보고 싶습니다. 하지만, 〈봄옷〉이 엉망진창이라 비관하고 있습니다. 〈봄옷〉이 다시 일어설 때까지만이라도, 하나, 다달이 50장 정도 실어줄 수 있는, 당신이 아는 동인잡지를 소개해주시겠습니까? 동인 회비는 내겠습니다. 쓸데없는 말을! 글을 모아두었다가,

현상 모집 당선을 노리는 방법도 있겠지만, 그러려면 운이 좋아야 한다는 생각이

들어 싫습니다. 더군다나, 이렇게 지저분한 원고 따위 읽어 주지도 않을 겁니다.

또 저는 의지박약이라 활자화되지 않은 작품이 점점 늘어나면 도저히 참지 못하고,

처음 쓴 것부터 찢어버리는 바람에…… 거짓말, 거짓말! 아무렴 어떻습니까. 이

편지를 여기까지 읽어주셨다면, 그것만으로도, 감지덕지. 편지, 주십시오. 그러면

또, 다시 고쳐서 쓰겠습니다. 이 편지는 찢어서 버려주십시오. 아무쪼록 용서해주

십시오. 이것과 똑같은 내용으로 편지를, 여섯 통 써서 작가 여섯 명에게 보냈으

니. 누가 뭐래도, 당신은 자기 세계를 갖고 있는 작가입니다. 분명히 말하자면, 당

신은 건방지고, 저는 머저리군요. 당신의 세계를 저는 뜨겁게 사랑할 수 없으니까

요. 당신이 영리하다고는 생각하지 않아. 그러나, 당신은 근대 인텔리겐치아〈지식계

급〉, 불안한 표정을 짓고 있어. 너무 말도 안 되는 소리는 하지 않으렵니다. 당신

은 기보시〈성인용 그림책〉 작가이기도 하고, 유레카의 저자이기도 하지. 〈빰맞는 남

자〉70는 당신에게 조롱거리에 불과해. 당신이 조종하는 종이 인형은 오오난보쿠71의

대형 가부키극처럼 피를 뚝뚝 흘리고 있어. 너무나 성가신, 쓸데없는 말은 지껄이지 않겠습니다. 발레리가 통속적으로 보이는 건 당신의 「역행」 「다스·게마이네」 독후감 때문이었습니다. 그러나, 여기에는 근대청년의 「잃어버린 청춘에 관한 한 조각의 서정, 우리가 실재하는 환경의 망령에 관한, 자기 증명」이 있습니다. 그러나, 저는 어두컴컴하고, 몹시 황폐해진 넓은 초원입니다. 여기저기 햇살은 비치고 있겠지요. 녹색 싱그러이, 허나, 그 속에는 잡초가, 난잡하게 우거져 있습니다. 어디부터 깎아야 좋을지, 저는 아무렇게나 발길 닿는 곳부터 헤치고 들어가, 갈 수 있는 데까지 가서, 보고한다…… 는 개소리고. 저는 머저리입니다. 그게 아니라. 그러나, 저는 야만적이고 강인하고 싶습니다. 현재 제가 뜨겁게 사랑하고 있는 세계는 어느 작가에게도 없습니다. 도스토옙스키를 제일 좋아합니다. 제 취향이 평범하다고 경멸하지 말아주십시오. 저는 올해야말로, 뭔가, 쓰고 싶다고 생각하고 있습니다. 하지만, 소설에, 인생에, 무슨 의미가 있을지. 의미 같은 거 없다. 밥을 먹듯, 소설을 쓴다. 그토록, 실무적인 정신을 싫어한 세스토프조차, 전집을 남겼

다. 그러니까, 기를 쓰고 써도 되겠지요. 저는 누가 됐든, 유명한 사람에게 편지를

받으면, 이런 어처구니없고 뻔뻔스러운 광고문을 쓰는 버릇이 있는 것 같습니다.

아니, 요전에, 기타가와 후유히코[72] 씨에게 대여섯 줄짜리 엽서를 받았을 때만 그랬

습니다. 그러나, 사실은, 태어나서 처음, 이렇게 긴 편지 썼네. 이제 잡시다. 셰스

토프라도 읽읍시다. 아무쪼록 ∼∼∼∼∼∼∼∼∼∼∼∼∼∼∼∼∼∼∼∼

부디, 제발, 편지 주십시오. 그렇지 않으면, 저는 사는 재미가 없습니다. 이런 응

석받이 근성아! 저는 이 편지를 쓴 제가 그다지 좋지 않습니다. 당신은 어떤가

요? 제 소년 시절의 빈약한 자랑거리에, 이 글을 덧붙여 주십시오. 저는 어릴 적

열서너 살 무렵, 그림을 아주, 못 그렸는데, 제전〈제국미술원전람회〉의 후카자와 쇼조

씨〈베니코 씨의 남편〉가 저를 예뻐해주셔서, 미술계로 들어오라고 권하곤 했습니

다. 노래를 잘 불렀다, 시도 자신있다…… 그야말로 바보 새끼로군요. 이렇게 말하

는 걸……、가죠는 싫어합니다. 저도 남의 자랑은、듣기 싫은데、제 자랑을、에휴、

했습니다. 죄송합니다. 기분 나빠하지 말아주십시오…… 아니, 무엇보다 우선, 기

294

분 나빠하는 영문을 모르겠네. 나는 비열한 소년이야. 하지만……, 아니야! 역시

비열해. 무리한 부탁. 편지 쓰라는. 그럼, 안녕히, 학수고대. 잠깐! 하품을 한녀

석이 있어. 게다가 저 봐. 아, 아, 아, 하고 안하무인, 가느다란 두 팔을 천장을

부술 기세로, 뻗고, 게다가 그 커다란 입, 하얀 이빨, 흡사, 말대가리. 내게 대책

이 있소, 다자이 오사무 씨. 나 자신에 대해서, 여러 가지 이야기를 쓰고 싶어졌습

니다. 이삼십 페이지 더 읽어주시면 감사하겠습니다. 첫째, 제가 완전히 무의미한

존재인 것, 가령, 마르크스가 상사회사─브로커─광고업─영업판매원은 사회에 해

롭다는 말을 하지 않았다 하더라도, 저는 제가 하는 일을 당연히 증오합니다. 예전

부터, 주임에게, 개성을 죽이라고 잔소리를 들었습니다. 그리고 또한 개성은 주임

을 죽이라고 잔소리를 했습니다. 수금하러 가면 잔술을 억지로 권하는 트럭 아저씨

같은 사람을 만나면 재미있지만, 책상 앞에 쌀쌀맞은 표정으로 앉아 있는, 미꾸라

지 수염 공무원에게, 「안녕하십니까, 도와드릴 일 없습니까?」 「없소」 「에이,

그럼 아무쪼록 다음에는 꼭」 이라든가, 「잡상인은 밖에서 기다려」 라든가, 「돈

＊＊＊＊＊

몇 푼" 벌려고, 백일기도 드리고 이삼십 엔어치 주문을 받거나……. 아니, 푸념은 하지 않으렵니다. 곰곰이, 생각해보면 좋고 싫고가 먼저 정해지고, 이유는 뒷전이 되는 것만큼 무섭고, 불쾌한 사실은 없습니다. 좋아? 싫어? 그런 건 한순간은 지나가고, 지금은 싫습니다. 그래서 세상의 언어는 사람의 감정을 조종하는 것에 불과하다는 기분이 듭니다. 저도 슬슬 마스크가 필요한 듯 싶군요. 메리메의 가면이 가장 좋겠네요. 저는 이제 다른 사람에게 좋다, 싫다 운운하지 않으렵니다. 좋아하니까 좋다한다고, 말했는데, 싫어지면, 싫어졌다고 말할 수 없다. 저는 어떤 아가씨에게, 그런 책임감이 생겨, 싫어졌는데, 헤어지자 말 못하고, 고민입니다. 싫어하는데 좋아지도록 노력하는 것은 불가능합니다. 저는 싫어하는 채로 사랑해야 하는 걸까요? 아무 말도 하기 싫습니다. 저는 너무 많은 사람들을 미워하고 있습니다. 아, 난 이렇게 힘든데, 당신도, 너도, 네놈도, 멀쩡히 살아 있다니.

요즘 자네 엽서는 하나 볼 만한 게 없어. 대단히 나약하고 교언영색이야. 적잖이 유감이네.

요시다 씀.

* * * * *

○월○일

한마디. (한 줄 띄고) 나는, 나도 바이런으로 둔갑하려다 실패한 한 마리 흙투성이 여우라는 말을, 듣고, 둔갑을 했다는 말에 짜증이 나서, 사랑의 상대에게 절교장을 썼다. 내 생활은, 모두 거짓이고, 가짜고, 이제, 아무 것도 믿지 못하고, 절망의 (은행도, 그만두겠다) 구렁텅이에 빠져든다. 오늘 이후, 당신의 문학을 인정하지 않겠다. 안녕히. 사진 주세요. 「어릿광대의 꽃」은 살인 문학인가? (은행은

그만두지 않겠다. 그렇지만……) 아니, 대충, 워밍업. 다자이 씨, 아무래도 낚인

것 같군. 손맛이 있네. 저에게 흥미를 느꼈다면, 끝까지 읽어 주십시오. 저는 아직

스무 살 소년이라, 귀중한 시간을 쪼개어 주시는 것도, 민망할 만큼 감사히 생각합

니다. (저의 생명이 깃든 이 성실한 언어마저, 코웃음 치신다면, 귀하를, 정말로,

칼로 찔러 죽일 작정입니다. 아아, 꼴통 같은 말을 했다) 우선, 내가, 얼마나 소

년 같은지, 자기소개를 하겠습니다. 열대여섯 살 무렵, 사토 하루오 선생님과 아

쿠타가와 류노스케 선생님에게 심취했습니다. 열일곱 살 즈음, 마르크스와 레닌에

심취했습니다. (목숨을 걸고……) 그런데, 열여덟 살이 되니, 또 「아쿠타가와」로

되돌아와, 쓰지 준 씨에게 심취했습니다. (다자이란 놈, 참말로 의욕이 없는 녀석

일세. 듣고 있어? 「달마 여길 봐 나도 너무 쓸쓸해, 가을날 황혼」 이런 하이쿠

는 어떠신가? 살려주세요. 쓰레기통에 처넣지 말아주세요. 열심히 노력해서 재미

있게 쓸 테니까) 아쿠타가와를 다 읽고, 아나톨 프랑스74(씨, 를 붙일 필요는 없겠

지)를, 보들레르를,75 E•A 포를,76 애독했습니다. 그러다가 문학을 소홀히 한 채,

환등가(사창가)에 드나들며, 어영부영, 현재의 제가 되었습니다. 나는 문학을 하려면, 어학이 필요하다고 느끼면서도, 외국어는 고사하고, 국어조차 공부하지 않고, (재미없어? 얼마 안 남았으니까, 참아줘) 빈둥거리고 있습니다. 자기 삶을 경거망동하다고 여기면서, 그러나, 인생 자체가 경거망동이야, 하고 자문자답합니다. (이 가을밤에, 자문자답을 하는, 심약함이여. 이것은 2백 년 전 영감님의 하이쿠입니다) 스무 살 소년 주제에, 이건 너무 깨끗이 포기하는 것일지도 모릅니다……. 세스토프적 불안이란 무엇인가, 나는 모릅니다. 지드 작품은 〈좁은 문〉 하나 읽은 게 전부인데, 순정적인 청년의 사랑 이야기, 신세리티(성실함)의 고귀함을 느꼈을 만큼…… 아무튼, 배움은 얕고 재능은 없는 저입니다. 이만 실례하겠습니다.

저는, 터무니없는 무례를 범했습니다. 제 주제를, 방금, 문득 깨달았습니다. 서간체 글이라면, 얼마든지 무엇이든지 쓰겠습니다. 빌린 옷이라면, 남의 집 간판이 새겨진 옷이라 해도, 시치미 뚝 떼고 입고 있을 수 있다, 이겁니다. 그럼, 노래하겠습니다, (불쌍한 소리 하지 마) 아니, 적겠습니다. 다자이 오사무 님께. 삼가 아롭니다. 소생, 한 이성 친구의 추천으로, 「장님 이야기」를 읽고, 그 연후에 「다스・게마이네」를 읽고, 그 자리에서, 다자이 오사무 팬이 되었사오니, 이 편지, 팬레터라고 생각해주셨으면 합니다. 〈신낭만파〉도 10월호부터 구독하고, 「생각하는 갈대」를 읽고 있습니다. 지성의 극치라는 건, 분명히 있어……, 라는 바바의 말에, 소생……, 아니, 아무런 할 말이 없습니다. 영화 팬이라면, 이쯤에서 브로마이드 사인을 청해야 마땅하다고 생각하오나, 그리고 소생도 뭔가 다자이 오사무님, 으로부터 사인 비슷한 것을, 받고 싶기는 하오나, 어떻게 안 될지, 여쭙습니다. 이렇게 원고지에 편지를 쓰게 되어, 예를 잊은 점, 심심한 사과를 드립니다.

그럼, 이만.

12월 22일. 제 이름은 패랭이꽃이거나, 메꽃이거나, 엉겅퀴거나.

추신. 이 편지에, 나는, 못다 한, 혹은 지나친, 언어의 자기혐오를 느끼고, 「다스・게마이네」에 나오는 말, 「횡설수설의 간판」을 느낀다. (아니, 바보 같은 소리를 했군) 다자이 씨, 이건, 안되겠습니다. 우선 저는, 이성 친구 같은 게, 언제 생

299

긴 거냐, 전부 거짓말입니다. 사인 따위 필요 없습니다. 저는, 귀하의……, 에휴,

귀찮아졌습니다. 답장 절대 필요 없습니다. 그런 거, 싫습니다. 우스워서. 우리

중에서 작가가 나왔다는 건, 기쁜 일입니다. 힘들더라도, 살아주십시오. 당신 뒤

에는, 말 못하는 자기상실의 망자가, 10만, 우글우글, 하고 있습니다. 일본문학사

에, 우리 선수를 진출시킬 수 있었다는 것은, 기쁘다. 구름과 안개 같은 우리에게,

표현을 부여해준 작가의 출현이 반가울 따름입니다. (눈물이 흐르고, 또 흘러, 감

당할 수 없다) 우리, 10만 청년, 실제 사회에 나가서, 과연 살아낼 수 있을지

을지, 엄숙한 실험이, 귀하의 일신에서, 묵묵히 행해지고 있습니다. 지금까지, 쓴

것으로 보면, 저는, 아직 소년의 단계를 벗어나지 못하고, 「높은 곳의 공기, 강한

공기」인, 당신에게, 편지를 쓰거나, 만남으로써, 「얼어붙는 위험」을 느끼는 사

람이다. 진심으로 경외하는 마음가짐으로, 저는, 이 편지 한 통을 끝으로, 당신에

게서 도망친다. 장님거미여, 바라건대, 새끼 참새에게, 관대하시기를. 물론 당신

의 작품은, 누구보다도 열심히 애독할 작정. 한마디 더. 당신에게 황혼이 찾아오

301

기 시작한 것이다……。 당신은 번개를 농락했다。 너무 오래 태양을 바라보았다。 그

래서는 버틸 수 없다……。 (한 줄 띄고) 「장님 이야기」 작가에게、 이 말이 해당될

지 어떨지……、 스트린드베리의 『다마스쿠스로 가는 길』[77]에 나온 말입니다。 라고、

아아、 재수 없는 말투로 써버렸네。 이제、 더 이상、 쓰지 않겠지만、 다자이 오사무

님。 저는 당신 있는 곳으로 날아가 어두운 곳에서 이야기하고 싶어。 〈개조(사회주

의 성향 잡지〉에 당신이 글을 쓰신다면 〈개조〉를 사고、 〈중앙공론(민주주의 성향 잡

지〉에 당신이 글을 쓰신다면 〈중앙공론〉을 사겠다。 그리고、 빌린 3엔은 일부러

갚지 않겠다。 그럼 이만。

저는 여자입니다。

* * * * *

다자이 오사무 귀하.

삼가 답장 올립니다. 귀하의 자중과 자애를 기원합니다. 고매한 정신을 환기하고 천부의 재능을 완성하기 위해서는 하늘이 사람에게 부여한 천직을 자각하십시오. 헛된 꿈에 슬퍼 울지 마시기를. 부지런히 엄숙한 50매를 완성하십시오. 5백 엔의 돈은 머지않아 귀하의 것이 될 터. 80엔으로, 망토를 새로 맞추고, 2백 엔으로 전통 예복과 흰 버선 한 세트 새로 맞추니, 2백 80엔짜리 호화로운 잔칫집 손님이로다. 이른 아침, 문 앞에 서서 기다리고 있겠습니다.

후쿠자와 다로 올림.

　　＊＊＊＊＊

다자이 오사무 님 사모님께.

안녕하십니까. 그 후로 격조했습니다. 건강하신지 안부 여쭙습니다. 이삼일 전부터 남편 분께서 원고료 20엔을 부치라고, 몇 번이나 엽서며 전보를 보내왔습니다만, 폐사는 원고료를 6엔 50전 (두 장 반) 밖에 드릴 수 없습니다. 제가 돈이 없어 친구에게 조금 전인 오늘에서야, 단돈 10엔, 겨우 빌릴 수 있었습니다. 네 번이나 다시 쓰게 해서, 죄송스럽기 짝이 없지만 합계 15엔만 보내겠습니다. 곧 선달그믐, 그런데도 아무렇지 않게 평평 써버릴 테니, 사모님께서 보관하시다가, 적당히 건네주십시오. 더 보내드리고 싶은 마음 굴뚝같지만, 저희 형편도 빠듯하여 도저히 안 되겠습니다.

고지마치구 우치사이와이쵸. 〈무사시노 신문사〉 문예부.

나가사와 덴로쿠 드림.

＊
＊
＊
＊
＊
＊

○ 월 ○ 일

선달 엄동의 한밤, 벌떡 일어나, 적는다. 하나, 나는, 비열하지 않다. 둘, 나는, 그래도, 혼자서 창조했다. 셋, 누군가 보고 있다. 넷, 『나도, 완전히 가난해져서, 말이죠。』다섯, 이럴 생각은 아니었다. 여섯, 뱀이 된 기요히메。[78] 일곱 『너를 흘끗 본 것이 불행의 시작。』여덟, 지금쯤 다자이, 자고 있을까 깨어 있을까. 아홉, 『아까운, 재능을!』열, 근육질. 열하나, 가난이 그대를 구슬로 만든다. (줄줄줄줄, 사념의 행렬, 천자만홍 백면억태[79]) 한 문장 붙들고 노트에 적고 있는 사이에 그 서른 배, 마흔 배, 백 천 가지 말을 놓친다.

S로부터。

* * * * *

○월 ○일

쓰시마 슈지 님께.

인사 생략. 그 후로 드디어 요양하시리라 여기고 안심하고 있었더니, 풍문으로 듣기를 귀형 요즘 약품 주사로 순간의 안온을 바라신다고. 심히 추잡스러운 일이라 생각합니다. 약품 주사의 무서움에 관해서는, 귀형 이미 생각이 미치고 있을 터, 지금은 되풀이해 말씀드리지 않겠습니다. 그러나 약품은 연인을 단념하듯 큰 결심으로, 부디 단념해주실 것을 간절히 바라나이다. 불경에서 말하는 「용맹정진」이란 그러한 결심을 촉구하는 의미의 말이 아닐까 합니다. 실은, 찾아뵙고 말씀드리고 싶은은 바이나, 귀형도 한 집안의 가장이고 어린애가 아니니, 편지로 여쭈어도 알아들으실 줄로 믿고 편지 올립니다. 어딘가 따뜻한 지역이나 온천에 가서 조용히 사색하고 계시는 것은 어떠실는지요. 아오모리의 형님과도 상의하여, 잘 조처하십사 노파심에 말씀 올립니다. 어쩌면 이미 온천 가실 준비를 하고 계실까도 싶습니

다。온천으로 옮기시면 기별 부탁드립니다。기타자와 군 등등과 함께 찾아뵙고、소

생도 그 부근 숙소에 잠시 머무르고자 합니다。사모님께 안부를。그럼 이만。

하야카와 순지 드림。

* * * * *

30엔밖에 없습니다。목숨이 걸렸다、라는 말을 듣고 걱정했습니다만、어떠신지

요。사실 20일까지는、형으로부터 뭔가、자세한 소식 오지 않을까、하고 기다리

고 있었습니다。(한 줄 띄고) 이렇게 떨어져 있으니 서로의 생활에 대한 인식이 많

이 부족하여、여러 가지 곤란한 일에 당면하리라 생각합니다。목숨이 걸렸다、라시

니、보내드리는 겁니다。그것도 제 살림이 결코 여유롭지가 않아、봉급을 가불해서

(그것도、그렇게 많이는 해주지도 않아) 드리는 겁니다。(한 줄 띄고) 거드름 피우

는 게 아니라。그리고、사치를 부리는 게 아닙니다。교사로서、보통 사람들이 생각

하는 것 같은 생활을 마냥 하는 건 아닙니다. 일찍이, 당신과, 저의, 젊은 피를 끓

게 하던 과업이 있었을 겁니다. (문학 말고) 그것을 말입니다. 그것을 위해서입니

다. 게다가 아이가 태어난 후, 프라우(아내)가 폐병, 나도 폐병(물론 가벼운 놈)에

걸려, 거의 화차야. (한 줄 띠고) 사정이 그러하니, 30엔으로, 봐주게. 그리고, 될

수 있으면, 갚아. 안 그러면 이쪽이 목숨을 걸어야 하니까. (한 줄 띠고) 문단에

떠도는 가십, 소설, 그 외에 자네 생활 태도가 어떤지는 대충 알아. 그러나, 나는,

그게 자네의 전부라고는 믿고 싶지 않아. (한 줄 띠고) 기운 내! 목숨이 걸렸다는

둥……, 죽는다는 둥……、 그런 말 하는 놈이 어딨어!

*　*
*　*　*

성깔 있는 사와 다케야스 씀.

악습은 제거해야 한다. 혼고구 센다기쵸 50번지. 요시다 기요시 씀.

○월○일

*****

말해야 한다는 건 알지만 말할 수 없다. 여름방학이 되면 편지를 쓰려고 결심했다. 편지를 쓰고 싶다. 써야 한다고, 생각하면서 왜 못 쓰는지 생각해봤다. 「사람은 타인을 비웃어서는 안 된다」라고 말해줬지만, 아직 쓰지 못했다. 편지가 나를 결정한다. 편지를 쓸 결심이 섰다. 내일부터 그림을 한 장 그린다. 그리고 한층 결심을 굳힌다. 일주일이면 그림이 대충 완성된다. 그러고 나서 쓰타(아오모리의 온천여관)에 가서 편지를 쓴다. 편지를 쓰지 않으면 도쿄로 돌아가지 않겠다. 어찌 되든 간에 편지를 쓰고 난 다음 일입니다. 〈푸른 채찍〉 창간호 잘 받았습니다. 저는

309

실행할 것입니다. 완성된 것 무엇 하나 없이, 오로지 이런 그림을 그리겠다는 생각만으로, 당신에게 인정받으려 하면서, 실행하지 않는 나 자신에게 초조해하고 있었습니다. 후나바시에서, 돌아온 날, 나에게 철저히 절망했다고 생각해 나는 슬펐다. 당신이 했던 말은 지금, 특히 절대적으로 필요한 힘이 되어주고 있다. 피카소도, 마티스도 관점에 따라서는 웃음거리가 될 일을 감행했다. 내가, 요즘 그린 그림은 실행이 아니라 구실이었다는 기분이 듭니다. 나는 길고 긴 편지를 쓰고 싶었던 것이다. 한 치의 틈도 없는 편지를 「좀처럼 쓸 수가 없네」라고 했던 말을 센야군이 오해했음직하다. 편지를 쓴다고 약속했던 날까지는 노력했다. 그날 이후로 자네에게 말을 하려는 노력을 하지는 않는다. 밤새도록 읽을 만큼 긴 편지를 쓰려고 했다. 나는, 족제비가 아니다. 내 자신이 사과나무처럼 무겁게 느껴질 때가 있다. 다른 놈들과는 말도 섞고 싶지 않다. 자네한테만이라면 무슨 말이든 못할까.

이 편지를 믿어주지 않는다면, 나는 죽는다.

게시로 씀.

○월 ○일

안녕하십니까. 갑자기 염치없는 부탁입니다만, 저를 선생님의 제자로 삼아주시렵니까? 저는 「다스·게마이네」를 읽었고, 지금도, 읽고 있습니다. 저는 열아홉 살. 교토부립 교토제일중학교를 작년에 졸업하고, 내년, 삼고문병(교토대 문과)이나 와세다, 오사카 약대에 갈 생각입니다. 소설가가 될 심산으로, 필사적으로 공부하고 있습니다. 선생님, 제발 저를 제자로 삼아주십시오. 그러려면, 어떤 절차가 필요할까요? 위대한 영혼은 오직 위대한 영혼에 의해 발견될 뿐, 이라고, 쓰지 준[81]이 말했습니다. 저는, 편치화를 그리는 재능이 약간 있고, 문학에 대한 감수성도, 예민합니다. 가정환경도 좋습니다. 그렇지만, 조금 괴짜입니다. 크리스천이기도 하고, 슈티르너[82] 추종자이기도 한 가련한 남자입니다. 아무쪼록 답장 주십시오. 다자이즘이, 무서운 기세로 우리 그룹에 스며들었습니다. 기뻐 죽을 지경입니다. 그럼 안녕히. 답장 기다리고 있겠습니다.

미에현 기타무로군 구키코에서.

게센 닌이치 드림.

추신. 저는 문신이 있습니다. 선생님 소설에 나오는 모양과 동일한 무늬로 했습니다. 등에 한가득 푸른 파도가 넘실대고, 커다랗고 새빨간 장미 꽃송이 꽃잎에, 고등어를 닮아 주둥이가 뾰족하고 홀쭉한 물고기 네 마리가, 제각기 몸을 비비대며 놀고 있습니다. 촌뜨기 문신사라, 장미꽃 문신은 해본 적 없는지, 커다란 장미 꽃송이가, 넙데데한 원숭이 면상을 꼭 닮아, 한동안 저도, 방을 어두컴컴하게 하고 누워, 아주 의기소침, 그러나 다행스럽게도, 상당한 노력을 하지 않고서야, 내 등을 볼 일은 없겠고, 사시사철 반소매 셔츠를 입으려 항상 신경을 썼으므로, 조금씩 잇게 되어, 내년에는 삼고문병 입학시험을 치릅니다. 선생님, 저는, 어떻게 하면 좋을까요. 가르쳐주세요. 저는 야마다 와카를 좋아합니다. 분명 힘깨나 쓰시는 걸로 알고 있습니다. 저의 아버지 어머니는, 가끔, 저를 화나게 해서, 찰싹 하고 저한테 뺨을 얻어맞습니다. 그렇지만, 아버지, 어머니, 두 분 모두 심약하여, 복수

따위 엄두도 못 내십니다. 아버지는, 현역 육군 중사입니다만, 살도 전혀 찌지 않

았고, 이상하게도, 아무리 시간이 지나도 키가 5척 1촌(백55센티미터)입니다. 점점

야위어갈 뿐입니다. 어지간히도 분하신가 봅니다. 제 머리를 쓰다듬으며 우십니

다. 어쩌면, 저는, 아주 불행한 아이일지도 모릅니다. 저는 평화주의자라, 오늘도

다다미 열 장짜리 방 한가운데, 혼자 가부좌를 틀고 앉아, 주위를 휘휘 둘러보았는

데, 방이 어떻게 생겼는지 확실히 파악하게 되었고, 인간, 싸움에 약할수록 곤란한

일이 적습니다. 기센 니이치.

* * * * *

괴로우신가요? 다들 모두, 현재 당신의 괴로움과, 꼭, 같은 만큼의 괴로움을 견

디며 살아가고 있습니다. 소설, 요 반년 가량, 발표해줄 잡지가 없습니다. 작가

가, 늦든, 이르든, 반드시 통과하지 않으면 안 될 구렁텅이. 이것은, 저널리스트

들 사이의 암묵의 규율이라, 어쩔 도리가 없습니다. 20엔 동봉합니다. 이것은, 제

가, 먼저 선금을 드리는 것이니, 마음 내키실 때 서너 장짜리 여행기라도, 기고해

주십시오. 이 돈으로 대엿새 알뜰한 여행을 하시기를, 권합니다. 저, 혼자 남더라

도, 당신을 믿겠습니다.

〈오사카 살롱〉 편집부.

다카하시 야스지로 드림.

추신. 하루타는 잘렸습니다. 제가, 그리 되도록 했습니다.

* * * * *

사모님이 알려주신 바에 따르면, 약주도, 담배도 끊으셨다고요. 그 대신, 바나

나를 하루에 스무 개씩, 이쑤시개, 하루에 서른 개는 확실히, 물어뜯어 끝을 종려

나무 잎처럼 천 갈래 만 갈래로 만들어, 아무데나 여기저기 뱉고 돌아다니신다고

요. 또, 이렇다 할 용건도 없이, 이부자리에서 빠져나와, 서성거리다가, 전등갓에 머리를 쩧어, 세 개나 깨버리셨다고요. 그 애기 전부 듣고, 사모님의 산 넘어 산이라는 탄식도, 당연하다고 생각합니다만, 다자이 너 혼자만 잘못한 게 아니야. 전부 달려들어, 비웃음거리로 만들었잖아, 나는, 그중에서, 두세 명에게, 죽여도 용서하지 못할 분노를 느낀다. 다자이, 부끄러워할 것 없어. 고개 들고 걸으라구.

구로 씀.

* * * * * *

다자이 오사무 님께.

다자이 님, 그간, 격조하였습니다. 이름이, 나날이 높아지시는군요. 쓸데없는 사탕발림이라 하셔도, 그 정도 비난에는, 놀라지 않겠습니다. 일전에는 「장님 이야기」에 압도되었고, 「생각하는 갈대」를 매월 읽으며, 엄격한 수양의 재료로 삼

고 있습니다. 천천히 착실하게 세상으로 나가는 젊은이들의 뒷모습을 배웅하노라

면, 이 세상 살아 있는 모든 것 중에서, 가장 고귀한 빛을 우러러보는 심정이 됩

니다. 어제는, 신줏단지를 청소하다가, 청소하는 김에, 요시다 님의 출세와 영달

을 빌었습니다. 생각해 보면 신기한 인연입니다. 다자이 님은, 1년 동안에, 원고

지 삼백 장, 그것도, 그냥 책상 위에 가지런히 놓아두고, 그 옆에 만년필, 언제 찾

아뵈어도, 원고지는 한 장도 줄어든 낌새가 보이질 않고, 하야카와 씨와 말없이 장

기, 아니면 낮잠, 저에게는, 제일 나쁜 손님이었지만, 그래도, 그 주변 작가에게

물건을 배달하고 돌아가는 길에는, 반드시 댁에 들러, 차 언어 마시며, 꼭 오실 거

라고, 남몰래 기대하곤 했습니다. 결코 남의 험담을 하지 않고, 남의 소식 말씀드

려도, 시시하다는 듯, 저희 장사에 대한 이야기에만, 열심히 귀 기울이셨습니다.

제 눈은 틀리지 않았습니다. 어제도 어느 유명 극작가 면전에서, 그 이야기를 자랑

삼아 한바탕 했는데, 대성공이었습니다. 꾸짖으셔도, 어쩔 수 없습니다. 이후, 결

코 다른 곳에서 이러쿵저러쿵하지 않을 터이니, 이번만, 너그럽게 용서해주십시

오。엉뚱한 곳에서 큰 실수를 했습니다。그나저나, 말씀하신 원고지, 이번 달 초 5백 장, 가져다드렸는데, 다시, 5백 장 주문에, 깜짝 놀랐습니다。천 장, 어젯밤에 보내드렸습니다。아무 말씀 마시고 받아주시길。첫 번째 소설집, 아직도 출판 단계에 이르지 않은 것입니까? 출판기념회에서, 제가, 〈쓰루카메〉를 부르며, 기쁜 마음의 만분의 일이라도 전해드리고 싶은데, 다만 후카누마 집안은, 제가 〈쓰루카메〉를 부르는 기념회에는, 오지 않을 겁니다。이런 상황에서는, 출판기념회도, 후카누마 집안이 참석하는 출판기념회, 그리고 후카누마 집안은 참석하지 않지만, 학과 거북이가 참석하는 출판기념회, 두 가지로 진행해야 한다고, 후카누마 집안에서 쑥덕대고 있다고 합니다。더구나, 이번에 〈영웅문학〉에 드디어 소설을 게재하게 되실 거라는 취지로 제가 이번 달 초에 전해드린 소식, 조금은, 도움이 되셨으리라 여기고, 이후로도, 빠짐없이 보고해 드리겠으며, 늘, 나잇값도 못하고 수선을 떨면서, 저 혼자 아는 척하는 서투른 문장, 무슨 뜻인지 저도 모르지만, 그러한 부분 잘 헤아려 판단해주십시오。섣달도 이제 하루 이틀, 장사꾼은, 엉덩이에 불이 붙은 심정입니다。새벽、세 시쯤。

다도코로 요시노리 드림。

* * * * *

다자이 오사무 귀하。

혜서 배견하였습니다。궁핍함의 정도、깊이 살폈나이다。이런 답장 드리기가 저로서도 유쾌하지 못하고、게다가 귀하께 어떻게 들리실지 아는 만큼、쓰기를 주저하고 있었던 바、이번 달은 저도 어리석은 짓을 저질러서 대단히、곤란한 상황입니다。따라서 도저히 도움 드릴 수 없사오니、언짢게 생각 마시고 양해 바랍니다。이것은 전적으로 사실입니다。기분 내키는 대로 흥정함이 절대로 아닙니다。귀하에 대한 성의 변함없음을、가능하면 믿어주십시오。창문 아래로、연말 대목 매출、유쾌한 웃음소리가、여기까지 떠들썩하게 들려옵니다。건강 유념하시기를 바랍니다。

호소노 데쓰지로 올림.

* * * * *

벌 받은 거야. 여자 하나를 죽이면서까지 작가가 되고 싶었나? 허우적거리고 발버둥치고, 작가로서 영광 얻더니, 꼴좋다, 마약에 중독된 버러지 한 마리. 설마 이리 되리라곤 생각도 못했을걸?

지옥에서.

어떤 여자가.

* * * * *

○월○일

다자이 오사무 선생님께.

다자이 님. 아마도, 이것은, 여성이 당신에게 쓰는 첫 편지일 것

안녕하십니까, 다자이 님. 아마도, 이것은, 여성이 당신에게 쓰는 첫 편지일 것

으로 생각합니다. 당신은, 여자라서, 남자는, 당신에게 상냥하게 대하고, 그렇지

만, 여자는 당신을 질투합니다. 일전에 친구 집에서, (저는 가구라자카에 있는 공

연장에서, 화로와 담요 파는 일을 합니다) 당신의 편지를 읽고, 매우 불쾌했습니

다. 그 친구는, 육촌이라고 해야 하나, 작은할아버지라고 해야 하나, 너무 복잡해

서 잘 모르겠는데, 아무튼, 분명히 혈연관계이고, 일본대학 야학에 다니고 있습니

다. 곧 전기 기사가 된다고 하는데, 이제 2년 있으면, 저는 이 친구한테 시집을

갑니다. 밤에는 대학교에 가고, 아침에는 게이오선[85]에 새로 생긴 작은 역의, 부역장

직함을 달고, 도시락을 들고 출근합니다. 부역장은 당신에게 일주일에 한 번씩, 친

형제에게도 말 못할 중요한 사항을 보고하고, 그리고, 4주에 한 번씩, 쓰레기 같

은 글씨가, 두세 줄 적힌 엽서를 받아, 어린애처럼, 앨범 같은 것에 붙여 놓고는, 오는 사람, 가는 사람에게, 무척이나 들떠서 보여주는데, 저는, 눈물이 글썽거릴 때도 있습니다. 가끔은 잠자리에 누워서도 들여다보는지, 그 앨범을, 이불 밑에 숨겨두고 있더군요. 일요일 아침, 제가 겐 씨를 깨우러 갔다가, 그 앨범을 발견했는데, 겐 씨는, 앨범을 들키자, 얼굴이 붉으락푸르락, 죽기 살기로 저한테서 낚아챘습니다. 저는 아주, 큰소리로 울었습니다. 정말 시시한 엽서입니다. 당신은, 독자의 눈을, 얕보면, 안 됩니다. 애독자입네 하면서 보내는 편지는, 남자가, 출세하지 못한 남자가, 필사적으로 쓰는 것이라 생각합니다. 작가는 인간이 아니니까, 인간의 성실함을 모릅니다. 앨범 속 당신의 엽서, 열일곱 장인데, 전부 약속이라도 한 듯, 이번에는 무슨무슨 잡지 몇 월 호에 몇 장 썼습니다. 이번에는 무슨무슨 제목으로, 몇백 페이지짜리 소설집을 냅니다, 더군요. 다른 말은, 해도 못 알아듣는 다, 그렇게 생각하시는 건가요? 겐 씨가, 소학교 때, 얼마나 공부를 잘 했는지 아십니까? 또 저도, 학업과 바느질만큼은, 남에게 져본 적이 없습니다. 앞으로, 엽

서는 사절입니다. 겐 씨가 가엾습니다. 대부분 뭔가 소설을 발표하기 대엿새 전에、

엽서를 쓰시더군요. 출간 인사 엽서를 쉰 장이나 보내신 겁니까? 저희 공연장 선

생님이、신작을 낭독하기 전에、변변치 못한 작품이라며、메밀국수나、초밥을 돌

리는데、초밥을 얻어먹고 나서、신작을 들으면、참 이상하지요. 아주 훌륭한 작품

으로 들립니다. 틀린 말、없지요? 겐 씨는、당신을 존경하는 게 아닙니다. 그렇

게 혼자 지레짐작하시다니、어처구니가 없습니다. 당신이 쓴 소설 어느 부분을、어

떤 말로、칭찬하는지、저는、겐 씨의 마음씨가 너무나 소중해서、레코드에 담아、

당신에게 보내고 싶습니다. 어떤 잡지에 글을 쓰시든、다른 팬이、얼마나 많으시

든、겐 씨는、전혀 개의치 않습니다. 그리고、겐 씨는、인간으로서도、당신보다 성

숙해서、당신 자신도 깨닫지 못한 부분을、세심하게 신경 써주고、그리고、당신을

감싸고 있습니다. 2년 후 저희 가정의 행복에 대해서 조금이라도 걱정을 해주신

다면、당신도、이제、겐 씨에게 그런 추레한 엽서 보내지 말아주세요. 항상、저희

다툼의 원인이 됩니다. 다행히도、당신에게、조금이나마 사람다운 마음이 있다면、

오늘 이후, 태도를 바꿔주시리라 확신합니다. 꿈에서라도 의심하지 않겠습니다.

분명히 말씀드리지만, 저는, 당신도, 당신의 소설도, 좋아하지 않습니다. 송충이가 우글거리는 초록 잎 아래를 지나가는 기분입니다. 한시라도 빨리, 이만 줄이겠습니다.

히라카와 다키 드림.

추신. 모르는 분께, 몰래 편지 쓰는 것, 분명, 평생 단 한 번뿐이겠지요. 허리띠 사이에 감춘 편지, 꺼냈다 넣었다 하며, 선 채로, 한참 고민했습니다.

*****

그렇게 돈이 필요하냐? 오늘 아침, 또다시, 신문 만물 안내란에, 틀림없이 너라고 생각되는 남자가, 틀림없이 나라고 생각되는 남자 앞으로 보낸, SOS를 발견하고, 말문이 막혔다. 이상하게도, 어제까지는 대단히 싱그러워 보이던 어떤 남자가, 돈 달라는 SOS를 보낸 뒤로는, 정내미가 뚝뚝 떨어져, 눈도 마주치기 싫어지는데, 어떻게 된 거냐? 너, 「주물럭주물럭퐁당, 감자먹고방귀뿡」 하고 정신병자 같은 주문을 정말로 외운 거야 뭐야? 그 주문을 읊을 때, 너, 어떤 표정을 지었냐? 자칭, 최고급, 최저급 양쪽에 속한 사상가라고 하는 녀석이, 돈 백 엔 때문에, 나처럼 주소도 신분도 불명확한 놈에게 고추를 내어주는, 그때의 표정이 궁금하니, 요다음에 에세이를, 어디든 잡지에 발표할 때 한 줄, 다른 독자는 몰라도 돼, 나 한 사람을 위해 백자 써줘.

X고, Y고 간에, 그보다 가장 중대한 사실, 백 엔, 여윳돈의 주인이, 그에게 고용된 작가, 다자이 오사무에게.

추신. 다자이 오사무 이 자식아. 아무도 모를 거라 생각했냐? 한심한 짓 그만 둬. 자중하길 바란다.

* * * * *

323

○월 ○일

다자이 씨. 저도 하루 이틀 밤이 지나면 스물다섯 살. 저는, 스물다섯부터 소설을 써서, 서른에는 팔리는 작가가 되고, 그리고, 집안 재산을 조금 물려받고, 그런 다음 근시가 있는 고향의 약혼자와 결혼하겠습니다. 먼저 남자아이, 다음 여자아이, 그리고 남, 남, 남, 여. 이런 순서로 아이를 낳을 건데, 넷째가 감기가 악화되어 폐렴에 걸려, 다섯 살 때 죽고, 그 후로 폭삭 늙지만, 그래도, 1년에 두 편씩, 알찬 소설을 쓰다가, 쉰셋에 죽겠습니다. 제 아버지도, 쉰셋에 돌아가셔서, 모두들 아버지를 칭찬했습니다. 죽기 딱 좋은 나이지요. 전부터 이야기했던 〈영웅문학〉에서 주문한 소설, 완성하여, 잡지사에 보내셨다니, 벌써부터 작품에 대한 기대로, 가슴이 벅차오릅니다. 분명 걸작이겠지요.

* * * * *

인사 생략. 소설 완성했다고. 무척 기쁘네. 손바닥 찢어질 듯 박수갈채를 받으며

또 우리 동업자들 생활을 위협하려는 속셈인가? 축하하네. 〈영웅문학〉 쪽으로

보냈다니, 좀 더 원고료가 적절한 곳에 보냈더라면 좋았을 텐데. 그러나, 뭐, 섣달

그믐에, 설까지 있으니, 백 엔 정도 손해 봐도 괜찮으니까, 하루라도 빨리 현금 쥐

고 싶은 심정. 그건, 우리 역사물 작가나, 자네들, 순문학 작가나 다름없는 모양이

군. 좋은 새봄 오기를.

가야노 뎃페 씀.

* * * * *

○월○일

다자이 오사무 님께.

일전에, (23일) 어머님 분부로, 새해 떡과 소금에 절인 생선, 한 꾸러미, 오이 한 꾸러미 보내드린 바, 편지에 의하면, 오이가 도착하지 않았다 하시니, 수고스럽겠지만 귀하 계신 곳 정차장을 찾아보시고 삼가 답장 바랍니다. 이상은 사모님께 전해주십시오. 이하, 두세 마디만 더. 저는, 새해가 되면 28년째, 열여섯 가을부터 마흔넷 지금까지, 쓰시마 집안을 드나드는 가난한 상인으로, 전혀 배운 것 없고, 무례하고 외람되오나 분별 있는 고언, 지금은 미뤄야 할 때가 아니라 생각하여, 한안으로 평복한 채, 귀에 거슬리는 말씀 올림을, 잠시, 용서해주시기 바랍니다. 소문에 의하면, 요즘 또다시, 돈 빌리는 못된 버릇 싹이 터서, 일면식 없는 인사들에게까지, 돈 요구, 게다가 개처럼 애걸복걸, 덤으로 절교까지 당하고도, 태연하여 부끄러워하지도 않고, 돈 빌리는 게 어디가 나쁜가, 약속한 대로 훗날 반환하면, 상대편에게도, 폐 끼치는 일 아니고, 이쪽 또한 한목숨 건지는 셈인데, 어디가 나쁜가, 하고 또 일전에도, 그 일 때문에 사모님께 화로를 집어 던져, 유리문 두 장 파손되었다는, 이야기, 절반만 사실일지라도 남몰래 흐르는 눈물 멈출 재간

327

이 없습니다. 귀족원의 원, 이등훈장 가문, 당신네 문학가들에게는 아무런 자랑할 만한 두서가 없는, 케케묵은 것에 불과하다는 사실은 알지만, 아버님 돌아가신 후 천지에 홀로되신 어머님을 생각하시어, 제 낯을 세워주셨으면 합니다. 「나 한 사람을 나쁜 놈으로 만들어 의절하고 제적하여, 고향에서 추방된 현재, 끝내 나만을 나쁘게 매도하고, 그로 인해 사방팔방 원만하고 평온해진 상황」 같은 말씀, 유감스럽습니다. 머지않아, 이름이 높아지고 집안이 정리되고 난 후에는, 형님과 누님 얼굴, 어찌 보시려고 무슨 악담을 그리 하십니까. 그러한 곡해, 쓸데없다 생각합니다. 일전에도, 야마키타 님께 시집간 기쿠코 누님께서도, 진정으로 한탄하시면서, 연극일지언정, 마사오카 역할을 맡는다 해도, 미운 사람이라면, 설령 남편이라도, 그토록 정성껏 보살피지는 않았을 텐데, 저만이 아니라, 기쿠코 누님께서도, 귀하의 뒷바라지를 위해, 시댁 분들 얼굴 보기 곤란할 것을 알면서도, 무리해서 봉사하셨으니, 오늘을 끝으로 다른 사람에게 돈 요구는 반드시 단념하시고, 부득이한 경우, 저희 쪽으로 기별 부탁드리며, 참을 수 있는 한 참아주십사 부탁드립니다. 이

일 형님 귀에 들어가게 되면 소생 난처하오니, 이번의 경우 일단 소생이 대신 갚아

드리는 것으로 하고, 이 점 마음에 품어두시길 부탁드립니다. 거듭 말씀드리지만,

저 역시, 싫은 분께는, 이러쿵저러쿵 성가시게 말씀드리지 않습니다, 이 점 양해하

시어, 요양에 힘쓰시고, 자중 바랍니다.

아오모리 현 가나기마치.

야마가타 소타 드림.

추신. 끝으로, 올 한 해 순조롭게 마무리하시길 기원합니다.

* * * * *

설날

謹賀新年。獻春。 근하신년。 헌춘。 새해 복 많이 받으십시오。 새해 축하。 頌春獻壽。獻春。 송춘헌수。 헌춘。

謹賀新年。獻春。 근하신년。 헌춘。 인사 생략。 방금 원고 받음。 뭔가 잘못 아신 듯。 당사에서 원고 부탁한 기억 없

어, 받지 않고 일단, 별첨 봉투로 반송하오니, 받아주시기 바람.

〈영웅문학〉 편집부 R 드림。

謹賀新春 근하신춘。 賀正 하정。 頌春 송춘。 謹賀新年 근하신년。 謹賀新年 근하신년。 謹賀新年 근하신년。 賀春 하춘。 새해

복 많이 받으십시오。 신년 기쁨의 말씀 바칩니다。 賀春 하춘。 근하신년。 頌春 송춘。 하춘。 頌

春獻壽 춘헌수。

(1936년)

≪학생 시절의 다자이 오사무(왼쪽)≫

1 제일고등학교. 메이지 정부가 세운 고등학교로 졸업과 동시에 도쿄제국대학으로 진학하는 특전이 있었기 때문에 귀족, 관료, 정치인, 기업가 자녀들의 엘리트 코스로 각광을 받았다. 훗날 도쿄제국대학교로 흡수된다.

2 가브리엘 단눈치오. 이탈리아의 데카당스 문학의 대표 시인이자 소설가, 극작가로 정치 활동도 활발히 했다. 가루다 호반에서 살다가 그곳에서 사망하였다.

3 사이토 료쿠. 일본의 작가, 비평가. 대표작 〈기름지옥〉〈숨바꼭질〉. 폐결핵으로 사망했다.

4 일본 정부는 제국주의, 군국주의 이념에 반대하는 문학, 신문, 잡지, 영화 등 예술 전 분야에 걸쳐 검열을 자행했다.

5 das Mann. 독일 철학자 하이데거가 한 말로 보통 사람, 평균적 인간을 뜻하며 주체를 상실하고 통제되는 경향이 강하고 수동적이며 항상 어중간한 태도를 취한다.

6 「다스 만」에서 다스(일본어로 「꺼내다」)와 데루(일본어로 「나오다」)를 이용한 말장난.

7 「다스」에서 다스(일본어로 「더하다」)를 이용한 말장난.

8 샤를 피에르 보들레르. 프랑스의 상징주의 시인, 문학 평론가. 대표작 〈악의 꽃〉은 공중도덕과 종교 정신에 위배된다는 이유로 재판에서 유죄가 선고되었다.

9 일본식 방 상석에 바닥을 한 단 높여 족자, 꽃 등을 놓아두는 장식단. 귀한 손님이나 집 주인이 도 코노마를 등지고 앉게 된다.

10 일본 메이지, 다이쇼 시대 그리스도교를 대표하는 종교사상가. 종교는 믿되 교회에는 가지 않는 무교회주의 창시자.

11 일본의 작가, 미술평론가. 또한 우익 사상가로 조선이 일본의 영토였다는 정한론자였다.

12 일본의 철학자, 시인으로 도쿄제국대학 최초의 일본인 서양철학 교수가 되었다.

13 사형장에 끌려가는 죄수가 태연한 척 허세를 부리기 위해 부르는 콧노래.

14 제대로 써먹지 못함을 비유한 속담.

15 일본의 극작가 겸 수필가, 평론가. 대표작은 종교적 주제를 다룬 희곡 〈출가와 그 제자〉.

16 일본의 극작가 겸 수필가, 정치가. 대표작 〈여자의 일생〉〈길가의 돌〉.

17 19세기 말에 출현한 일본의 신흥종교. 세계는 하나이며 모든 신은 이름만 다를 뿐 결국 하나라는 교리를 가지고 있다.

18 일본의 승려 다이토 국사의 시 『천개 봉우리에 비 그치니 이슬 차갑게 빛나네』에 승려이자 시인 하쿠인 선사가 『그대 두 눈으로 풍경을 보라, 말이 없으니 근심도 없구나』를 덧붙였다. 하지만 여기

19 ▶치바현의 마을. 고향 아오모리를 떠나 도쿄를 전전하던 다자이는 맹장염과 복막염으로 인해 진통

서는 看(간→보라)를 不看(불간→보지 말라)로 살짝 바꿨다.

제 파비날에 중독되어 요양차 후나바시로 이사했다.

20 ▶시마자키 도손. 일본의 낭만주의 시인이자 자연주의 소설가. 대표작 〈파계〉.

21 ▶에도시대에 승려 모습을 하고 쇼군과 다이묘를 모시는 직책을 가졌으며 부정한 방법으로 재산을

모으고 여자를 탐하다 발각되어 체포되었다. 탐관오리의 표본이 되어 가부키 등의 소재가 되었다.

22 ▶5-7-5、총 17글자로 구성된 일본의 전통 시가. 하이쿠는 계절의 정취를 소재로 하고 정형성이

강한 반면 센류는 좀 더 자유로운 소재와 형식을 가진다.

23 ▶일본의 전통 가면극 노(能)에 쓰이는 가면.

24 ▶우의나 풍자를 담은 우스개 만화.

25 ▶일본의 소설가. 대표작 〈진주부인〉. 문예지 〈문예춘추〉를 창간하고 최고 권위의 문학상인 아쿠타

가와 상、나오키 상을 제정한 인물.

26 ▶마쓰오 바쇼. 일본의 하이쿠 시인. 전국을 방랑하며 하이쿠를 지었다. 일본 전통시가 하이쿠는

5-7-5、총 17글자로 이루어진 정형시로 자연의 정취를 소재로 다룬다. 대표작 『오랜 연못에、

개구리 뛰어들어 물 튀는 소리.』

27 ↓ 백 명이 시 한 수씩을 모아 만든 시집 백인일수 중 67번째 시로 헤이안 시대의 시인 스오노 나이시가 썼다. 『봄 밤 꿈처럼 잠시 해주신 팔베개인데, 헛되이 소문 떠돌면 억울하지 않을까 하네.』

28 ↓ 한 청년이 덫에 걸린 흰 여우를 구해주자 여우는 "구즈노하"라는 여자로 둔갑하여 사냥꾼과 결혼한다. 둘 사이에 태어난 아들(음양사 아베노 세이메이)는 요괴의 신통력을 물려받아 어머니가 사람으로 둔갑한 여우임을 알아챘고, 이에 구즈노하는 다시 숲으로 돌아간다.

29 ↓ 운수가 사납고 재난이 많은 해. 남자는 25、42、61세. 여자는 19、33、37세.

30 ↓ 사도 섬(니가타현)에 전해지는 남녀의 애정 이야기. 고기를 잡으러 사도 섬에 온 어부 고사쿠는 바다가 거칠어지자 돌아가지 못하고 섬에 잠시 머물게 되는데 섬 처녀 오미쓰와 사랑에 빠진다. 그러다 바다가 잠잠해지자 다시 육지로 돌아간 고사쿠. 사실 그에게는 처자식이 있었다. 그 후로 고사쿠를 향한 그리움을 견디지 못한 오미쓰는 배를 타고 육지로 갔고 어느 바닷가 신사에서 밀회를 즐겼다. 하지만 매일 밤 바다를 건너오는 오미쓰가 부담이 되었던 고사쿠는 등대 역할을 하던 신사의 등불을 꺼버렸고 오미쓰는 바다에서 길을 잃고 헤매다 며칠 후 시신으로 발견된다.

31 ↓ 샤미센 반주에 따라 이야기를 노래와 말로 전달하는 일본의 전통 창.

335

32 ↓ 가마쿠라를 대표하는 에노시마 인근 해변.

33 ↓ 무사와 전쟁의 신 하치만을 모신 신사. 여기서는 가마쿠라의 쓰루가오카 하치만궁을 말한다.

34 ↓ 폴 마리 베를렌. 프랑스의 시인. 랭보의 연인으로 알려져 있다.

35 ↓ 미우라 반도 끝의 작은 섬.

36 ↓ 수행을 통해 생사를 초월하여 일체의 번뇌를 끊고 깨달음을 얻어 불교의 수행을 완성한 자.

37 ↓ 신쥬쿠에서 영업했던 고급 레스토랑으로 문인들이 많이 찾았다. 본점은 긴자.

38 ↓ 운향과 귤속의 과일. 레몬을 닮았지만 과육이 적고 맛이 쓴 대신 두꺼운 껍질이 향긋하다.

39 ↓ 도쿄제국대학교(현재 도쿄대학교) 정문 앞 사거리와 골목 일대.

40 ↓ 박테리아에 의해 발생하는 전염성 눈병으로 눈꺼풀의 안쪽 표면이 거칠어진다.

41 ↓ 코뼈나 등뼈가 휘는 병.

42 ↓ 급성 호흡기 감염 질환. 인후통과 열을 동반한다.

43 ↓ 피가 섞인 설사를 일으키는 전염병.

44 ↓ 농민 출신이지만 뛰어난 검술 덕분에 무장으로 발탁된 인물로 가부키나 소설 등 문학 작품 속에서는 신분이 높은 사무라이보다 강하게 묘사되어 서민들에게 인기가 높았다.

336

45 ↓일본의 여행 수필가. 일본의 군국주의를 비판하였다.

46 ↓일본의 신문기자, 역사가, 정치가. 동남아를 시찰하고 남진론을 펼쳤다.

47 ↓예술이나 학문을 직업이 아닌 취미로 하는 사람을 이르는 말.

48 ↓여러 사람의 육필 원고를 모아 한 권의 책으로 엮어서 돌려가면서 보는 일종의 동인지.

49 ↓형식주의. 미문적 포르말리즘은 내용보다 아름다운 미사여구를 중시하는 것을 말한다.

50 ↓메이지 시대를 대표하는 시인 마사오카 시키의 유고 시집. 시키는 35세에 결핵으로 사망했다.

51 ↓기타하라 하쿠슈. 일본의 시인. 동요 작가. 아동잡지 〈붉은 새〉에서 동요 부분 편집을 맡았다.

52 ↓1928년 3월 15일 일본 정부가 사회주의자와 공산주의자를 탄압한 사건으로 1568명을 검거하여 483명이 기소되었다.

53 ↓학교 내에서 마르크스, 레닌의 사상을 연구하는 좌익 성향 학생들의 모임.

54 ↓일본 공산당 중앙위원들이 내부 스파이를 색출한다며 다른 위원을 고문하여 살해한 뒤 암매장한 사건으로 일본 공산당이 완전히 붕괴되는 시초가 되었다.

55 ↓헤르미니아 추어 뮐렌. 독일의 프롤레타리아 성향의 동화 작가.

56 ↓일본의 소설가. 요코미츠 리이치, 가와바타 야스나리와 함께 동인잡지 〈문예시대〉를 창간하여 창

작과 평론 외에, 번역에도 힘을 쏟았다. 좌익 프롤레타리아 작가로 활동하다 투옥되었으나 옥중에서 전향하여 대중소설 집필에 집중했다.

57 ▼ 도쿄 분쿄구에 위치한 고지대. 세키 닷치가 살던 곳.

58 ▼ 일본의 불교학자, 작가.

59 ▼ 레프 셰스토프. 절망의 철학으로 유명한 러시아의 철학자 겸 비평가. 절망의 경험이 모든 것의 시작이며 인생의 문제는 이성적으로 해결할 수 없으며, 어떤 정해진 규칙도 없음을 주장하였다.

60 ▼ 안톤 체호프. 러시아의 소설가, 극작가, 의사. 단편에 뛰어났으며 다자이도 체호프에게 많은 영향을 받았다. 대표작 〈개를 데리고 있는 여인〉〈갈매기〉〈세 자매〉〈벚꽃 동산〉.

61 ▼ 헤이안 시대 궁녀, 시인. 일본 최초의 소설이라 평가되는 〈겐지모노가타리〉를 썼다.

62 ▼ 헤이안 시대 여성 작가. 일본 최초의 수필집이라 평가되는 〈마쿠라노소시〉를 썼다.

63 ▼ 헤이안 시대 승려 교카이가 편찬한 것으로 보이는 일본 최초의 불교 설화집.

64 ▼ 시가 적힌 카드를 늘어놓고 진행자가 시의 첫 구절을 읽으면 다음 구절이 적힌 카드를 상대방보다 빠르게 집어 내는 놀이. 주로 정월에 많이 행해진다.

65 ▼ 〈금색야차〉로 유명한 일본 작가 오자키 고요를 말한다. 환상문학으로 유명한 작가 이즈미 교카는

그의 문하생 사인방 중 하나였다.

66 ↓ 비사리온 그리고리예비치 벨린스키. 러시아 최고의 문학 평론가. 도스토옙스키의 소설을 극찬하여 유명하게 만들었다.

67 ↓ 일본의 소설가. 신문연재소설 〈인생극장〉이 히트하여 인기 작가가 되었다.

68 ↓ 일본의 소설가 기쿠치 간의 제자. 신감각파 소설의 신으로 추앙받고 있다. 대표작 〈파리〉〈기계〉.

69 ↓ 일본의 작가, 평론가. 도쿄제국대학교에서 불문학을 공부했다. 가와바타 야스나리와 함께 문학잡지 〈문학계〉를 창간하여 편집자로 일했다.

70 ↓ 스웨덴 감독 빅터 셰스트룀의 걸작 무성영화. 아내의 배신으로 부와 명예를 빼앗긴 남자는 광대가 되어 뺨 맞는 쇼를 하여 유명해진다. 자신에게서 아내와 명예를 빼앗아간 원수가 쇼를 보러 오자 복수한다는 내용.

71 ↓ 본명 쓰루야 난보쿠. 난보쿠(南北)는 대를 이어 전해지는 가부키, 교겐 작가 이름으로 5대째까지 이어지는데 오오난보쿠(大南北)는 그중 가장 뛰어난 4대째를 가리킨다. 피 튀기는 잔인한 장면, 선정적 묘사가 특징이며 대규모 무대장치를 사용한 화려한 무대로 서민들의 사랑을 받았다. 대표작은 〈덴지쿠 도쿠베 이국 이야기〉〈요쓰야 괴담〉 등이 있다.

72 ↓ 일본의 시인, 소설가, 영화평론가. 도쿄제국대학교에서 프랑스법을 공부했다.

73 ↓ 프로스페르 메리메. 프랑스의 소설가, 역사가. 대표작 〈카르멘〉.

74 ↓ 노벨문학상을 수상한 프랑스의 고전주의 소설가, 비평가. 다자이의 우상 아쿠타가와 류노스케가 존경했던 인물.

75 ↓ 샤를 피에르 보들레르. 프랑스의 상징주의 시인, 문학평론가. 대표작 〈악의 꽃〉은 공중도덕과 종교 정신에 위배된다는 이유로 재판에서 유죄가 선고되었다.

76 ↓ 에드거 앨런 포. 미국의 작가이자 낭만주의 시인으로 추리소설 장르를 개척한 인물. 대표작 〈애너벨리〉〈까마귀〉〈검은 고양이〉〈유레카〉〈모르그 가 살인 사건〉.

77 ↓ 스웨덴의 극작가 아우구스트 스트린드베리의 3부작 희곡. 타락한 주인공이 욕망과 무신론의 지옥을 헤매다가 회개한다는 내용이다. 「다마스쿠스 가는 길」은 사도 바울이 그리스도를 믿는 자들을 탄압하던 중 다마스쿠스를 여행하다가 그리스도를 만나고 그를 믿게 된 일화에서 나온 말로 행실이 나쁜 사람이 어떤 일을 계기로 갑자기 달라지는 순간을 뜻한다.

78 ↓ 기요히메가 잘 생긴 승려 안친에게 반해 구애했으나 안친은 이를 물리치고 떠나버린다. 증오심에 불타 불 뿜는 뱀의 모습으로 둔갑한 기요히메는 안친을 쫓아가 그를 태워 죽이고 자살한다.

79 ▼천 가지 보라색과 만 가지 붉은 색(울긋불긋 만발한 꽃), 백 가지 표정과 억 가지 태도(그 꽃마다 모양과 자태가 모두 다르다).

80 ▼악독한 죄인을 지옥으로 데려간다는 불타는 수레. 매우 가난한 형편을 의미하기도 한다.

81 ▼일본의 사상가, 작가, 번역가. 허무주의를 바탕으로 한 일본 다다이즘의 중심인물.

82 ▼막스 슈티르너. 독일의 철학자. 허무주의, 실존주의, 포스트모더니즘, 개인주의적 무정부주의에 영향을 끼친 인물.

83 ▼일본의 여성운동가, 페미니스트.

84 ▼일본 전통극 노(能) 작품 중 하나로 장수를 기원하는 노래. 학(쓰루)과 거북(카메)이 등장한다.

85 ▼도쿄와 하치오지를 연결하는 철도 노선.

86 ▼유명 가부키 〈메이보쿠 센다이하기〉의 등장인물. 센다이 영주 일가의 유모 마사오카는 자신의 아이를 희생시켜 침입자로부터 영주의 아이를 구해낸다.

다
스
·
게
마
이
네

≪1935년 유가와라 온천에서 친구들과 함께≫
단 가즈오, 다자이 오사무, 야마기시 가이시, 고다테 젠시로

【 편집자의 말 】

아무튼, 여차저차 진통제에 중독된 다자이는 번잡한 도쿄를 떠나 새로 마련한 후

나바시의 보금자리에서, 친구들과 편지 주고받고 요양하면서 입원 치료까지 받았

습니다. 그러나 상태는 좀처럼 호전되지 않았습니다. 게다가 제3회 아쿠타가와

상마저 받을 수 없게 되자 약물 의존증은 더욱 심해졌지요. 1936년, 다자이는

자력으로 약을 끊을 수 없는 지경에 이르러 결국 친구들의 손에 이끌려 정신병원에

들어갔고, 스스로에게 인간 실격을 선언합니다. 그리고 꼬박 한 달을 입원하고 나

서야 겨우 집으로 돌아올 수 있었습니다.

그러나 숨 돌릴 새도 없이, 아내 오야마 하쓰요가 가까운 친척이자 절친한 친구

였던 미술학도 고다테 젠시로와 간통하고 있었다는 사실을 알게 됩니다. 충격을 받

은 그는 다시 한번 절망하고, 하쓰요와 함께 음독자살을 기도하지만 이번에도 역시나 실패. 그길로 두 사람은 헤어지고 맙니다. 그리고 1937년, 살아야 하고 살아내야 하기 때문에, 심기일전, 어두운 터널을 지나는 동안 써온 원고를 모아 소설집 『허구의 방황』을 출간합니다.

지금까지 읽으신 「어릿광대의 꽃」 「교겐의 신」 「허구의 봄」 세 편을 『허구 3부작』이라고 합니다. 다자이가 가장 힘들었던 시기의 방황을 묘사한 작품이지요. 거기에, 마지막 작품 「다스·게마이네」가 더해지니, 그야말로 『파멸 4부작』.

「다스·게마이네」라는 제목은 「천박함」 또는 「평범함」이라는 의미를 가진 독일어 『das Gemeine』에서 유래했습니다. 도쿄제국대학교 철학 교수였던 라파엘 쾨베르가 독일 철학자 프리드리히 실러에 대한 책을 읽고 『우리는 좀처럼 「다스게마이네」의 늪에서 발을 뺄 수 없다』라고 했던 말이 언제나 머릿속에 맴돌아 제목으로 정했다고 합니다.

345

다자이 작품 속 등장인물은 자기 자신과 주변 사람의 외모나 성격을 그대로 가져온 경우가 많습니다. 「다스・게마이네」에 등장하는 네 명도 예외는 아닌데요, 먼저, 주인공 『사노지로』는 당연히 다자이 자신입니다. 제국대학교 불문과에 다니지만 졸업을 못 하고 있지요. 그 다음, 특이한 외모를 가진 음악학도 『바바』의 외모는 친구 야마기시 가이시. 셋째, 매끈하게 생긴 아담한 미술학도 『사타케』는 친척 고다테 젠시로 (맞습니다, 다자이의 아내 하쓰요와 불륜 관계였던) 입니다. 그리고 마지막 한 사람, 괴팍한 소설가 『다자이 오사무』가 악역으로 등장합니다. 앞 페이지의 사진을 보세요.

사노지로, 아니 요조, 아니 다자이 오사무는, 그토록 바라던 것, 잡지, 아쿠타가와 상, 그리고 사랑하는 사람, 그 모든 것을 잃은 후, 과연 어떤 생각을 했을까요? 어쩌면 우리의 청춘 영화일 수도 있는 이야기, 지금 시작합니다. 라이트, 카메라, 액션!

≪도쿄제국대학교에 입학한 다자이 오사무(가운데)≫
1930년 고향 친구와 함께

다스 • 게마이네

一. 환등1

당시, 내게는 하루하루가 만년(晩年)이었다.

사랑을 했다. 그런 적은, 정말 처음이었다. 그보다 이전에는, 내 왼쪽 옆얼굴을 보여주며, 호감을 사려 애를 태우다가, 상대가 단 1분이라도 망설인다 싶으면, 금세 나는 뜻하지 않은 상황에 당황하기 시작하고, 질풍과도 같이 도망쳐 숨었다. 하지만 나는, 그 무렵 모든 면에서 칠칠치 못했고, 거의 내 몸에 늘러붙어 버렸다고 생각했던 그 현명한 자세, 상처를 적게 받는 자세조차 계속 유지하지 못해, 말하자

면 손놓고, 하염없이 사랑을 했다. 좋아하니까 어쩔 수 없다고 쉰 목소리로 중얼대

는 것이, 내 사상의 전부였다. 스물다섯. 나는 지금 태어났다. 살아,

낸다. 나는 진심이다. 좋아하니까 어쩔 수 없다. 그렇다고는 해도 나는, 처음부터

환영받지 못했던 것 같다. 억지 동반자살이라는 케케묵은 개념을, 슬슬 몸으로 깨

우치려던 참에, 나는 호되게 퇴짜를 맞았고, 그리고 그것이 마지막이었다. 상대는

어디론가 사라져버렸다.

친구들이 나를 부르기를 「사노 지로자에몬」[2], 혹은 줄여서 「사노지로」. 옛날

사람 이름이다.

『사노지로……. 그나마, 다행이다. 그런 이름 덕분에, 니 꼬락서니도 그럭저럭

봐줄 만하잖아. 차여도 봐줄 만하다는 건, 처음부터 어리광만 부렸다는 증거 아닌

가……. 뭐, 마음은 놀이네.』

바바가 했던 그 말을 나는 잊을 수 없다. 그런데, 나를 사노지로 어쩌구 부르기

시작한 것은, 분명 바바였다. 나는 바바와 우에노공원 안에 있는 감주집[3]에서 처음

만났다. 기요미즈데라[4] 바로 근처에 빨간 양탄자를 깐 평상을 두 개를 나란히 놓은

자그마한 감주집에서 친구가 되었다.

내가 강의 사이사이 대학교 뒷문으로 나가 공원으로 어슬렁어슬렁 걸어서, 그 감

주집에 종종 들렀던 까닭은, 그 가게에 열일곱 살짜리, 기쿠라는 아담하고 영리해

보이는, 눈이 맑고 깨끗한 여자아이가 있었는데, 그 모습이 내 사랑의 상대와 둘도

없이 닮았기 때문이다. 내 사랑의 상대라는 여자는 만나려면 돈이 좀 드는 편이라,

난 돈이 없으면, 그 감주집 평상에 걸터앉아, 감주 한 잔을 처언천히 홀짝거리면서

내 사랑의 상대 대신 그 기쿠라는 여자아이를 바라보며 마음을 달래곤 했다.

올해 이른 봄, 나는 이 감주집에서 이상한 남자를 만났다. 그날은 토요일, 아침

부터 화창했다. 나는 프랑스 서정시 강의를 다 듣고, 정오 무렵, 「매화는 피었느

냐 앵두꽃은 아직이냐.」 방금 전 배운 프랑스 서정시와는 전혀 다른 이러한 비학문

적 유행가 가사에, 제멋대로 가락을 붙여 자꾸만 흥얼거리면서, 그 감주집을 찾아

갔다. 그때 이미, 먼저 온 손님이 하나 있었다. 나는 놀랐다. 손님의 외모가, 아무

래도 뭔가 기이해 보였기 때문이다. 몹시 깡마른 듯했지만 키는 평범했고, 입고 있

는 옷도 흔한 까만색 서지 양복이었는데, 그 위에 걸친 외투가 무엇보다 괴상했다.

저런 모양을 뭐라고 하는지 나는 알지 못하지만, 잠깐 본 인상을 말하자면, 실러의 5

외투다. 벨벳에다 단추는 터무니없이 많고, 색깔이 근사한 은회색인데, 말도 못하

게 헐렁헐렁했다. 그 다음으로는 얼굴이다. 이것도 잠깐 본 인상을 말하자면, 슈베

르트로 둔갑하려다 실패한 여우다. 신기할 정도로 두드러진 마빡, 작은 금테 안경,

엄청난 곱슬머리, 뾰족한 턱, 자라는 대로 내버려둔 수염. 피부는, 요란한 표현을

쓰자면, 꾀꼬리 깃털처럼 지저분하게 푸르뎅뎅한데, 전혀 광택이 없었다. 그 남자

가 붉은 양탄자 깔린 평상 한가운데 가부좌를 틀고 앉아 만사 귀찮다는 듯 커다란

사발에 담긴 감주를 홀짝거리면서, 아아, 한쪽 손을 들어 나에게 이리 온 이리 온

손짓을 하는 게 아닌가! 뜸을 오래 들이면 들일수록 이거 왠지 점점 일이 께름직

해질 것 같은데, 하는 그런 직감이 들어, 나 자신도 무슨 의미인지 모를 미소를 억

지로 지으면서, 그 남자가 앉아 있는 평상 끄트머리에 걸터앉았다.

『오늘 아침, 아주 딱딱한 말린 오징어를 먹어서』일부러 내리깔아 쩌부러트렸는지 낮고 갈라진 목소리였다. 『오른쪽 어금니가 아파 죽겠습니다. 치통만큼 지긋지긋한 것도 없네요. 아스피린을 잔뜩 먹으면, 싹 낫겠지만. 어라? 그쪽을 부른 게 나였나요? 이거 실례. 나는요,』 내 얼굴을 흘끔 쳐다보고서, 입아귀에 살짝 웃음을 머금더니, 『사람을 못 알아보겠어. 장님이지. ……그건 아니고. 난 평범해. 겉모습만 이렇지. 내 나쁜 버릇이라서 말이야. 처음 본 사람한테는, 좀 이렇게, 어딘가 색다르게 보이고 싶어서 미치겠거든. 자승자박이라는 말도 있잖아. 더럽게 고리타분하군. 안 되겠다. 병이라서요. 그쪽은, 문과인가? 올해 졸업이지요?』

나는 대답했다.

『아뇨. 1년 더 남았습니다. 그게, 한 번 낙제를 해가지구.』

『허허, 예술가시구만.』

웃음기도 없이, 차분하게 감주를 한 모금 후룩 마셨다.

『나는 저기 음악학교에 이래저래 8년째요. 좀체 졸업을 할 수가 없네. 아직 한

번도 시험이라는 걸 보러 가질 않았거든. 사람이 사람의 능력을 시험한다는 건, 말

이야, 중대한 무례니까 말이야.』

『맛습니다.』

『그냥 해본 말이야. 결국은 머리가 나쁜 거라구. 나는 가끔 여기에 이렇게 버티

고 앉아서 눈앞을 줄줄이 걸어가는 사람들의 물결을 바라보는데, 처음에는 참을 수

가 없었어. 이렇게 사람이 많은데, 아무도 나를 모른다, 나한테 관심도 없다, 그렇

게 생각하니, ……아니, 그렇게 열심히 맞장구 안 쳐도 돼. 애초에 자네 심정을 말

하고 있는 거니까. 그렇지만 지금의 나라면, 그런 일쯤 아무렇지도 않아. 오히려

쾌감을 느끼지. 베개 밑으로 맑은 샘물이 졸졸 흘러가는 것 같잖아. 포기가 아니

야. 왕이 누리는 기쁨이지.』

쭈욱 감주를 들이켜고 나서, 불쑥 사발을 내 쪽으로 내밀었다.

『이 사발에 쓰여 있는 글자, ……백마교불행[6], 백마가 교만하여 가지를 않네.

말하지 말 걸 그랬나? 쑥스러워 죽겠군. 자네에게 양보하지. 내가 아사쿠사 골동

품 가게에서 비싼 돈 주고 사서、 이 가게에 맡겨 놓은 거야。 특별히 내 전용 사발로

말이야。 난 자네 얼굴이 좋아。 눈동자 색이 깊어。 늘 가지고 싶던 눈인데。 내가 죽

으면、 자네가 이 사발을 써。 난 내일쯤 죽을지도 모르니까。』

그날 이후、 우리는 그 감주집에서 꽤나 자주 만났다。 바바는 좀처럼 죽지 않았

던 것이다。 죽지 않았을 뿐이랴、 약간 살도 쪘다。 검푸른 두 뺨이 복숭아처럼 부루

퉁하게 부풀었다。 바바는 그걸 술살이라면서、 이렇게 몸이 뚱뚱해지면、 정말 위험

해、 하고 작은 소리로 덧붙였다。 나는 날이 갈수록 바바와 사이가 좋아졌다。 어째

서 나는、 이런 남자에게서 도망치지 않고、 오히려 친밀해졌을까? 바바의 천재성

를 믿었기 때문일까? 작년 늦가을、 요제트 시게티라는 부다페스트 출신 바이올린

의 명수가 일본에 와서、 히비야 공회당에서 세 번 정도 연주회를 열었는데、 세 번

모두 전혀 인기가 없었다。 홀로 고상 군은 절개、 마흔 살의 천재는、 화가 치밀어、

〈도쿄 아사히신문〉에 짧은 글을 보내、 일본인 귀는 당나귀 귀、 라고 심한 욕을 했

는데, 일본 청중을 향한 그 악담 뒤에, 떡하니, 『단 한 명의 청년만 빼고』라는 한 구절이 시의 후렴처럼 괄호로 묶여 있었다. 대체, 한 명의 청년이란 누구를 말하는 것인지 당시 음악계에서 쑥덕쑥덕 논의를 했다고 하는데, 그게, 바바였다. 바바는 요제프 시게티와 만나 이야기를 나누었다. 히비야 공회당에서 세 번째 모욕적인 연주회를 마친 밤, 바바는 긴자에 있는 한 유명한 비어홀 안쪽 구석 화분 뒤에서, 시게티의 붉고 커다란 대머리를 발견했다. 바바는 주저하지 않고, 화답을 받지 못한 세계적인 명수가 짐짓 아무렇지도 않은 척 옅은 웃음을 지으며 맥주를 홀짝홀짝 마시고 있는 그 바로 옆 테이블에, 성큼성큼 다가가 앉았다. 그날 밤, 바바와 시게티는 공명을 시작하여, 긴자 1번가부터 8번가까지 괜찮아 보이는 카페를 한 집 한 집, 차근차근 돌며 마셨다. 계산은 요제프 시게티가 했다. 시게티는, 술을 마셔도 매너가 좋았다. 검은 나비넥타이를 단단히 조여 매고 있었고, 여종업원한테는 끝끝내 손끝 하나 대지 않았다. 이성과 지혜로 다듬어진 상태의 예술이 아니라면 흥미 없습니다. 문학 쪽에서는 앙드레 지드와 토마스 만을 좋아합니다,

라고 말하고서 허전한 듯 오른손 엄지손톱을 깨물었다. 「지드」를 「치트」라고 발음했다. 날이 환하게 밝았을 즈음, 두 사람은, 제국호텔 앞뜰 연못가에서 서로 얼굴을 돌리면서 힘없이 악수를 나눈 후 총총히 헤어졌는데, 그날로 시게티는 요코하마에서 「엠프레스 오브 캐나다」호에 승선하여 미국을 향해 길을 떠났고, 이튿날, 〈도쿄 아사히신문〉에 아까 말했던 후렴이 붙은 글이 게재되었다는 것이다. 그렇지만 난, 바바 자신도 멋쩍다는 듯 눈을 심하게 깜박거리면서, 그러다가, 끝내는 몹시 언짢아하면서 들려준 이런 식의 무용담에, 그다지 믿음이 가지 않는다. 그가 외국인과 날이 밝을 때까지 대화를 나눌 만큼 어학에 능한지 어떤지, 그런 것부터의 심스럽다고 나는 생각하고 있다. 의심하기 시작하면 끝이 없지만, 도대체, 그에게는 어떤 음악이론이 있는지, 바이올리니스트로서 어느 정도의 실력이 있는지, 작곡가로서는 어떤지, 그런 것조차 나는 아예 모르는 것이다. 바바는 이따금씩, 반지르르 검게 빛나는 바이올린 케이스를 왼쪽 겨드랑이에 끼고 다니기는 하지만, 케이스 안에는 항상 아무것도 들어 있지 않았다. 바바의 말에 따르면, 『케이스 그 자체가 현대의 생볼(심볼)이지, 속은 썰렁하게 텅 비어 있어」라고 하는데, 그럴 때마다 나는, 이 남자는 대체 바이올린을 한 번이라도 손에 들어본 적은 있는 걸까 하는 이상한 의심마저 품게 된다. 그렇게, 그의 천재성을 믿고 자시고 할 것도 없고, 그의 기량을 가늠할만한 건더기도 없는 상황이니, 내가 그에게 끌렸던 이유는, 따로 있는 게 틀림없다. 나 또한 바이올린보다 바이올린 케이스를 신경 쓰는 편이므로, 바바의 생각이나 실력보다, 그의 외모나 농담에 매료된 것 같다는 기분도 든다. 그는 정말 시시때때 다른 복장으로, 내 앞에 모습을 드러낸다. 각양각색 양복외에, 학생복을 입었다가, 파란 작업복을 입었다가, 어떨 때는 멋진 기모노에 흰 버선 차림으로 나타나 얼굴이 빨개질 만큼 나를 당황시켰다. 그가 능글능글하게 중얼대는 말에 의하면, 그렇게 자주 복장을 바꾸는 이유는, 자기에 대한 어떠한 인상도 심어주고 싶지 않은 마음에서라고 한다. 깜빡 잊고 말을 안 했는데, 바바의 집은 도쿄 외곽 미타카무라 시모렌쟈쿠에 있고, 그는 거기서 하루도 거르지 않고 시내까지 나와서 노는데, 아버지는 지주인지 뭔지 상당한 부자인 듯, 그렇게 부자이기 때문에 다양한 복장으로 바꿔 입거나 하는 것도 가능한 것 같고, 그것도 말하자면 지주 아들내미가 부리는 사치의 한 종류에 지나지 않는다, …… 그렇게 생각해보면, 별반 나는 그의 외모 때문에 끌리는 것도 아닌 것 같다. 돈 때문일까? 대단히 하기 힘든 이야기인데, 바바와 둘이서 놀러 다니면 계산은 전부 그가 한다. 나를 밀쳐내면서까지 돈을 내는 것이다. 우정과 금전 사이에, 더없이 미묘한 상호작용이 끊임없이 일어나는 것처럼, 그의 부유한 상황이 나에게 어느 정도 매력으로 작용했음도 부정할 수는 없다. 이것은, 어쩌면, 바바와 나의 관계는, 처음부터 주인과 하인 관계에 지나지 않고, 철두철미하게, 내가 에이에이 하면서 따라다녔다는 이야기로 마무리될 것 같기도 하다.

아아, 이거 어쩐지 나도 모르게 안 해도 될 말을 해버린 것 같다. 다시 말해 그 무렵의 나는, 앞서도 잠깐 말했듯 금붕어 똥 같은 무의지한 생활을 하고 있었고, 금붕어가 헤엄치면 나도 덜렁덜렁 들러붙어 다니는 똥 같은, 그런 허무한 상태로 바바와의 관계를 이어가고 있었던 것이 틀림없다. 그런데, 팔십팔야[7] …… 묘하게

도、 바바는 어지간히 책력에 민감한지[8]、 오늘은、 경신[9]、 불멸[10]이라며 기가 죽었나 싶

으면、 오늘은 단오、 어둠의 축제 어쩌구저쩌구 나는 의미를 잘 모르는 말까지 주절

주절 중얼거리는 지경이라、 그날도、 내가 우에노공원 그 감주집에서、 새끼 밴 고양

이、 새잎 돋은 벚나무、 꽃보라、 송충이、 그런 풍경들이 자아내는 포근한 늦봄의 정

취를 온몸으로 만끽하며、 홀로 맥주를 마시고 있다가、 문득 정신을 차리니、 바바가

멋들어진 녹색 양복을 입고 어느 틈엔가 내 뒤에 앉아 있었던 것이다. 전에 말한

그 낮은 목소리로、 『오늘은 팔십팔야』. 그렇게 한마디 중얼거리나 싶더니 이젠、

뻘쭘해 죽겠다는 듯 벌떡 일어나 두 어깨를 크게 으쓱 들먹였다. 팔십팔야를 기념

하자고、 웃으며 아무 의미도 없는 걸의를 다지고、 두 사람은、 아사쿠사에 술을 마

시러 가기로 했는데、 그날 밤、 나는 일약 바바에게 헤어질 수 없는 막역한 마음을

품기에 이르렀다. 아사쿠사의 술집에 들르기를 대여섯 군데. 바바가 닥터 프라게[11]

와 일본 음악계 사이에 벌어진 싸움을 되새김질하며 뱉어내듯 장황하게 떠벌이다

가、 프라게는 멋진 놈이야、 왜냐고? 하면서 또 혼잣말처럼 그 이유를 주절거리는

와중에, 나는 내 여자가 보고 싶어서, 안절부절못하고 있었다. 나는 바바를 꼬드겼다. 환등(매춘)을 보러 가자고 속삭였다. 바바는 환등을 몰랐다. 『옳지, 옳지. 오늘만큼은 내가 선배입니다. 팔십팔아니까 데려가주겠어요』. 쑥스러움을 숨기려 나는 그런 농담을 하면서, 프라게, 프라게, 하고 아직도 계속 낮은 목소리로 중얼거리고 있는 바바를 어거지, 버거지, 자동차 안으로 욱여넣었다.

아아, 항상 그렇지만 이 커다란 강을 건너는 순간의 두근거림. 환등의 거리.[12] 『빨리 갑시다!』

거리는, 비슷비슷한 골목이 거미줄처럼 사통팔달 얽혀 있고, 길 양쪽으로 늘어선 집들, 한 자(30센티미터)에서 두 자(60센티미터)쯤 되는 작은 창문마다 젊은 여자들이 얼굴을 내밀고 화사하게 웃고 있어서, 이 거리에 한 발짝 발을 내딛으면 무거웠던 어깨가 가뿐해지고, 사람은 자기의 모든 처지를 망각하고, 끝내 도망에 성공한 죄인처럼 마음 편히 아름다운 하룻밤을 보낸다. 바바는 이 거리가 처음인 것 같았지만, 별로 놀라지도 않고 느긋한 발걸음으로 나와 조금 떨어져 걸으며, 길 양쪽 작은 창문 속 여자들의 얼굴을 하나하나 자세히 살펴보고 있었다. 골목으로 들어가서

골목을 빠져나와 골목에서 꺾어졌다가 골목 끝까지 가고 나서야 나는 멈춰 서서 바

바의 옆구리를 슬쩍 쿡 찌르며, 나는 이 여자를 좋아합니다. 네, 꽤 오래 전부터,

라고 소곤거렸다. 내 사랑의 상대는 눈도 깜빡이지 않고 작은 아랫입술을 씰룩 왼

쪽으로 움직여 보였다. 바바도 멈춰 서서, 두 팔을 축 늘어뜨린 채 고개를 앞으로

쭉 내밀고, 내 여자를 뚫어져라 쳐다보기 시작했다. 얼마 안 있어, 뒤돌아보면서,

소리치듯 말했다.

『이야, 닮았네. 닮았어.』

아아, 하고 처음 깨달았다.

『아뇨, 기쿠짱한테는 못 당해요.』

나는 잔뜩 굳어서, 생각지도 못한 대답을 해버렸다. 몸에 바짝 힘이 들어갔다.

바바는 살짝 당황한 얼굴로,

『사람 비교하고 그러는 거 아니야』 하고 말하며 웃었지만, 금세 눈썹을 험상궂

게 찌푸리더니, 『아니, 뭐든지 비교하면 못쓰지. 비교근성의 우열함이여』. 자신

에게 타이르듯 천천히 중얼거리면서, 어슬렁어슬렁 걷기 시작했다.

이튿날 아침, 우리는 돌아오는 자동차 안에서, 아무 말도 하지 않았다. 한 마디라도, 입 밖에 내면 서로 치고 받고 싸우게 될 것 같은 거북함. 자동차가 아사쿠사의 혼잡 속으로 섞여 들어가, 우리도 여느 사람들처럼 홀가분한 기분을 간신히 느끼게 되었을 즈음, 바바는 진지하게 속삭였다.

『어젯밤에 여자가 말이야, 나한테 이렇게 말하더군. 우리도, 옆에서 보는 것만큼 편하게 사는 게 아녜요.』

나는, 일부러 요란스럽게 웃음을 터트렸다. 바바는 전에 없이 밝은 미소를 지으며, 내 어깨를 툭 치고는,

『일본에서 가장 멋진 거리야. 모두 가슴을 펴고 살아가잖아. 부끄러워하지 않아. 놀라워. 하루하루를 충실하게 살고 있어.』

그날 이후, 나는 바바가 피붙이처럼 친숙하게 느껴져 의지하게 되었고, 난생처음 친구를 얻은 것 같은 기분이었다. 친구를 얻었다고 생각한 순간 나는 사랑의 상

대를 잃었다. 그게, 차마 말로 표현 못 할 만큼, 나 스스로도 눈 뜨고 보기 힘든 한심한 꼴로 여자에게 버림받는 바람에, 나는 조금 유명해졌고, 결국, 「사노지로」라는 어이없는 별명까지 붙어버렸다. 지금이니까, 이렇게 농담하듯 아무렇지도 않게 이야기할 수 있지, 그때는, 농담은커녕, 죽으려고 했다. 환등의 거리에서 얼은 병도 낫지 않아, 언제 불구자가 될지 모르는 상태였고, 사람은 왜 살아야 하는가, 그 이유를 나는 이해할 수가 없었다. 머지않아 여름방학에 접어들어, 도쿄에서 2천 리 떨어진 혼슈 북쪽 끄트머리 산속에 있는 내 고향집으로 돌아가, 하루하루, 마당 밤나무 아래 등나무의자에 드러누워, 담배를 일흔 개비씩 피우며 멍하니 지내고 있었다. 바바가 편지를 보냈다.

고 있었다. 바바가 편지를 보냈다.

사노지로자에몬 보아라.

안녕하신가. 죽는 것만은, 기다려주지 않으려나? 나를 위해서. 자네가 자살을 한다면, 난, 아아 나 엿 먹이려고 뒈져버렸네, 하고 혼자 우쭐댈 거야. 그래도 괜

363

참다면, 죽게。 나 역시, 한때는, 아니, 지금도 여전히, 삶에 대한 열정이 없어。 하

지만 난 자살하지는 않을 거야。 나 때문에 누군가가 우쭐대는 게, 싫으니까。 질병

과 재난을 기다리고 있네。 그런데 지금 현재, 내가 앓는 병은 치통과 치질。 암만해

도 죽을 것 같지가 않아。 재난도 어지간히 찾아오질 않는군。 내 방 창문을 밤새도

록 활짝 열어 놓고 도적이 습격하길 기다리며, 그럴 수만 있다면 그에게 살해당하

려고 하는데。 창문으로 슬금슬금 숨어드는 것은, 나방과 날개미와 풍뎅이와, 그리

고 백만의 모기 군단。 (자네 왈, 아아 나랑 똑같아 !) 있잖나, 함께 책을 내지 않

으려나? 나는, 책이라도 내서 빚을 전부 갚아버리고, 그리고 사흘 낮 사흘 밤을

내리 쿨쿨 자고 싶어。 빚이라는 건 어중간한 나의 육체야。 내 가슴에는 빚이라는

구멍이 시커멓게 뻥 뚫려 있어。 책을 낸 덕분에 채워지지 않는 이 동굴이 점점 더

깊어질지 모르지만, 그때는 또 그걸로 만족해야지。 아무튼 나는, 나 자신에게 멋지

게 퇴장하는 모습을 보여주고 싶은 거야。 책 이름은, 해적。 구체적인 사항에 대해

서는, 자네와 의논한 다음 결정할 생각인데, 내 플랜은, 수출용 잡지로 만들었으면

해。 대상은 프랑스가 좋겠지。 자네는 외국어 실력이 뛰어난 모양이니, 우리가 쓴

원고를 프랑스어로 번역해주게。 지드[13]에게 한 권 보내 비평을 받자。 아아, 발레리[14]

와 직접 논쟁할 수 있을 거야。 졸고 있는 프루스트[15]를 한번 허둥대게 만들어주지 않

으려나。 (자네 왈, 유감이지만, 프루스트는 진즉에 죽었습니다) 콕토[16]는 아직 살아

있어。 아아, 라디게[17]가 살아 있다면 얼마나 좋을까。 데코브라[18]한테도 보내서 기쁘게

해줄까? 불쌍하게。

이런 공상 재미있지 않은가。 게다가 실현은 그다지 어렵지 않아。 (쓰는 족족, 문

장이 메마른다。 서간문이라는 특이한 문체。 서술도 아니고, 대화도 아니고, 묘사

도 아니고, 참으로 이상한, 그러면서도 확실히 독립된 으스스한 문체。 아니, 바보

같은 말을 했군) 어제 밤을 새워 계산한 바에 의하면, 3백 엔이면, 근사한 책을

만들 수 있어。 그 정도 돈이라면, 나 혼자서도, 그럭저럭 가능할 거 같네。 자네는

시를 써서 폴 포르[19]가 읽게 하면 돼。 나는 지금 〈해적의 노래〉라는 4악장짜리 교

향곡을 구상중이야. 완성되면, 우리 잡지에 발표하고, 어떻게든 라벨을 놀라

게 해줄 생각이야. 거듭 말하지만, 실현은 어렵지 않아. 쩐만 있으면, 할 수 있어.

실현 불가능할 이유가, 뭐가 있겠나. 자네도 화려한 공상으로 힘껏 가슴을 부풀려

놓게나. 어때? (편지라는 것은, 어째서 마지막에 건강을 빌어야만 하는가. 머리

는 나쁘고, 문장은 서투르고, 화술도 젬병이지만, 편지만큼은 기가 막히게 쓰는 남

자라는 괴담이 이 세상에 있다) 그런데 나, 편지 잘 쓰나, 아니면 못 쓰나? 그럼

이만.

이건 다른 얘긴데, 지금 문득 머리에 떠올라서 써둔다. 오래된 질문. 『아는 것

은 행복인가?』

바바 가즈마 씀.

나폴리를 보고 죽어라!

二。 해적

Pirate라는 단어는、 저작물을 표절한 자를 일컬을 때도 쓰는 것 같은데、 그래도 상관없나? 하고 내가 말했더니、 바바는 그 자리에서、 더 재미있지、 하고 대답했다。 Le Pirate(르 피라트＝해적)。 잡지 이름은 일단 정해졌다。 말라르메와 베를렌이 관계된 La Basoche(라 바소슈) 베르하렌[23] 일파의 La Jeune Belgique(라 죈 벨지크) 그밖에 La Semaine(라 세멘) Le Type(르 티프)。 모두 이국의 예술계에 피어난 진홍빛 장미。 그 옛날 젊은 예술가들이 세상에 호소했던 기관지。 아아、 우리도 마찬가지다。 여름방학이 끝나고 허둥지둥 상경하니、 해적을 향한 바바의 열병은 더더욱 뜨겁게 달아올라 있었고、 이윽고 나에게도 그대로 전염되어、 두 사람 만나기만 하면 Le Pirate에 대한、 화려한 공상、 아니지、 구체적인 플랜에 대한 의견을 주고받았다。 봄과 여름과 가을과 겨울, 1년에 네 차례 발행할 것. 국배판 60페이지. 전부 아트지(그림 인쇄용 종이). 클럽 멤버는 해적 유니폼을 입을 것. 가슴에는 반드시 계절 꽃을 달 것. 클럽 멤버 서로간의 암호. ……아무것도 맹세하지 마. 행복이란? 심판하지 말지어다. 나폴리를 보고 죽어라! 등등. 동료는 반드시 20대 미청년일 것. 한 가지 예술에 대해 발군의 기량을 갖출 것. The Yellow Book[25]의 지혜를 본받고, 비어즐리[24]에 필적하는 천재화가를 발굴하여, 그에게 속속 삽화를 그리게 하자. 국제문화진흥 따위에 의지하지 않고 외국에 우리 예술을 우리 손으로 알리자. 자금은 바바가 2백 엔, 내가 백 엔, 거기에 또 다른 동료들에게 2백 엔쯤 받을 예정이다. 동료, …… 바바가 그의 친척뻘 되는 사타케 로쿠로라는 도쿄미술학교 학생을 우선 나에게 소개해주기로 했다. 그날, 나는 바바와 약속한 대로, 오후 네 시경, 우에노공원 기쿠짱네 감주집으로 갔는데, 바바는 흰점무늬 홑옷에 줄무늬 하카마라는 메이지 유신 스타일로 차려 입고 붉은 양탄자가 깔린 평상에 앉아 나를 기다리고 있었다. 바바의 발치에, 새빨간 삼잎 무늬 오비(기모노의 허리띠)를 매고 하얀 꽃비녀를 지른 기쿠

짱이, 옻칠한 쟁반을 안고 쭈그리고 앉아 바바의 얼굴을 가만히 우러러보며, 옴쭉

도 않고 있었다. 바바의 푸르뎅뎅한 얼굴에 지는 해 환히 비치고, 자욱한 저녁 안

개 두 사람 주변을 감싸니, 어쩐지 이상한, 늙은 여우가 나타날 것 같은 풍경이었

다. 내가 가까이 다가가서, 여어, 하고 바바에게 말을 건네자, 기쿠짱이, 아, 하

고 작게 소리치며 벌떡 일어나, 뒤를 돌아보더니 나에게 하얀 이를 내보이며 인사

했지만, 통통한 뺨이 순식간에 빨개졌다. 나도 조금 허둥대며, 타이밍이 안 좋았

나? 하고 엉겁결에 말이 헛나온 순간, 기쿠짱의 표정이 덜컥 바뀌고 묘하게 심각

한 눈빛으로 내 얼굴을 노려보나 싶더니, 홱 하고 나한테 등을 돌리고는 쟁반으로

얼굴을 가린 채 안으로 뛰어 들어갔다. 생각지도 않은, 꼭두각시 춤이라도 보

고 있는 듯한 기분이 들었다. 내가 의아한 마음에 그 뒷모습을 넌지시 바라보며 평

상에 걸터앉자, 바바는 히쭉히쭉 엷게 웃으며 말했다.

『끝까지 믿는다. 그런 모습은 역시 훌륭해. 저 녀석이 말이야』, 백마교 불행 찻

잔은 역시 민망해서인지, 오래전에 치워버렸고, 지금은 보통 손님과 똑같이 가게

에 있는 청자 찻잔. 엽차를 한 모금 홀짝거리면서, 『내 다박수염을 보더니, 며칠 정도 지나면 그렇게 자라요? 하고 묻기에, 이틀이면 이 모양이 돼버려. 자, 꼼짝 말고 보고 있으라구. 수염이 스르르 자라는 게 맨눈으로도 보일 정도니까, 하고 진지한 얼굴로 말해줬더니, 말없이 웅크리고 내 턱을 접시처럼 커다란 눈으로 빤히 들여다보잖아. 놀랐어. 정말, 무지해서 믿는 건지, 아니면 영리해서 믿는 건지.

자 그럼, 믿는다, 라는 제목으로 소설이라도 쓸까? A가 B를 믿는다.

D E F G 그밖에 많은 인물이 잇따라 등장해서, 온갖 수단을 동원해가며, 여러 가지로 B를 모함한다. ……그리고, ……A는 여전히 B를 믿는다. 의심하지 않는 다. 전혀 의심하지 않는다. A는 여자, B는 남자, 시시한 소설이 구만. 하항. 이상하게 말이 많다. 나는, 그가 하는 말을 곧이곧대로 듣기만 할 뿐 딱히 그의 속마음을 떠보지는 않을 거라는 점을 당장에라도 보여줘야 한다는 생각

이 들어서,

『그 소설 재미있을 것 같은데. 써보는 게 어때요?』

최대한 별 생각 없다는 투로 말하며, 앞쪽에 있는 사이고 다카모리 동상을 멍하니 바라보았다. 바바는 아 살았다 싶었나 보다. 평소의 시큰둥한 표정으로, 별일 없이, 되돌아올 수 있었다.

『그런데……、 난 소설을 못 쓰잖아. 자네는 괴담을 좋아하는 편이지?』

『네, 좋아해요. 다른 것보다、 괴담이 내 상상력을 제일 자극하는 것 같아요.』

『이런 괴담은 어때?』 바바는 아랫입술을 슬쩍 핥았다. 『지성의 극치라는 건、 분명히 있다. 소름끼치는 무간나락. 그걸 흘끗 엿보기라도 하면, 사람은 한 마디도 할 수 없게 된다. 붓을 쥐어도 원고지 구석에 자기 캐리커처를 그리거나 낙서만 할뿐、 한 글자도 쓸 수가 없다. 그럼에도 불구하고, 그 사람은 세상에서 가장 무시무시한 어떤 소설 한 편을 남몰래 기획한다. 기획한、 순간、 세상 모든 소설이 졸지에 지루하고 뻔해진다. 그것은 정말로, 무시무시한 소설이다. 예를 들어、 모자를 확 제껴 써도 께름칙하고、 푹 눌러써도 뒤숭숭하고, 에라 모르겠다 훌렁 벗으면 더욱 이상한 경우、 사람은 어느 위치에서 안정감을 얻을 수 있는가, 라는 식의 자의식 과잉의 통합적 문제 등등에 대해서도, 이 소설은 바둑판 위에 놓인 바둑돌처럼 시원스런 해결책을 부여한다. 시원스런 해결책? 그렇지 않다. 무풍. 컷글라스. 백골. 그런 맑디맑은 해결책이다. 아니, 그게 아니다. 어떤 형용사도 없는, 그냥, 「해결책」이다. 그런 소설은 분명히 있다. 그렇지만 사람은, 일단 이 소설을 기획한 그날부터, 순식간에 야위고 쇠약해진다. 끝내는 미치거나 자살하거나, 아니면 벙어리가 되어버린다. 그거 봐, 라디게는 자살했잖아. 콕토는 정신이 이상해질 것 같아서 진종일 아편만 해댄다고 하고, 발레리는 10년 동안, 벙어리가 되었어. 단 한 편의 소설을 둘러싸고, 일본에서도 한동안 꽤나 비참한 희생자가 나오곤 했다. 실제로, 음……。』

『어이, 어이。』하고 부르는 쉰 목소리가 바바의 이야기를 비집고 들어왔다. 움찔 놀라 뒤돌아보니, 바바의 오른쪽 곁에 코발트색 학생복을 입은 키가 아주 작은 젊은 남자가 덩그러니 서 있었다.

『늦었구만。』바바는 화를 내듯 말했다. 『여기, 이쪽 제대생이 사노 지로자에몬. 이 녀석은 사타케 로쿠로. 전에 말했던 그 화가』

사타케와 나는 억지로 웃으며 가볍게 목례를 나누었다. 사타케의 얼굴은 살결

도 땀구멍도 전혀 없는 반질반질하게 윤을 낸 우윳빛 노 가면[27] 같은 느낌이었다. 눈

동자의 초점이 분명하지 않아, 유리 눈알 같고, 코는 상아로 세공한 것처럼 차갑

고, 콧날은 칼처럼 날카로웠다. 눈썹은 버들잎처럼 흘쭉하고, 얇은 입술은 딸기처

럼 빨갛다. 그렇게 현란한 얼굴에 비해, 빈약한 팔다리, 그 또한 놀라울 정도였다.

신장은 5척(백 50센티미터)에 미치지 않을 정도, 조그맣고 야윈 두 손은 도마뱀의 그

것을 연상케 했다. 사타케는 선 채, 노인처럼 생기 없는 목소리로 소곤소곤 나에게

말을 걸었다.

『그쪽 얘기는 바바한테 들었습니다. 지독한 일을 당하셨다구요. 제법 노시는

것 같군요』. 울컥한 나는 입술을 깨물며, 눈이 부시도록 새하얀 사타케의 얼굴을

다시 한번 쳐다보았다. 상자처럼 무표정했다.

바바는 크게 혀를 차며,

『어이 사타케, 빈정대지 마. 다른 사람한테 아무렇지도 않게 빈정대는 건, 마음이 비열하다는 증거야. 욕을 하려면, 제대로 하라구.』

『빈정대는 게 아니라구요.』

조용히 그렇게 대답하고, 가슴팍 주머니에서 보라색 손수건을 끄집어내, 목덜미에 난 땀을 꼼지락꼼지락 닦기 시작했다.

『하아아』. 바바는 한숨을 쉬고 평상에 벌렁 드러누웠다. 『넌 말끝마다, 군요, 아니면, 라구요, 같은 걸 안 붙이면 말을 못 하냐? 말끝에 그 감탄사 같은 것 좀, 집어치워. 살에 끈적끈적 들러붙는 것 같아서 못 참겠으니까.』

나도 같은 심정이었다. 사타케는 손수건을 정성껏 접어 가슴 주머니에 집어넣으면서, 남의 일인 양 중얼거렸다.

『상판대기는 나팔꽃처럼 생겨가지구, 라는 말도 하지 그래?』

바바는 슬그머니 일어나, 약간 언성을 높였다.

『너랑은 여기서 입방아 찧기 싫다. 둘 다 어떤 제삼자를 계산에 넣고 말을 하고

374

있으니까. 그렇지?』

뭔가 내가 모르는 사정이 있는 것 같았다.

사타케는 사기그릇 같은 희푸른 이를 드러내며, 실쭉 웃었다.

『이제 나한테 볼일은 끝난 건가?』

『그래.』

바바는 일부러 딴청을 피우면서, 정말이지 억지스럽게 작은 하품을 했다.

『그럼, 난 가야 될 것 같군요.』

사타케는 작은 소리로 그렇게 중얼거리고는, 손목에 찬 금시계를 꽤 오래 들여다보며 뭔가 고민하는 듯 했는데,

『히비야에 새로 나온 교향곡을 들으러 가야겠군요. 고노에도 요즘 장사깨나 하더라구요. 내 옆자리에 항상 외국인 아가씨가 앉아서 말이지요. 요즘은 그게 낙이라구요.』 말이 끝나자, 생쥐 같은 가벼운 몸놀림으로 졸랑졸랑 떠나버렸다.

『치엣! 기쿠짱, 여기 맥주나 줘. 니 서방, 갔다. 사노지로, 안 마실래? 내가

375

변변찮은 녀석을 동료로 끌어들였네. 말미잘 같은 새끼. 저런 놈하고 싸우면, 아무리 발버둥을 쳐도 이쪽이 지는 거야. 전혀 맞서 싸우지도 않고, 때리는 손에 철썩 달라붙거든.』

갑자기 심각하다는 듯 목소리를 낮추어, 『저 새끼, 기쿠 손을 아무렇지도 않게 덥석 잡더라구. 저런 부류의 남자가, 남의 마누라를 쉽게 손에 넣고 그러잖아. 임포텐츠(발기불능) 아닌가 싶긴 한데. 뭐, 말이 좋아 친척이지 나하고는 피 한 방울 안 섞였어. ……난 기쿠 앞에서 저 녀석하고 말싸움하고 싶지 않아. 여자를 놓고 경쟁하다니, 싫다 싫어. ……있잖나, 사타케의 자존심이 얼마나 센지 생각하면, 그때마다 오싹해져.』

그는 맥주 컵을 움켜쥔 채, 깊은 한숨을 내쉬었다.

『그렇지만, 저 녀석의 그림만큼은 정당하게 인정하지 않을 수가 없어.』

나는 멍하니 서 있었다. 점점 땅거미가 내려 오색빛 등불로 물들어가는 우에노 로코지의 혼잡한 모습을 내려다보고 있었다. 그러면서 바바의 혼잣말과는 천리만

리 동떨어진, 시시한 감상에 사로잡혔다. 「도쿄로구나」 하는 그 말 한 마디가 전

부인 감상에.

그런데, 그로부터 대엿새 지나, 우에노 동물원에서 맥[30] 암수 한 쌍을 새로 구입했

다는 이야기를 신문에서 읽고, 문득 맥이 보고 싶어져서 학교 수업이 끝난 후, 동

물원에 가보았는데, 그때, 물새 대철산[31] 근처의 벤치에 앉아서 스케치북에 뭔가를

그리고 있는 사타케를 보고야 말았다. 하는 수 없이 옆으로 다가가, 가볍게 어깨를

툭 쳤다.

『아아』 하고 가볍게 신음하며, 천천히 내 쪽으로 모가지를 비틀었다. 『사노지

로씨군요. 깜짝 놀랐네요. 이쪽에 앉으시죠. 지금, 작업을 최대한 서둘러 마무리

할 테니, 그때까지만 잠깐, 기다려주세요. 하고 싶은 말이 있습니다.』

이상하게 서먹서먹한 말투로 그렇게 말하면서 연필을 고쳐 쥐더니, 다시 스케치

에 열중하기 시작했다. 나는 그 뒤에 서서 잠깐 머뭇거리다가, 곧 마음을 다잡고

벤치에 앉아 사타케의 스케치북을 슬쩍 엿보았다. 사타케는 이내 알아차린 듯,

『펠리컨을 그리고 있습니다』 하고 작은 소리로 나에게 말해주면서, 펠리컨의 자태를 무섭도록 난폭한 선으로 척척 따라 그리고 있었다.

『내 스케치를 장당 20엔쯤에, 몇 장이든 사겠다는 사람이 있거든요.』

히쭉히쭉 저 혼자 웃기 시작했다.

『나는 바바처럼 엉터리 말을 떠벌리기는 싫군요. 〈황폐한 성의 달[32]〉 이야기는 아직 안 했습니까?』

『황폐한 성의 달, 이요?』 나는 무슨 소린지 알 수가 없었다.

『그럼, 아직 안 했군요.』 펠리컨의 뒷모습을 스케치북 구석에 크게 그리면서 말했다.

『바바가 옛날에, 다키 렌타로[33]라는 가명으로 〈황폐한 성의 달〉이라는 곡을 만들어, 모든 권리를 야마다 고사쿠[34]한테 3천 엔에 넘겼다는 이야기.』

『그, 그 유명한 〈황폐한 성의 달〉을요?』 내 가슴은 요동쳤다.

『거짓말이지요.』 한바탕 바람에 스케치북이 팔랑팔랑 나부껴, 나무며 꽃의 데생이 언뜻언뜻 보였다.

『바바의 거짓말은 유명합니다. 참 교묘하거든요. 다들 처음에는, 당해요. 요제프 시게티 이야기는, 아직 못 들으셨나요?』

『그건 들었습니다.』 나는 슬펐다.

『르 프 렝(후렴) 붙은 글이었나?』 가소롭다는 듯 그렇게 말하면서, 스케치북을 탁 덮었다.

『오래 기다리시게 했네요. 좀 걸으시지요. 드릴 말씀이 있거든요.』

오늘 맥 부부는 포기하자. 그렇게 하고, 맥보다 훨씬 더 유별나 보이는 이 사타케라는 남자의 이야기에, 귀를 기울이자. 물새 대철산을 지나고, 물개 수조 앞을 지나서, 작은 산처럼 거대한, 불곰 우리 앞에 다다랐을 즈음, 사타케가 이야기를 하기 시작했다. 전에도 수 없이 말해서 입에 밴 듯 암송하는 말투였는데, 글로 쓰니 다소 열의가 있어 보이지만 실제로는, 전에 말했던 우중충하게 쉬어빠진 저음으로 술술 내뱉을 뿐이다.

『바바는 완전히 글러먹었습니다. 음악을 모르는 음악가가 있을까요? 난 그 녀석이 음악에 대해서 논하는 걸 여태껏 들어본 적이 없습니다. 바이올린을 손에 들고 있는 것도 못 봤습니다. 작곡을 한다? 콩나물대가리나 읽을 수 있을지. 바바 집에서는, 그 녀석 때문에 피눈물을 흘린다구요. 도대체 음악학교에는 들어갔는지 어떤지, 그것조차 확실하지가 않습니다. 옛날에는요, 나름 소설가가 되겠다고 마음먹고 공부한 적도 있습니다. 그런데 책을 너무 많이 읽은 결과, 아무것도 쓰지 못하게 되었다고 합니다. 뭔 개소린지. 요즘은 또, 자의식 과잉인가 하는 말을 하나 배워서는, 부끄러운 줄도 모르고 여기저기 써먹고 다니나 봅니다. 난 어려운 말은 모르지만, 자의식 과잉이라는 게, 예를 들면, 길 양쪽에 여학생 수백 명이 긴 줄을 지어 서 있는데, 그 길에 우연히 들어서서, 여학생 사이를 혼자, 어슬렁어슬렁 걸어갈 때의 일거수일투족, 한 걸음 한 걸음이 부자연스럽고 시선 둘 곳 고개 돌릴 곳 모든 게 난감하여 갈팡질팡 당황하기 시작하는, 그런 심리 상태를 말하는 것이라고 생각합니다만, 만약 그렇다면, 자의식 과잉이라는 것은, 정말이지 칠전

팔도, 일곱 번 넘어지고 여덟 번 거꾸러지는 고통이라, 바바처럼 저런 엉터리 소리는 당연히 지껄이지도 못할 테고, ……무엇보다 잡지를 낸답시고 설레발을 친다는 게 웃기잖아요! 해적? 해적 같은 소리 하구 있네. 혼자 만사태평해서는. 그쪽도, 바바를 너무 믿으면, 나중에 큰일 납니다. 그건 내가 분명히 예언합니다. 내 예언은 잘 맞는다구요.』

『하지만.』

『하지만?』

『난 바바 씨를 믿습니다.』

『아아, 그래요?』

내가 있는 힘을 다해 짜낸 말을, 아무 표정도 없이 한 귀로 흘려버리고,

『이번 잡지 일도, 나는, 철두철미하게, 믿지 않습니다. 나한테 50엔을 내라고 하는데, 어이가 없네. 그냥 왁자지껄 떠들고 싶은 거라구요. 손톱만큼도 성실함이 없습니다. 그쪽은 아직 모르시겠지만 내일모레, 바바하고 나, 그리고 바바가 음악학

교. 어떤 선배한테 소개받아 알게 된 다자이 오사무라나 뭐라나 하는 젊은 작가, 셋

이서 그쪽 하숙집에 찾아가기로 되어 있습니다. 거기서 잡지의 최종적인 플랜을 결

정할 거라고 하던데, ……어떻게 할까요. 우리 그럼, 최대한 시큰둥한 표정을 지

어주지 않겠습니까? 그렇게 토론에 찬물을 끼얹어주지 않겠습니까? 아무리 훌륭

한 잡지를 낸다 한들, 세상은 우리가 돈벌이도록 봐두지 않습니다. 아무리 해도 어

중간하게 내팽개쳐질 겁니다. 나는 비어즐리가 아니어도 전혀 상관없습니다. 목숨

걸고 그림을 그리고, 높은 값으로 팔아서, 논다. 그거면 됩니다.』

말을 마친 곳은 살쾡이 우리 앞이었다. 살쾡이는 푸른 눈을 번뜩이며, 웅크리고

앉아 우리를 가만히 주시하고 있었다. 사타케는 조용히 팔을 뻗어 피우다 만 담뱃

불을 살쾡이 코에 꾹 눌러 껐다. 또한 그의 모습은 바위처럼 자연스러웠다.

三。 등용문

여기를 지나면, 소라가 한 개에 2전, 인가?

『뭔가, …… 엄청난 잡지라고 하던데.』

『아뇨. 평범한 팸플릿입니다.』

『금방 또 그런 소리 한다니까. 당신 이야기는 정말 여러 번 들어, 잘 알고 있수다. 지드와 발레리도 끽소리 못할 잡지랍디다만.』

『이보쇼, 비웃으러 왔습니까?』

내가 잠깐 아래층에 가 있는 사이에, 벌써 바바와 다자이가 시비가 붙은 모양인지, 찻그릇을 밑에서 들고 와 방으로 들어가 봤더니, 바바는 방 귀퉁이에 있는 책상에 턱을 괴고 퍼질러 앉았고, 다자이라는 남자는 바바와 대각선으로 마주보는 다른 쪽 구석 벽에 등을 기대고 털이 수북한 정강이를 쭉 뻗고 앉았는데, 둘 다 졸린

듯 반쯤 감은 눈과 귀찮다는 듯 느릿느릿한 말투, 그러나 창자는 분노와 살의 때문에 부글부글 끓어올라 눈빛과 말 한 마디 한 마디에서 새끼 뱀의 날름대는 혀처럼 불꽃이 번쩍거리며 튀고 있음을 나 역시 쉽게 알아차릴 수 있을 만큼, 패나 험악하게 서로 물어뜯고 있었던 것이다. 사타케는 다자이 바로 옆에 길게 엎드려, 너무나도, 지루하다는 듯 눈알을 희번덕거리며 담배를 피우고 있었다. 처음부터 잘못됐다. 그날 아침, 내가 아직 자고 있을 때 바바가 내 하숙방을 덮쳤다. 오늘은 학생복을 말쑥하게 입고, 거기에, 벙벙한 노란색 레인코트를 걸치고 있었다. 비에 흠뻑 젖은 그 레인코트를 벗지도 않고 방 안을 뱅뱅 돌며 분주하게 서성거렸다. 그러면서, 혼잣말하듯 중얼대는 것이다.

『이봐, 어이. 일어나. 나 지독한 신경쇠약에 걸린 것 같아. 이렇게 비가 내리면, 난 틀림없이 미쳐버릴 거야. 해적을 상상만 해도 살이 빠진다니까. 이봐, 일어나라구. 방금 전에도 나 다자이 오사무라는 놈을 만났어. 학교 선배가 소설을 기가 막히게 잘 쓰는 사람이라고 하면서 소개해 줬는데, ……다 운명이지. 동료로 끼

위주기로 했다. 이봐, 다 자이라는 인간, 무섭도록 기분 나쁜 녀석이야. 그래. 바로 그거다, 기분 나쁜, 새끼. 혐오스러워. 난 그딴 놈하고는 육체적으로 서로 섞일 수 없는 구석이 있는 것 같아. 머리는 빡빡 밀어가지구, 응, 지가 뭐라고 의미심장한 척 중대가리를 하고 지랄인데? 취미 한번 고약하군. 그래, 그래. 그 새끼는 취향대로 몸뚱이를 꾸미는 거야. 소설가라는 작자들은, 전부 그 모양인가? 사색, 학구, 열정 이딴 건 다 얻다 봐두고 온 거야? 완전히, 근본부터가 희작꾼이야. 개기름이 잘잘 흐르는 시푸르뎅뎅한 커다란 낯짝에, 코가……, 레니에[35] 소설에서 난 그런 코에 대해 읽은 적이 있어. 위험하기 짝이 없는 코. 위기일발, 주먹코가 되려던 걸 코 옆으로 깊게 팬 주름이 겨우 살렸지. 으이구. 레니에가 말은 잘해. 눈썹은 굵고 짧고 시커먼데, 겁에 질린 작은 두 눈을 덮을 만큼 텁수룩하게 자라 있어. 이마는 어쩌나 좁은지 게다가 주름이 가로로 두 줄 선명히 새겨져 있는데, 아주, 개판이야. 목은 두꺼워서, 목덜미가 이상하게 둔해 보이고, 턱 밑에 빨간 여드름 자국을 세 개나 찾아냈어. 내 눈대중으로는, 키 5척 7촌(백73센티미터), 체중은 15관

385

（56킬로그램）、 발은 11문（2백65밀리미터）、 나이는 분명히 서른이 안 됐다. 아, 중요한 걸 깜빡 잊고 말 안 했네. 지독한 새우등이야, 완전 꼽추, …… 알겠어? 잠깐 눈을 감고 그런 몰골을 한 남자를 상상해 봐. 그런데, 그게 전부 가짜야. 꾸민 거라구.

사기. 가식이지. 그게 확실해. 하나부터 열까지 다 보여주기 위한 가식이라니까.

내 눈은 못 속여. 깎기 귀찮아서 듬성듬성 자라게 내버려둔 수염? 아니, 그 새끼한테 귀찮은 일 따위는 있을 수 없어. 어떤 경우에도 있을 수 없어. 일부러 노력해서 기른 수염이야. 아아, 내가 도대체 누구 이야기를 하는 거냐! 보시라, 나는 지금 이렇게 하고 있습니다, 저렇게 하고 있습니다, 라고 일일이 주석을 달지 않으면 손가락 하나 까닥 못하고 헛기침 한 번 못 한다니까. 재수 없게! 그 새끼 민낯은 눈도 입도 눈썹도 없는 달걀귀신이라구. 눈썹을 그리고 눈코를 붙이고, 저렇게 시치미를 떼고 있는 거야. 게다가 말이야, 그 새끼는 그걸 자랑으로 안다니까. 치

엣! 그 녀석하고 처음으로 눈이 슬쩍 마주쳤을 때, 곤약 같은 혀가 내 얼굴을 핥을 짝할짝 핥는 느낌이었어. 뭐, 따지고 보면, 엄청난 놈들만 모인 거야. 사타케, 다

자이, 사노지로, 바바, 허허허, 우리 넷이서, 그냥 입 다물고 나란히 서 있기만 해도 역사적이잖아. 그래! 난 하겠어. 다 운명이야. 기분 나쁜 동료도 한 가지 재미 아니겠어? 내 목숨, 금년 한 해를 끝으로 하고 Le Pirate에 내 모든 운명을 건다. 거지가 되든가, 바이런이 되든가. 신 나에게 5펜스를 준다. 사타케의 음모 따위 똥이나 먹어랏!』

갑자기 목소리를 낮추고는,

『이봐, 일어나. 덧창을 열자. 조금 있으면 모두 여기로 올 거야. 오늘 이 방에서 해적에 대한 협의를 하려고 해.』

나는 바바의 흥분에 낚여 허둥대기 시작하고, 이불을 박차고 일어나, 바바와 둘이서 썩어가는 덧창을 덜커덕 억지로 열었다. 혼고[36] 길거리의 지붕들은 내리는 비에 부옇게 흐려 보였다.

점심나절, 사타케가 왔다. 레인코트도 모자도 없이, 벨벳 바지에 물빛 양모 재킷만 입고, 얼굴은 비에 젖어, 뺨이 달처럼 파랗게 신비한 색으로 빛났다. 이 야광충은 우리에게 한 마디 인사도 없이, 녹아내리듯 털썩 방 한구석에 엎드러졌다.

『피곤해서 그래. 좀 봐줘.』

바로 뒤이어 다자이가 장지문을 슬그머니 열고 나타났다. 쓱 보고, 나는 당황하여 후다닥 눈을 돌렸다. 이거 큰일 났구나 싶었다. 그의 외모는, 바바의 표현을 토대로 해서 내가 그리고 있던 좋은 쪽과 나쁜 쪽 두 가지 이미지 중, 나쁜 쪽 이미지와 한 치의 간극도 없이 딱 겹쳤다. 그리고 더 큰일 난 것은, 그때 다자이의 복장이, 바바가 전부터 가장 질색한다고 노래를 부르던 스타일이 아닌가! 거친 체크무늬 헌팅캡, 화려한 오시마 환점무늬 명주 겹옷에 홀치기염색 무명 허리띠, 옷아래로 언뜻언뜻 보이는 얇은 연노랑색 비단 속옷 자락, 그 끝단을 조금 걷어 올리고 앉아, 창밖 풍경을, 바라보는 척하며,

『거리에 비가 내리네.』하고 여자처럼 가늘고 앙칼진 목소리로 내뱉고는, 우리 쪽을 돌아보더니 검붉게 충혈된 눈을 실처럼 가늘게 뜨고 만면에 쭈글쭈글 주름을 지으며 웃었다. 나는 방에서 뛰쳐나와 차를 끓이러 아래층으로 내려갔다. 찻그릇

과 쇠주전자를 들고 방으로 돌아왔더니, 벌써 바바와 다자이가 으르렁대고 있었던 것이다.

다자이는 빡빡머리 뒤로 양손을 깍지 끼고,

『말은 어떻게 하든 관심 없습니다. 도대체 할 마음은 있는 건지.』

『뭘 말입니까?』

『잡지 말이오. 할 거면 같이 해도 괜찮고.』

『당신은 대체, 뭐 하러 여기에 온 거요?』

『글쎄올시다……, 바람에 날려서.』

『말해 두지만, 교훈, 조롱, 농담, 그리고, 히죽히죽 웃는 것만은 그만둡시다.』

『그럼, 자네에게 묻네만, 자네는 뭐 하려고 나를 불렀나?』

『그쪽은 아무 때나 부르기만 하면 꼭 오나?』

『뭐, 그렇지. 그래야 한다고 나 자신에게 타이르고 있습니다.』

『인간의 밥벌이의 의무. 그것이 우선. 그렇지요?』

389

『맘대로 생각하시게.』

『거 참, 말씀 이상하게 하시네. 심술쟁이 양반. 아아, 못 해 먹겠다. 당신하고 동료가 되다니! 이러니저러니 말을 섞다 보면 당신은, 금세 나를 편지 취급하니까 말이야. 못 참겠다구.』

『그거야, 자네도 나도 원래부터 편치였으니까. 편치 취급하는 것도 아니고, 아니고, 편치가 되는 것도 아니야.』

『나는 존재한다. 커다란 불알을 덜렁거리며. 자, 이 물건을 어떻게 할 텐가?

그런 느낌인데. 난감하군.』

『심한 말일 수도 있는데, 자네는 말하는 게 지독하게 횡설수설하는 느낌이야. 어떻게 된 건가? ……어쩐지, 자네들은 예술가의 생애만 알지, 예술가가 하는 일은 전혀 모르는 것 같은데.』

『그거 비난입니까? 아니면 당신이 연구해서 발표하는 겁니까? 답안인가? 나한테 채점하라는 거야?』

390

『……모함하지 마.』

『그래서 말인데, 그 횡설수설이 내 주특기올시다. 유례를 찾기 힘든 특기지.』

『횡설수설의 간판.』

『회의주의의 파탄. 아아, 제발 좀 그만해. 나는 만담 주고받는 건 별로야.』

『자네는 자기 손때 묻은 작품을 시장에 내놓은 후에 찾아오는 찌르는 듯한 슬픔을 모르는 것 같아. 신에게 절까지 올린 후 찾아오는 공허함을 몰라. 자네들은 지금 막, 첫 번째 도리이 밑을 통과했을 뿐이야.』

『치엣! 또 교훈인가. ……난 당신 소설을 읽은 적은 없지만, 리리시즘(서정성)과, 위트와, 유머와, 에피그램(풍자)과, 포즈(걸멋), 그런 걸 빼면, 아무것도 남지 않는 말장난 같은 소설을 쓰고 있는 게 아닌가 하는 기분이 드는데. 난 당신에게서 정신을 느낄 수 없고 속세를 느낍니다. 예술가의 기품을 느낄 수 없고, 인간의 창자를 느낍니다.』

『알아요. 그렇지만, 나도 먹고 살아야지요. 부탁합니다, 라고 말하면서 머리를

숙이는, 그것이야말로 예술가의 작품이라는 생각이 듭니다. 나는 지금 처세라는

것에 대해 생각하고 있어. 난 취미로 소설을 쓰는 게 아니야. 부족할 게 없는 신분

이라, 재미로 쓰는 정도라면, 난 처음부터 아무것도 쓰지 않겠지요. 일단 시작하

면, 얼추 잘 되리라는 건 알아. 알지만, 시작하기 전에, 어떤 이유로 지금 군이 시

작해야만 하는가, 그 이유를 여러 측면에서 바라보면서, 뭐, 그냥, 허풍 떨면서 시

작할 필요도 없다는 결론에 이르고, 결국, 아무것도 하지 않지.』

『그런 심정이면서, 어째서, 우리랑 같이 잡지를 만들려고 하시는지?』

『이번엔 나를 연구할 셈인가? 화를 내고 싶어졌기 때문입니다. 뭐라도 상관없

어, 소리를 지르고 싶어진 거라구.』

『아, 알겠다. 말하자면, 방패 뒤에 숨어서 폼을 잡고 싶은 거로군요. 그렇지

만……, 아니, 반박할 수도 없군.』

『난 자네가 좋아. 나도, 아직 내 방패가 없어. 모두 타인에게 빌린 거야. 아무

리 너덜너덜해도 내 전용 방패가 있으면 좋겠는데.』

　『있습니다.』 나는 엉겁결에 끼어들었다. 『이미테이션!』

　『바로 그거야! 사노지로가 한 건 했어. 이거, 일생일대로군! 다자이 씨. 가

짜 수염 모양으로 은도금한 방패가 당신에게 잘 어울릴 것 같네요. 아니, 다자이

씨는 이미 아무렇지 않게 그 방패를 들고 자세를 취하고 계시네요. 우리들만 알몸

이고.』

　『이상한 말일 수도 있는데, 자네는 벌거벗은 산딸기와 차려입은 시장통 딸기 중

어느 쪽에 긍지를 느끼나? 등용문이라는 것은, 사람을 시장통으로 곧장 보내버리

는 외면여보살, 겉보기만 보살 같은 지옥문이야. 그렇지만 나는 차려입은 딸기의

슬픔을 알아. 그래서 요즘, 그 슬픔을 고귀하게 여기기 시작했어. 나는 도망치지

않겠어. 같이 갈 수 있는 데까지는 가보겠어.』 입을 삐쭉이며 고통스럽다는 듯 웃

었다. 『그러다가 음, 꿈에서 깨면…….』

　『앗, 그 말은 하지 마.』

　바바는 오른손을 코앞에서 힘없이 저으며, 다자이의 말을 가로막았다.

393

『꿈에서 깨면, 우리는 살아가지 못할 거야. 이봐, 사노지로. 관두자구. 재미없구만. 자네한테는 미안하지만, 난 관두겠어. 난 다른 사람의 먹잇감이 되고 싶지는 않거든. 다자이 먹을 유부는 딴 데 가서 찾으라고 해. 다자이 씨. 해적 클럽은 오늘부로 해산이다. 그 대신……』 하며 일어서서는, 성큼성큼 걸어 다자이 쪽으로 다가가더니,

『요물!』

다자이는 오른쪽 뺨을 얻어맞았다. 손바닥에서 쩍 소리가 나도록 얻어맞았다. 다자이는 순간 정말 어린애처럼 울먹였지만, 이내, 거무죽죽한 입술을 앙다물고, 오만하게 고개를 쳐들었다. 나는 문득, 다자이의 얼굴이 좋아졌다. 사타케는 슬며시 눈을 감고 자는 척을 했다.

비는 밤이 되어도 그치지 않았다. 나는 바바와 둘이서, 혼고의 침침한 오뎅집에서 술을 마셨다. 처음에는, 둘 다 죽은 듯 말없이 마셨지만, 두 시간쯤 지나고 나서부터, 바바는 슬슬 지껄이기 시작했다.

『사타케가 다자이를 포섭한 게 틀림없어. 하숙집 앞까지 둘이 같이 온 거라구. 그 정도 일은, 하고도 남을 놈이야. 이봐, 난 알아. 사타케가 자네한테 뭔가 몰래 의논한 적 있지 않나?』

『있습니다.』 나는 바바에게 술을 따랐다. 어떻게든 위로하고 싶었다.

『사타케는 나한테서 자네를 빼앗으려 했던 거야. 별다른 이유는 없어. 그 녀석은, 이상한 복수심을 품고 있어. 나보다 잘난 놈이지. 아니, 나도 잘 모르겠다…… 아니, 어쩌면, 별 볼 일 없는 천박한 놈인지도 몰라. 그래, 사람들은 그런 녀석을 평범한 남자라고 하는 거겠지. 그런데, 이제 됐어. 잡지를 때려치워서 후련해졌다구. 오늘밤은 나, 베개를 높이 베고 걱정이 없이 잘 거야! 게다가, 말이야, 나는 좀 있으면 식구들한테 의절당하게 될 수도 있어. 어느 날 아침 눈을 뜨니, 난 기댈 데 없는 비렁뱅이 신세. 잡지 같은 거, 처음부터, 할 생각도 없었어. 자네가 좋아서, 자네를 놓고 싶지 않아서, 해적 같은 걸 꾸집어냈을 뿐이야. 자네가 해적에 대한 공상으로 가슴이 부풀어, 이런저런 플랜에 대해서 이야기를 꺼낼 때 그 촉

촉한 눈빛만이, 나에게 사는 낙이었어. 그 눈을 보기 위해 나는 오늘까지 살아온 거로구나 생각했어. 나는, 진정한 애정이라는 것을 자네한테 배워서, 처음 안 것 같은 기분이 들어. 자네는 투명해. 순수해. 게다가……, 미소년이야! 나는 자네의 눈동자 속에서 플렉시빌리티(유연함)의 극치를 본 듯한 기분이 들어. 그래. 지성의 우물 밑바닥을 들여다본 것은, 나도 아고 다자이도 아니고 사타케도 아닌, 자네야! 뜻밖에도 자네였어……. 치엣! 내가 왜 이렇게 나불대는지. 경박. 광기. 진정한 애정은 죽을 때까지 입 밖에 내지 않는 것. 기쿠 녀석이 나한테 그런 말을 해준 적이 있지. 들어봐, 빅뉴스. 어쩔 수 없지. 기쿠가 자네한테 홀딱 빠져 있다구. 사노지로 씨한테는, 죽어도 말 못해요. 죽을 만큼 좋아하는 사람인 걸. 하고 그런 역설적인 말을 지껄이더니, 사이다를 한 병, 내 머리에 붓고, 깔깔깔 미치광이처럼 웃더군. 그런데 자네는, 누가 제일 좋아? 다자이가 좋아? 음. 사타케인가? 설마 아. 나지? 그렇지?』

『저는……』 나는 탁 털어놓자고 생각했다. 『전부 다 싫습니다. 오직 기쿠짱을

좋아합니다. 강 건너 여자보다 먼저 기쿠짱을 알고 있었던 것 같은 기분이 들기도

해요.』

『뭐, 됐어』. 바바는 그렇게 투덜대며 미소를 지었지만, 갑자기 왼손으로 얼굴

을 덮고, 엉엉 울기 시작했다. 연극 대사 같은 뭔가 리드미컬한 말투로, 『이봐,

나는 우는 게 아니라네. 우는 척 하는 거야. 거짓 울음. 제길! 모두 그렇게 말하

며 비웃으라구. 난 태어날 때부터 죽을 때까지 교겐을 계속할 거야. 나는 유령이

다. 아아, 나를 잊지 말아줘! 나한테는 재능이 있어. 〈황폐한 성의 달〉을 작곡

한 것은, 누구냐! 다키렌타로가 바로 나라는 걸 부정하는 놈들이 있어. 그렇게까

지 사람을 의심해야만 하는 건가? 거짓말이라고 하라 그래, 나는 상관없으니까.

……아니, 거짓말이 아니야. 옳은 것은 옳다고 끝까지 주장해야지. 절대로 거짓말

이 아니야.』

나는 혼자 비틀비틀 밖으로 나왔다. 비가 내리고 있었다. 거리에 비가 내리네.

아아, 이건 아까, 다자이가 중얼거리던 말이잖아. 그래, 피곤해서 그래. 좀 봐줘.

아! 사타케 말을 따라했다. 치엣! 아아아, 혀 차는 소리까지 바바랑 비슷해진 것

같다. 그러는 사이에, 나는 황량한 의구심에 사로잡히기 시작했다. 나는 대체 누

구인가, 하는 생각이 들어, 섬뜩했다. 나는 내 그림자를 도둑맞았다. 뭐가, 플렉

시빌리티의 극치냐! 나는, 곧장 앞으로 달리기 시작했다. 치과. 닭꼬치. 군밤가

게. 베이커리. 꽃집. 가로수. 헌책방. 양옥집. 달리면서 난 내가 뭐라 뭐라 조그

맣게 중얼거리고 있음을 깨달았다. ……달려라, 전차. 달려라, 사노지로. 달려라,

전차. 달려라 사노지로. 엉터리 가락을 붙여 자꾸만 자꾸만 노래를 부르고 있었던

것이다. 아, 이것이 나의 작품이다. 내가 지은 유일한 시다. 이렇게 한심할 수가!

머리가 나빠서 안 돼! 물러 터져서 안 돼! 라이트. 폭음. 별. 나뭇잎. 신호. 바

람. 아악!

四.

『사타케。 엊저녁에 사노지로가 전차에 치어 죽은 거 알어?』

『알어。 오늘 아침、 라디오 뉴스에서 들었어。』

『새끼、 운 좋게 사고를 당했네。 나 같은 건、 목이라도 매지 않으면 끝장이 날 것 같지도 않은데。』

『그래서、 니가 제일 오래 산다는 거야。 뭐、 내 예언은 잘 맞는다구。 이봐⋯⋯。』

『왜?』

『여기、 2백 엔。 펠리컨 그림이 팔렸어。 사노지로 씨랑 같이 놀고 싶어서 꾸역꾸역 이만큼 모은 건데。』

『나 줘。』

『주다마다。』

『기쿠짱。 사노지로는 죽었어。 아아、 사라진 거야。 어디를 찾아봐도 없다구。 울지 마.』

『네.』

『백 엔 줄게. 이걸로 예쁜 옷하고 허리띠를 사면, 분명 사노지로를 잊을 거야.

물은 그릇에 따라 모양이 달라지는 법. 이봐, 어이, 사타케. 오늘밤은, 둘이서 실

컷 놀자. 내가 좋은 데 데려가주지. 일본에서 제일 좋은 곳이야……. 이렇게 살아

있다는 건 서로에게, 왠지, 반가운 일이기도 해.』

『사람은 누구나 죽어.』

(1935년)

《다자이 오사무의 묘》

1 ▶ 당시 신문물로 유행했던 「영화」를 말한다. 그러나 영화관이 모여 있던 곳이 유곽과 가까워 매춘을 환등으로 돌려 말하기도 했다.

2 ▶ 에도시대 사람으로 요시와라 유곽(현재 아사쿠사 근처)의 창녀에게 실연당하자 창녀와 주변 사람들까지 무참히 살해한 희대의 살인마.

3 ▶ 단술. 쌀밥을 누룩으로 삭혀 빚은 단맛이 나는 술. 발효를 억제하여 알코올 함량이 매우 낮다.

4 ▶ 도쿄 우에노공원 내에 있는 관음당. 교토의 기요미즈데라를 그대로 본떠 만들었다.

5 ▶ 프리드리히 실러. 독일의 시인이자 극작가. 괴테와 함께 독일의 2대 문호로 꼽힌다. 대표작 〈빌헬름 텔〉〈발렌슈타인〉

6 ▶ 당나라 시인 최국보의 오언절구 〈소년행〉의 한 구절.

7 ▶ 입춘으로부터 88일째 되는 날로 이날 이후로는 서리가 내리지 않아 파종을 하기에 적합한 날씨가 이어진다고 한다. 대략 5월 초.

8 ▶ 일 년을 해와 달의 운행에 따라 절기, 기상, 길한 날과 흉한 날 등으로 나눈 달력.

9 ▶ 육십갑자의 쉰일곱째.

10 ▶ 만사에 흉하다고 하는 날.

11 ↓
제일고등학교 독일어 교사였던 독일인 프라게 박사가 유럽의 저작권 관리 단체로부터 권리를 위임받아 방송국과 오케스트라에 유럽 음악 사용에 대한 저작권료를 청구한 사건. 영화관과 매춘업소가 즐비한 유흥가였다.

12 ↓
현재 도쿄 스미다구 무코지마. 아사쿠사 센소지 인근 스미다 강 건너편.

13 ↓
앙드레 지드. 프랑스의 소설가, 평론가. 대표작 〈좁은 문〉. 노벨문학상 수상자.

14 ↓
폴 발레리. 프랑스의 상징주의 시인, 철학자, 소설가. 대표작 〈젊은 파르크〉〈매혹〉.

15 ↓
마르셀 프루스트. 프랑스의 작가. 대표작 〈잃어버린 시간을 찾아서〉.

16 ↓
장 콕토. 프랑스의 시인, 소설가, 극작가, 영화감독. 대표작 〈앙팡테리블〉.

17 ↓
레몽 라디게. 프랑스의 소설가. 문예지 〈르코크〉를 창간했다. 젊은 나이에 유명해지고 외모 또한 뛰어나 랭보와 비교되기도 했으며 장 콕토와 연인 관계였다. 대표작 〈육체의 악마〉〈도르젤 백작의 무도회〉.

18 ↓
모리스 데코브라. 프랑스의 기자, 소설가. 대표작 〈침대차의 마돈나〉〈새벽의 총살〉.

19 ↓
프랑스의 상징주의 시인, 극작가. 운문과 산문의 중간 형태인 새로운 형식의 산문시를 만들었다. 대표작 〈프랑스 발라드〉.

20 ⬇ 모리스 라벨. 프랑스의 고전음악 작곡가. 대표작 〈볼레로〉〈죽은 왕녀를 위한 파반느〉.

21 ⬇ 스테판 말라르메. 폴 베를렌, 아르튀르 랭보와 함께 19세기 후반 프랑스 시단을 주름잡았다.

22 ⬇ 폴 마리 베를렌. 프랑스의 시인. 랭보의 연인으로 알려져 있다.

23 ⬇ 에밀 베르하렌. 벨기에의 상징주의 시인. 대표작 〈플랑드르 여인들〉.

24 ⬇ 오브리 비어즐리. 영국의 삽화가. 퇴폐적이고 에로틱한 분위기의 삽화로 인기를 얻었으며 오스카 와일드의 〈살로메〉 삽화를 그렸다.

25 ⬇ 영국 런던에서 발행된 문예 잡지. 시, 소설, 수필, 미술 등 광범위한 예술 분야를 다루었다. 오브리 비어즐리가 삽화를 담당했다.

26 ⬇ 에도시대·메이지시대의 군인, 정치가. 막부를 무너뜨려 메이지 유신을 성공시킨 주역.

27 ⬇ 일본 전통 가면극 노(能)에 쓰이는 가면.

28 ⬇ 고노에 히데마로. 근대 일본을 대표하는 지휘자, 작곡가. 일본 오케스트라 발전에 기여를 했다.

29 ⬇ 우에노역 앞 대로변의 변화가.

30 ⬇ 중남미와 동남아에 서식하는 코가 긴 포유동물.

31 ⬇ 동물원에서 물새의 우리를 덮은 거대한 우산 모양의 철제 그물.

404

32
▼
가곡 〈황성의 달〉로 다키 렌타로가 작곡, 도이 반스이 작사. 지금도 명곡으로 사랑받고 있다.

33
▼
일본의 작곡가, 피아니스트. 불후의 명곡 〈황폐한 성의 달〉의 작곡가. 폐결핵에 걸려 23세 나이로 요절했다.

34
▼
근대 일본을 대표하는 작곡가이자 지휘자. 〈황폐한 성의 달〉을 연주한 피아니스트.

35
▼
앙리 드 레니에. 프랑스의 시인, 소설가. 대표작 〈심야의 결혼〉〈불타는 청춘〉 등.

36
▼
도쿄 분쿄구의 한 지명. 도쿄제국대학교(현재 도쿄대) 정문 앞이라 학생들이 많이 하숙했다.

1937년 초판본 오리지널 디자인
허구의 방황

Copyright © 2024 by Cow & Bridge Publishing Co. all rights reserved.
이 책의 저작권 및 출판권은 도서출판 소와다리가 소유하며 무단복제를 금합니다.

1판 1쇄　2024년 12월 25일

지 은 이　다자이 오사무
옮 긴 이　김동근
발 행 인　김동근
발 행 처　소와다리
주　　소　인천광역시 남구 구월로 40번길 6-21번지 3가동 302호
대표전화　0505-719-7787
팩시밀리　0505-719-7788
출판등록　제2011-000015호(2011년 8월 3일)
이 메 일　sowadari@naver.com

※잘못 만들어진 책은 구입하신 서점을 통해 바꾸어드립니다.

ISBN 978-89-98046-92-7 (03830)

《일생의 반려 미치코 여사와 함께》

≪딸이 태어났다!≫

≪아쿠타가와 류노스케를 흉내 내는 중학생 다자이 오사무≫

≪다자이 오사무의 워너비 아쿠타가와 류노스케≫

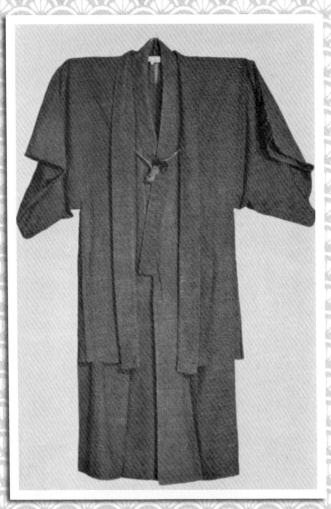

≪다자이 오사무의 유품 : 아와세(겹옷)와 하오리(덧옷) 세트≫

≪다자이 오사무의 유품 : 니쥬마와시(망토 코트)≫

≪다자이 오사무의 유품 : 책상≫